dtv

2041. Die Klimaprognosen haben sich erfüllt. Die Gletscher sind geschmolzen, im Sommer ist es unerträglich heiß. Einzig im Walliser Plontal sind die Temperaturen noch auszuhalten. Agnes Bohrer, Besitzerin des Luxusresorts »Eden«, ist dank des ausgeklügelten Kanalsystems ihrer Vorfahren Alleinherrscherin über die Wasser des Tals. Die Geschäftsfrau plagt jedoch das Gewissen: Nachts schleichen sich Klimaflüchtlinge, die zu Tausenden den Weg ins abgeriegelte Europa wagen, in ihre Angstträume. Eines Tages drohen Unbekannte, den Wald rund um die Hotelanlage in Brand zu setzen, wenn Agnes die Schleusen des Schluchtsees nicht für alle öffnet. Wer trachtet nach dem kostbaren Gut? Klimaflüchtlinge? Der Wassermulti Pure Water? Ein verzweifelter Kampf beginnt …

Urs Augstburger, geboren 1965 in Brugg, ist Kulturjournalist und heute beim Schweizer Fernsehen verantwortlich für Koproduktionen im Dokumentarfilmbereich. 1997 erschien sein erster Roman ›Für immer ist morgen‹. Seither hat er mehrere Romane und Kurzgeschichten veröffentlicht. Nach ›Schattwand‹ (dtv 20983) und ›Graatzug‹ (dtv 21125) bildet ›Wässerwasser‹ den fulminanten Abschluss seiner packenden Alpentrilogie. Augstburger lebt in Ennetbaden (Aargau) und Disentis.

Urs Augstburger

Wässerwasser

Roman

Deutscher Taschenbuch Verlag

Von Urs Augstburger
sind im Deutschen Taschenbuch Verlag erschienen:
Für immer ist morgen (20257)
Schattwand (20983)
Graatzug (21125)

Für Mara, für Lina,
für jene, die nachkommen

Ausführliche Informationen über
unsere Autoren und Bücher
finden Sie auf unserer Website
www.dtv.de

MIX
Papier aus verantwortungsvollen Quellen
FSC® C019821

Ungekürzte Ausgabe 2012
Deutscher Taschenbuch Verlag GmbH & Co. KG,
München

Umschlagkonzept: Balk & Brumshagen
Umschlaggestaltung: Wildes Blut, Atelier für
Gestaltung, Stephanie Weischer unter Verwendung
eines Fotos von LOOK-foto/Bernard van Dierendonck
Gesamtherstellung: Druckerei C. H. Beck, Nördlingen
Gedruckt auf säurefreiem, chlorfrei gebleichtem Papier
Printed in Germany · ISBN 978-3-423-21358-5

The rains have come early, they say
We're all gonna wash away
Well, that's all right with me
If heaven's torrent can wash clean
The arrogance that lies unseen
In the damage done
Since we have gone
Where we ought not to be
Goodbye to a river
So long
Goodbye to a river, Don Henley

I know that kind of notion – well, it just ain't cool
So send me back to Sunday school
Because I'm tired of waiting for reason to arrive
It's too long we've been living these unexamined lives
My Thanksgiving, Don Henley

URS AUGSTBURGERS Bergtrilogie: Die Chronik

Schattwand

- 1944 – Lisbeth Comet und Fortunat Wiler verlieben sich
- 1944 – Grenzwächter Fortunat Wiler wird angeschossen
- 1948/49 – Remidius Capun, der rote Capun wird zu Fortunats Widersacher
- 1950 – Vater Comet erlaubt die Hochzeit von Lisbeth Comet und Fortunat Wiler
- 1955 – Geburt der Zwillinge Alma und Fortunat Comet
- 1958 – Dieni Valcesca und Hanna Camminada, die Mutter von Lucrezia, treffen sich zum ersten Mal
- 1963 – Der Schatten der Wand legt sich über Gspona, das Unglück ist nicht mehr zu verhindern
- 1994 – Fortunat Wiler bringt sich um
- 1994 – Gion und Peider Capun beginnen ihr Versteckspiel mit Severin Somm
- 1994 – Severin Somm erbt von Fortunat Wiler das Mörderhaus in Gspona
- 1994 – Severin und Cécile zeugen Noah
- 1994 – Lucrezia Camminada erhält lebenslanges Wohnrecht im Mörderhaus
- 1995 – Lucrezia Camminada befreundet sich in der Greenforce mit Lena Amherd
- 1996 – Nach Gion Capun stirbt auch Lucrezias Mann Peider Capun in der Schattwand

Graatzug

- 1925 – Geburt von Selma Bohrer auf der Furgg
- 1930 – Geburt von Arnold Rothen auf dem Seegut
- 1932 – Geburt von Josef Bohrer
- 1954 – Arnold Rothen heiratet Greth
- 1955 – Arnolds Sohn Xeno Rothen kommt zur Welt, seine Frau Greth stirbt an den Komplikationen
- 1957 – Josef Bohrer verkauft sein Gut auf der Furgg an die Elektrischen
- 1958 – Baubeginn Ploner Staudamm
- 1958 – Geburt von Lena Amherd in Plon
- 1958 – Arnold Rothen verdingt sich im Gamplüter Stollen
- 1958 – Arnolds Eltern, Pius und Julia Rothen, weigern sich, das Seegut an die Elektrischen zu verkaufen
- 1960 – Josefs Bohrers Sohn Silvan kommt zur Welt
- 1965 – Die Furgg wird zum Berggasthaus
- 1965 – Das Seegut wird geflutet
- 1970 – Bau des ersten Bohrer-Hotels
- 1985 – Xeno Rothen wandert nach Chile aus
- 1986 – Geburt von Albin Bohrer, Silvans Sohn mit der ersten Ehefrau Karin
- 1995 – Julia Rothen stirbt, Selma Bohrer findet in ihrem Nachlass Arnold Rothens Briefe aus dem Gamplüter Stollen
- 1998 – Josef Bohrer, der Dorfkönig von Plon, stirbt. Sein Sohn Silvan erbt alles
- 1999 – Lena Amherd kehrt als Umweltschützerin ins Dorf ihrer Mutter zurück
- 1999 – In Plon schlagen plötzlich die längst verstummten Merkhämmer wieder

WÄSSERWASSER

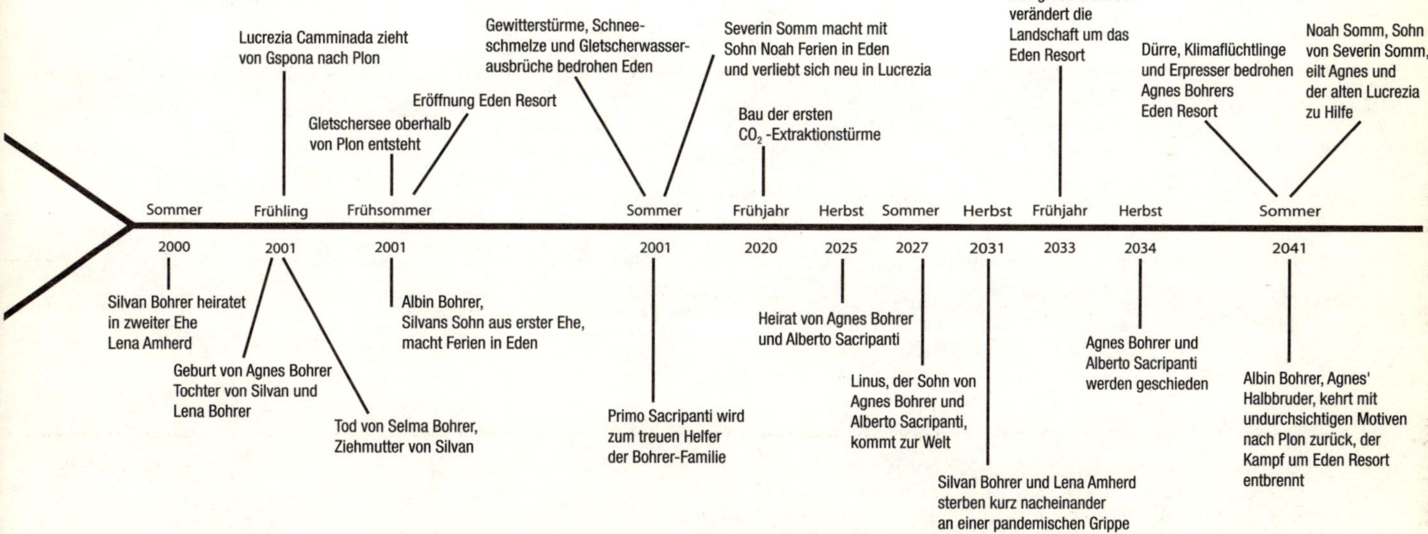

Prolog

Eden war noch unbewohnt, als Agnes zur Welt kam.

Am Morgen nach der stürmischen Nacht stahlen sich erste Sonnenstrahlen durch den Morgendunst und flochten eine goldene Leiter in die Lamellen vor dem Zimmerfenster. Drinnen stillte Lena Amherd zum ersten Mal ihre Tochter. Tante Selma war mit ihnen im Zimmer und half. Agnes jedenfalls begann so zielsicher zu nuckeln, als flüstere ihr jemand ins Ohr, wie sie es anstellen musste.

Überrascht und beruhigt zugleich verließ die Krankenschwester das Zimmer.

Lena drehte sich halb zur Seite. Wenn sie es geschickt anstellte, blieb der ungewohnte, kitzelnde Schmerz an ihrer Brust erträglich. Sie bestaunte das Gesichtchen, in dem sich beim Trinken ein fast heiliger Ernst abzeichnete. Manchmal öffnete Agnes die Augen, doch ihr Blick erreichte Lena nicht, blieb unentschieden und verhangen, als habe Agnes jene Zwischenwelt noch nicht verlassen.

War sie bei Selma?

Lena döste ein, erwachte aber bald wieder, kurzatmig, angsterfüllt, bis Agnes' Wärme ihr bestätigte, dass sie nicht geträumt hatte. Die Sonne war gestiegen, die Lamellenschatten kletterten die Wand hinab. Dankbar ordnete Lena ihre Gedanken nach den Lichtstreifen.

Selma war gestorben, bevor sie ihre Enkelin hatte sehen können.

In derselben Nacht, einige Zimmer nebenan.

Allein. Ohne ihren Sohn, der nicht ihr Sohn war.

Silvan war bei ihr und Agnes geblieben.

Wie hätte er sich anders entscheiden können?

Silvan war unvorbereitet gewesen, Lena hingegen hatte geahnt, dass es so kommen würde, die ganzen Monate schon. Denn jedes Kilogramm, das sie während der Schwangerschaft zugenommen hatte, verlor Selma gleichzeitig durch ihre Krankheit, als würden sie beide einen ungehörigen Tauschhandel treiben.

Durfte sie sich überhaupt freuen?

Lena wich Selmas strafendem Blick aus.

Hast recht, nur weil du gestorben bist, musst du mir nicht alles durchgehen lassen.

Lena lächelte schief. Ihre Gedanken blieben so sprunghaft wie der Wehenrhythmus in der vergangenen Nacht. Vor zwei Jahren erst hatte sie Selma kennengelernt. In kürzester Zeit waren Silvan und sie zu ihren wichtigsten Bezugspersonen geworden.

Jetzt hatte sich alles verändert.

Lena machte eine ungeschickte Bewegung, und Agnes protestierte prompt und lautstark.

Ihre Tochter nahm Selmas Platz ein.

Sie setzte die Kleine an die andere Brust. Ein Spritzer landete auf ihrem Handrücken, Lena leckte ihn ab und verzog ob des ungewohnten Geschmacks der Vormilch das Gesicht. Kaum hatte die Kleine den Rhythmus wiedergefunden, angelte Lena sich das Handy vom Nachttisch. Noch immer keine Nachricht von Lucrezia! Die verbliebene Patin. Ohne Lucrezias Hilfe würde Lena die kommenden Wochen nicht durchstehen. Weshalb zögerte ihre Freundin bloß?

Sie lebte doch schon viel zu lange im Schatten der Wand.

Lena vergewisserte sich, dass sie Lucrezia die Nachricht wirklich gesendet hatte. Hätte sie anrufen sollen? Mitten in der Nacht, zwischen Geburt und Tod? Sie sendete die alte Message sicherheitshalber ein zweites Mal, dann schrieb sie mit fliegendem Daumen eine neue an Primo Sacripanti, berichtete ihm, was in der Nacht geschehen war, wie es Silvan ging, und dass Primo in nächster Zeit die Verantwortung im Flischwald übernehmen müsse, wohl bis zur Eröffnung von Eden, er habe die volle Entscheidungsbefugnis.

Half Primo eine Bevollmächtigung per SMS auf dieser Großbaustelle weiter?

Es gab keine Alternative.

Auch andere warteten auf ihren Anruf. Albin. Silvans Sohn sollte als Erster erfahren, dass er eine kleine Schwester bekommen hatte! Doch dann … müsste sie ihm sagen, dass Selma tot war. Eines nach dem andern, Lena Amherd! Ihr Mann zuerst. Lena würde achtsam bleiben, Agnes durfte nicht ihre ganze Aufmerksamkeit absorbieren, Silvan wäre ohne ihre Hilfe verloren. Sein Anblick im Sessel drüben trieb ihr die Tränen in die Augen. Dank eines Beruhigungsmittels war er im Morgengrauen endlich eingeschlafen, zusammengekrümmt lag er seither im Stuhl, die Wolldecke war von seinen Beinen gerutscht und lag am Boden. Seine Lider zuckten nervös, seine Hände waren um die Stoffpuppe gekrampft.

Selmas letzte Handarbeit.

Für Agnes.

Herrgottstiful, Selma! Hast dich einfach weggeschlichen …

Nein, du brauchst nichts zu sagen. Hast es uns nur leichter machen wollen.

Erschöpft sank Lena ins Kissen zurück. Die Sonnenstrahlen hatten die Zweige vor dem Ploner Krankenhaus endlich getrocknet. Lena sah ein Stück vom Himmel, es wurde gläsern und zerfloss. Sie wunderte sich über ihre Tränen. Nicht Selmas Tod hatte sie verursacht, es waren ihre Hormone, die verrücktspielten. Diese Nacht war alles aus dem Lot geraten. Erst kürzlich, so schien ihr, hatte sie in einem Hotelzimmer gehaust, zurückgekehrt ins Dorf ihrer Mutter, entfremdet und angefeindet. Eine radikale Umweltschützerin, die ihre wachsenden Lebenszweifel burschikos überspielt hatte. Sechsunddreißig Jahre alt und mit ihrem Schicksal hadernd, überzeugt, sie ende dereinst als einsame Jungfer! Jetzt lag sie hier, mit Kind und leisem Babyblues, und in Eden begann schon bald eine Zukunft zu dritt.

Während Lena in unruhigen Schlaf fiel, nahm Lucrezia Camminada von der Schattwand und Gspona Abschied. Hier brauchte sie keiner mehr, im Wallis hingegen erwartete Lena sie sehnlichst.

Agnes. Der Name ihres Patenkinds war ungewöhnlich. Ein bisschen altmodisch, aber er gefiel ihr.

Sie war selber altmodisch.

Lucrezias Zeigefinger folgte den brüchigen Dellen der Meißelschläge, mit denen der Wolf, das Gsponer Sagentier, in den Fels der Schattwand gebannt worden war.

Zeit zu gehen.

Nach dem Tod ihres Mannes war Lucrezia die Letzte der jüngeren Generation. Außer ihr gab es hier im Dorf nur noch die alten Gsponer. Die Gesichtslosen. Ihre Seelen hatten sie verkauft, vor mehr als vierzig Jahren, als sie weggeschaut hatten, während einer von ihnen aus Missgunst sein Unwesen trieb. Die Mitschuld am Seilbahnunglück von damals trugen die Überlebenden bis heute mit sich. Ihre Körper waren nur noch leere Hüllen, sie verblichen und vertrockneten, so wie ihre Äcker, die ungepflügt blieben, während die morschen Ställe zerfielen, in Gspona, im Gsponer Grund, bis hinab nach Gspona-Wiler. Als laste ein Fluch auf der ganzen Talschaft! Zugleich geriet die Natur aus dem Gleichgewicht. Die winterbraunen Matten verbrannten, bevor sie grün werden konnten, die Arven verdorrten in einem Monat und ertranken im nächsten. Selbst die Schattwand zwischen Dorf und italienischer Grenze wankte. Der unüberwindbare steinerne Riegel, während Jahrzehnten der letzte Wall gegen alles Fremde … Die Wand hatte den Gsponern trügerischen Schutz versprochen, am Ende aber bloß Schatten geworfen. Jene, die sie einst verherrlicht hatten, waren verstummt, die wenigen, die sie hatten überwinden wollen, um das Tal der Welt zu öffnen, waren umgekommen. Heute ließ die anhaltende Wärme den Permafrost schmelzen, die Schattwand wurde zum fragilen Mosaik. Noch waren es meist nur einzelne Steine, die heraussprangen, so wie jener, der ihr Peider genommen hatte.

Eines von vielen Zeichen dafür, dass nichts mehr die Schattwand zusammenhielt. Manchmal, wenn Lucrezia von hier oben über das Tal schaute, hatte sie schreckliche Zukunftsvisionen: Geröllmassen lösten sich, der Regen schwemmte Hänge aus, Schlammlawinen wälzten sich hinab, das Tal eine Steinwüste.

Grau und tot.

Genug. Sie würde Lena und danach gleich Severin Somm über ihre Abreise informieren. Immerhin war er Mitbesitzer ihres Hauses. Nicht nur das … Severin sollte als Erster erfahren, dass sie ihr Leben neu beginnen würde. In Eden, bei den Bohrers und bei Agnes, ihrem Patenkind.

TEIL 1

14. Juli. Morgen

Ruinen der Illusionen sind es. Agnes schenkt den rostigen Skeletten im unteren Plontal keinen zweiten Blick. Ganze Felder riesiger Saugtürme, gebaut zwischen 2020 und 2025, um das Kohlendioxid aus der Luft zu filtern. Jetzt lagert es in Felskammern tief im Boden. Die Extraktionsparks sind vor zwanzig Jahren eine Notfallübung gewesen. Keine schlechte Idee, nur wie so viele andere zu spät umgesetzt.

Ihr *Toolbook* vibriert, sie steckt es ins Dock am Armaturenbrett. Linus blickt sie aufgeregt an.

»Mam, wo steckst du?«

»Gleich in Genf, ich muss Albin abholen. Was gibt es?«

»Das hier!«

Agnes schielt auf den Bordbildschirm. Ihr Sohn steht offensichtlich am Eden-Tor und streckt aufgeregt etwas Dunkles ins *Toolbook*-Objektiv. Beim zweiten Hinschauen erkennt Agnes eine elektronische Papierrolle.

»Glaubst du, ich könnte die von hier aus lesen?«

»Wir werden erpresst!«

»Schon wieder?«

»Mam, diesmal ist es … ernster.«

Linus entrollt das *e-paper,* während Agnes lautlos durch den Morgenverkehr der Stadt gleitet. Sie switcht den Bordcomputer auf das städtische Leitsystem und stellt den Blinker zum Spurwechsel Richtung Ausfahrt. Aufwirbelnder gelber Staub nimmt ihr einen beunruhigenden Moment lang jede Sicht.

»Hör zu: Verehrte Besitzer des Eden-Resorts

Wir stellen fest, dass Sie sich zu den Herrschern über das

Wasser im Plontal aufschwingen. Sie haben sich der letzten natürlichen Ressource dieses Tales bemächtigt und nutzen diese für sich allein. Ein ganz und gar unsozialer Akt, den wir nicht …«

Agnes unterbricht Linus.

»Ich habe die Stadt erreicht, Linus, ich muss mich aufs Fahren konzentrieren. Wir besprechen das, wenn ich zurück bin. Nur eine Frage: Was genau wollen die?«

»Wasser, hast du doch eben gehört.«

»Nicht Öl?«

»Wasser.«

»Und womit drohen sie?«

»Sie wollen den Flischwald anzünden!«

»Was?«

Agnes vergisst sekundenlang, dass sie am Steuer sitzt. Sie zwingt sich zur Ruhe, bevor sie Linus anweist, keinem etwas zu sagen, bis sie zurück ist.

»Nicht mal Lucrezia?«

»Aber nur ihr, Linus! Und schick mir den Brief auf mein *Toolbook.*«

Eine halbe Stunde später rollt Agnes auf dem zentralen Parkplatz von Genf aus. Sie schlägt die Tür hinter sich zu, die Kollektorenmembran der Karosserie richtet sich automatisch zur Sonne. Die Gluthitze hier unten im Flachland nimmt ihr den Atem. Der See bringt keine Linderung, eine schweflige Dunstglocke spannt sich von Ufer zu Ufer. Wie stets im Sommer bringt die Hitze hier unten Agnes sofort an die Grenze des Kollapses. Sie quittiert das ungeduldige Piepsen der Tür, indem sie den Zeigefinger über den Scanner hält. Das dreirädrige Fahrzeug verriegelt die Türen.

Feuer im Flischwald! Agnes wehrt sich mit aller Macht gegen die Panikattacke, schaut nach Luft ringend um sich. »Keiner da, Agnes, keiner da!«, flüstert sie sich zu. Es sind nur die schwarzen Schatten aus ihren Albträumen. Sie lässt die Angst nicht zu, atmet so bewusst, wie sie es in der Therapie gelernt hat, bis sie ihre Beherrschung wiederfindet. Ist doch nur eine weitere Erpressung! Die vierte dieses Jahr, für diesmal etwas fantasievoller eingefädelt, dennoch … Agnes schiebt das *Toolbook* entschlossen in ihre Handtasche und verdrängt jeden weiteren Gedanken.

Sie wird sich später darum kümmern.

Nach zwei unentschlossenen Schritten Richtung Zentralbahnhof bleibt sie bereits wieder stehen. Welcher Port? Magnetschwebebahn? Zug? Oder gar Solarhelikopter? Selbst den könnte sich Albin leisten. Sie hat keine Ahnung, woher ihr Halbbruder anreist, geschweige denn mit welchem Verkehrsmittel. Letztmals hat er sie aus Paris angerufen, vom Set irgendeiner Piratensaga. Worum es genau geht, weiß Agnes nicht, nur selten erfährt sie aus der Presse etwas über seine Regiearbeiten. Sie selbst hat Albin seit Monaten nicht mehr gesehen. Oder summieren die sich bereits zu Jahren?

Agnes freut sich auf das Wiedersehen. Sie braucht Albin. Ein gefährlicher Sommer kündigt sich an, ungeachtet der Erpresser. Der Ploner Stausee nähert sich dem Tiefststand von 2037, der Flischwald rund um Eden ist zundertrocken, erste Glutherde entstehen, das Bewässerungssystem des Resorts stößt an seine Grenzen. Noch sind die Zisternen und der Schluchtsee mit Frühlingswasser gefüllt, aber Agnes ist überzeugt, dass die Zeit für den Notfallplan ihrer Eltern gekommen ist. Der letzte Ausweg. Es macht Sinn, Albin als Ersten in Lenas und Silvans Geheimnis einzuweihen, dann kann er sich während seiner Ferien auf die Suche machen. Vielleicht zusammen mit Linus. Im Moment ist Albin wohl der Einzige, der ihren Sohn aus der pubertären Lethargie reißen kann.

Ihr Plan hat einen Haken: Sie weiß nicht, wie sehr sie

Albin vertrauen kann. Zu verschieden sind sie. Eden gehört beiden, bedeutet ihnen aber nicht dasselbe.

»Agnes!«

Albin hält sie plötzlich von hinten umschlungen, sie lässt es im ersten Schreck geschehen, dann macht sie sich eilends frei.

»Ich wollte dich eben peilen. Lass dich anschauen – gut siehst du aus! Das Gesicht ist neu?«

Albin schneidet eine Grimasse und tätschelt sich die Wangen. »Was fällt dir ein, alles Natur! Generiert aus meinen eigenen Hautzellen.«

»Lass mich rechnen!« Agnes hängt sich bei Albin ein. »Ich bin vierzig, also bist du … sechsundfünfzig, bloß noch vierzehn Jahre bis zur Pensionierung.«

»Man ist nur so alt, wie das Biometer es anzeigt. Und die Filmerei, Schwesterchen, lass dir gesagt sein, ist ein Jungbrunnen.«

Sein schelmisches Lachen verrät nichts Gutes. »Du bist also nicht allein gekommen?«

»Doch. Nur … vielleicht erhalten wir Besuch.«

»Bitte nicht! Deine jungen Schauspieler passen nicht hierher.«

»Falsches Geschlecht.«

»Eine Frau diesmal? Sind Schauspielerinnen etwa besser?«

Er zieht einen *iPod* aus der Tasche und drückt ihn ihr in die Hand. »Du kannst sie dir selber anschauen, sie spielt die Hauptrolle in meinem neuen Film.«

»Ist der schon fertig?« Agnes dirigiert ihren Bruder Richtung Wagen.

»Vor zwei Wochen abgedreht, gleichzeitig mit dem Dreh geschnitten, morgen ist die Download-Premiere. Fährst du noch immer diese alte Sardinenbüchse?«

»Das Auto läuft, solange es läuft. Gibt es keinen Kinostart?«

»Kino gibt es seit zwanzig Jahren nicht mehr, wo lebst du bloß?«

»Dort, wo man noch kann.«

Linus verlässt das Haupthaus. Sein Körper wächst schneller als sein Koordinationsvermögen, seine Glieder sind so schlaksig wie seine Bewegungen linkisch, was ihm selbst nie auffallen würde. Mit Bedacht biegt er in den Eden-Rundweg ab, so kommt er an den Bungalows für Kurzzeitgäste vorbei. Beim zweitletzten, Nummer 13, geht prompt der Klett seines Basketballschuhs auf. Obwohl er ihn sorgfältig richtet, bevor er ihn zuklettet, und den Aufbau des zweiten Schuhs von Grund auf überdenkt, bleibt sein Schielen erfolglos. Die Tür ist verschlossen, die Jalousien sind dicht und produzieren Strom.

Leisa ist nicht da.

Enttäuscht trottet Linus weiter. Heute hätte er wenigstens mal was zu erzählen: Attacke auf Eden! Das Resort im Würgegriff von Erpressern! Oder so. Leisa ist derzeit das einzige Mädchen hier. Das Einzige in seinem Alter. In seiner Reichweite vor allem, und nur die zählt. Die Reichweite ergibt sich aus der Quersumme von Größe, Gewicht, Coolness, Anzahl Pickel und Intelligenzquotient. Von ihm, selbstverständlich, nicht von ihr. Sie kann wählen.

Die Mädchen können immer wählen, das ist es ja!

Leisa ist zum Glück nicht so wie die andern, sie behandelt ihn nie herablassend, trotz des Altersunterschieds. Sie ist fünfzehn, er vierzehn.

»Ein nettes Mädchen, diese Leisa!«

Der Begrüßungssatz von Lucrezia, als er bei ihr ankommt. Ihre Finger verlassen bedauernd die rohe Steinskulptur neben der Tür. Sie tritt auf die Terrasse. Lucrezia wird ihm langsam unheimlich. Sie sieht nichts mehr, hört kaum noch was, ist aber stets über alles im Bild!

»Wie kommst du auf Leisa?«

»Ich habe dich gesehen. Komm, setz dich neben mich, Linus. Mir musst du nichts vormachen. Weißt du, früher hatten es die Jungs einfacher, da gab es noch Schnürsenkel, an denen konnten sie stundenlang nesteln.«

»Ich denke, du siehst nichts.«

»Ich bin kurz-, mittel- und weitsichtig, ganz nach Bedarf. Darf ich dir einen Rat geben?«

»Lässt du dich davon abhalten?«

»Nein. Ich weiß, dass ich keine Expertin bin. Aber es ist der Vorteil im hohen Alter, dass man sich an die Jugendjahre besser erinnert als an das Frühstück von heute Morgen.«

»Du frühstückst nie, *Grooßgotta!*«

»Tatsächlich? Dafür weiß ich noch: Als Mädchen wollte ich überrascht werden.«

»Schon klar. Und jetzt empfiehlst du einen Blumenstrauß als Geschenk!«

»Unsinn. Lass dir etwas Verrücktes einfallen! Sammle Schweife von Sternschnuppen und flechte deiner Leisa eine goldene Hängematte. Such eine Gletschermühle, fang darin die Reuetränen einer Armen Seele auf und schenk sie ihr in einem Fläschchen, oder noch besser … Was ist, warum sagst du nichts?«

»Ihr Weiber seid alle verrückt!«

Lucrezia kichert, bis sich ihr altersgekrümmter Körper schüttelt. »Siehst du, das Wesentliche hast du schon erfasst.«

Linus setzt sich ergeben zu ihr in den Schatten und berichtet, was geschehen ist.

Agnes hat Mühe, sich auf die Straße zu konzentrieren, am liebsten würde sie Albin den Erpresserbrief vorlesen und mit ihm die Lage analysieren.

Noch ist nicht der Moment für eine solche Diskussion. Sie wird sich erst ein eigenes Bild machen.

Für Albin ist die Fahrt eine Reise in die Vergangenheit. Wie er es sich in den letzten Wochen jedes Mal ersehnt hatte, wenn er auf dem Filmset von den gegensätzlichen Ansprüchen gevierteilt wurde. Jetzt entspannt er sich, nähert sich der Heimat, die er bei seiner Mutter in Zürich nie gefunden hatte. Zu Hause fühlt er sich nur in Plon, hier hat er die prägendsten Wochen seines Lebens verbracht. Die gefährlichsten auch. Der Überlebenskampf mit seinem Vater in der Gletscherhöhle, nur Wochen später Severins Unfall. Lucrezias Freund, der ihn … Albin verdrängt die fürchterlichen Bilder der steinernen Lawine, wie er es seit vierzig Jahren regelmäßig tut. Seine Hand tastet in der Jacke nach dem Atemspray. Agnes beklagt sich indes über die pubertäre Unzuverlässigkeit von Linus. Nicht einmal für die wichtigsten Aufgaben zeige ihr Sohn Interesse, und letzte Woche sei er von der Brandwache davongelaufen, einfach verantwortungslos! Albin pflichtet ihr bei, die unterdrückte Spannung in Agnes' Stimme nimmt er nicht wahr. Abwesend starrt er durch die getönten Scheiben des Solarmobils auf die staubgrauen Hänge des unteren Plontals. Seine Gedanken kreisen immerfort um seinen Vater. Zeitlebens hatte Silvan Bohrer nach Schuhen gesucht, die in die Fußstapfen seines eigenen Vaters passten, ohne zu merken, dass beide exakt dieselbe Schuhgröße trugen. Zwei Visionäre, jeder zu seiner Zeit. Zuerst Josef Bohrer, der Bohrersepp, der Großvater, der vor fast hundert Jahren die Möglichkeiten des Ploner Stauwerks vor allen anderen erkannt hatte und zum Dorfkönig aufgestiegen war. Dann Silvan, der als Erster in Plon merkte, dass der Klimawandel zuerst das Ökosystem in den Alpen aus dem Lot bringen würde. Silvan hatte das Eden-Resort aus dem Boden gestampft und zum Erfolg geführt, zusammen mit Lena und Lucrezia.

Und er, Albin? Der dritte Bohrer schlägt quer, ist nicht Pionier, nur Regisseur, und die wirklich schwierigen Aufgaben hat er stets Agnes überlassen, daran gibt es nichts zu deuteln. Lange ist er trotzdem überzeugt gewesen, das Richtige zu tun. Er hat seinen Bildern vertraut, und den Botschaften, die darin angelegt waren, in der Hoffnung, seine Ideen würden keimen und Triebe schlagen. Wie bei seinem ersten Film, in dem er seine frühen Ploner Erlebnisse verarbeitet hatte. Es war 2009 der erste Schweizer Katastrophenstreifen überhaupt gewesen: Plon statt Hollywood, einstürzende Schluchten statt Wolkenkratzer, Eislawinen und Murgänge anstelle der üblichen Lavaströme, und die Zombies waren bei ihm bloß Arme Seelen gewesen.

Nach der Vorstellung waren die Zuschauer in ihren riesigen Jeeps, die es damals noch gegeben hatte, nach Hause gefahren. Wie trotzige Kinder.

Womit hätten sie sonst die Angst vor dem, was kommen würde, betäuben sollen?

Der Merkhammer des Todes hat Albin das Tor zur Welt geöffnet. Er ist hindurchgerannt, blindlings, hat Agnes Eden überlassen und den eigenen Ruhm gemehrt. Mit homöopathisch dosiertem schlechten Gewissen. Drei Jahrzehnte und fünfzehn Filme liegen zwischen jener Zeit und heute. Er weiß, dass er das tut, was sein Vater Silvan gern gemacht hätte, und fragt sich manchmal, ob er nicht gescheiter machen würde, was sein Vater getan hat.

»Das Leben ist absurd.«

»Ein neuer Filmtitel?«

»Die Arbeit erfüllt mich nicht mehr, ich habe es mir nur lange nicht eingestanden. Weißt du was? Ich höre vielleicht sogar auf.«

»Weshalb jetzt plötzlich?«

»Eine Altersfrage vielleicht.«

»Man fühlt sich nur so alt, wie das Biometer anzeigt.«

»Schwesterchen!«

»Hast du gesagt.«

»Ich weiß. Mein Erinnerungsvermögen ist intakt. Zeitweise.«

»Ich hätte was für dich. Es gibt hier sogar jede Menge Arbeit.«

»Ja?« Albin fragt mehr aus Höflichkeit. Die nostalgischen Gefühle würden sich wieder legen, er kann sich nicht vorstellen, in einem abgelegenen Ort wie Plon zu leben, dafür ist er nicht erschöpft genug.

»Wir reden später«, sagt Agnes. Solange sie nicht einschätzen kann, wie ernst die Erpressung ist, will sie keinen Wirbel entfachen.

»Schau dich einfach mal um, dieser Anblick müsste dir zu denken geben. Da, das Dorf am Hang drüben! Es ist verlassen, ständige Erdrutsche in den Regenzeiten haben es unbewohnbar gemacht. Die Ruinen auf der gegenüberliegenden Talseite zeugen vom Gegenteil: Jener Weiler ist letzten Sommer bis auf das letzte Haus abgebrannt. Sturzfluten, Feuerwalzen, mal das eine Extrem, mal das andere, wir müssen uns fast täglich auf die nächste Bedrohung einstellen. Von den größten erzähle ich dir ein anderes Mal. Im Resort werden sie dich ohnehin in Beschlag nehmen. Wir haben viele Gäste, die ständig nach dir fragen. Nicht zu vergessen Linus. *Und d'Gotta!*«

»Lucrezia! Geht es ihr gut?«

»Siebenundsiebzig ist sie schon. Und ja, ich glaube, es geht ihr gut. Musst sie selber fragen, dir wird sie es erzählen. Du und Noah seid ihre Lieblinge, mir verrät sie wenig. Wahrscheinlich ihre Art von Rücksichtnahme. Sie will mich nicht zusätzlich mit ihren Problemen belasten.«

Albin betrachtet die Landschaft hinter den Absperrgittern

der Autobahn, die vor Jahren zum Schutz gegen die Ölpiraten aufgestellt wurden; selbst die Brücke über die Plon ist in einen Eisenkäfig gepackt. Unter ihr der einst so stolze Fluss, verkommen zum sommerlichen Rinnsal. Damals die Lebensader des Wallis, eine tatsächliche und philosophische Verbindung des eigenwilligen Bergtals mit dem Süden, mit dem Mittelmeer. Heute füllt der Fluss sein Bett zu einem Fünftel, und Albin weiß nicht mal, ob er da unten im Mittelmeer überhaupt noch ankommt.

Ohne die Sehnsucht von einst.

Lucrezia dreht an der Kurbel des Kollektorenschilds, bis sein Schatten auf den Schaukelstuhl fällt. Wieder eine Erpressung! Ein untrügliches Gefühl sagt ihr, dass sie diesmal nicht so glimpflich davonkommen. Sie tastet nach der Lehne und setzt sich mit einem Seufzer. Früher hat sie beim Hinsetzen nicht geseufzt, fällt ihr auf. Severins alter Stuhl hingegen hat beim Schaukeln schon immer geknarzt. Wie einst die Treppen in der Gsponer Schmiede, die es nicht mehr gibt. Und vom Dorf ist nur eine Steinwüste geblieben, am Fuß der zerfallenen Schattwand. Agnes hat ihr Satellitenfotos davon ausgedruckt. Lucrezia erkennt ihre alte Heimat nicht mehr.

Der Stuhl unter ihr ist so alt wie sie, ein Relikt wie sie. Zwei Zeugen einer anderen Zeit. Sonst … ist nicht viel geblieben aus den Gsponer Zeiten. Ein paar Erinnerungen, viele davon fadenscheinig, dazu Lisbeth Comets Bilder drüben im Hauptgebäude, und eben: der Schaukelstuhl. Severins Hände ruhten da, wo ihre nun liegen, sein Rücken hatte sich an dieselbe Lehne geschmiegt …

Severin ist seit vierzig Jahren tot.

Wenigstens besucht sie Linus öfter. Ein guter Junge, Agnes' Sohn. Er hat es schwer, seine Mutter ist so verdammt stark. Wie einst Lena! Nur wirkt Agnes verbissener. Noah hingegen ist geworden, wie Severin Somm gewesen ist. Braucht euch nicht zu wundern, sind eure Kinder! Kinder des Schicksals. Schicksalskinder. Himmel, was ich im Kreis herumdenke!

Die Leute haben recht: Das Alter macht einsam, und die Einsamkeit macht wunderlich.

Es wird Zeit für sie. Die Ahnung verdichtet sich behutsam zur Gewissheit.

Sie ist eben alt geworden, wider Erwarten. Ein Lächeln scheint auf, verspielt sich in den Falten ihres Gesichts. Alt, unbeweglich und viertelblind. Kein Wunder, dass der Kopf verrücktspielt. Dazu die Hitze, jedes Jahr ein bisschen unerträglicher.

Zum Glück ist sie damals nach Plon gezogen, als sie Gspona verlassen hatte. Hier herauf und nicht ins Flachland. Oder wäre es für Severin dann anders gekommen? Nein, es ist jedem vorbestimmt. Wenn sie es sich nur schon vorstellt, ein Leben unten im Flachland! Noch viel heißer ist es dort. Und in der Übergangszeit feucht, stickig. Eine Kloake malt sie sich manchmal aus, wenn die Fantasie mit ihr durchgeht, als hätte die Verwesung der Menschheit unten in den Städten schon eingesetzt. Aber im Grund weiß Lucrezia gar nicht, wie es sich in den verbliebenen Trockengebieten lebt, in Zürich oder Basel, in Deutschland und Italien, in … wie nannten sie das heute? Europa 4.4! Vier für die vierte große Reform der erweiterten Europäischen Union und für die angebrochenen Vierzigerjahre. Manche scherzen, vier stünde auch für die zusätzlichen Sprachen, nachdem die Schweiz doch noch den Beitritt gewagt hat, knapp zwanzig Jahre nach dem vorletzten europäischen Land. Letztendlich aus der Not heraus. Ein einzelner Staat ist ohne die Hilfe der multinationalen Schutztruppen jeder neuen Flüchtlingswelle hilflos ausgeliefert.

Wie ist sie jetzt wieder darauf gekommen?

Agnes verabschiedet sich an der Rezeption von Albin und eilt zur Personalbesprechung. Das Kleid klebt ihr feucht auf der Haut. Die Silhouette der Plonspitze ist in einen schwefelgelben Horizont gestanzt, afrikanischer Wüstensand stiebt wieder durch die Alpen.

Was wird dem Wind und dem Sand folgen?

Den Angestellten erzählt sie nichts vom Erpresserschreiben. Vielleicht dramatisiert sie ihn ja bloß. Wäre nicht weiter verwunderlich, nach allem, was sie in den letzten zehn Jahren hat durchstehen müssen, während rundherum die Natur langsam kollabiert ist. Sie hat unzählige Angriffe abgewehrt, Vereinnahmungs- und Übernahmeversuche, zeitweise im Wochentakt. Glücklicherweise haben sämtliche Eden-Verträge von Silvan und Lena Laufzeiten bis zu hundert Jahren. Der Boden gehört ihr und Albin, daran kann niemand etwas ändern, der Staat müsste sie schon enteignen. Die Wasserrechte und die Bewilligung für den Eden-Betrieb mitten im Naturpark hat sie kürzlich für weitere dreißig Jahre ausgehandelt. Dem Zuschlag waren etliche jener streng demokratischen schweizerischen Tauschgeschäfte vorausgegangen, in denen sie mittlerweile ganz begabt ist. So wie sie den steten Nadelstichen der Elektrischen, wie alle hier *Pure Water* noch immer nennen, auszuweichen weiß.

Eden ist längst mehr als ein Hotel. Eden ist ein letztes Refugium für jene Dauergäste, die es sich leisten können. Die Bungalow-Preise liegen weit über allen vergleichbaren Miet- oder Kaufpreisen. Was einst aus dem Idealismus ihrer Eltern entstanden war, ist heute eine reine Luxusinsel im noch kühlen Flischwald. Selbst im Hochsommer gibt es hier noch Tage unter fünfunddreißig Grad. Zumindest in früheren Jahren, korrigiert Agnes sich, der Schnitt in der aktuellen Hitzeperiode liegt bei siebenunddreißig Grad. Kein Tropfen Regen seit drei Wochen. Die Föhren, die den Flischwald berühmt gemacht hatten, sind längst den Flaumeichen gewichen und haben sich in höhere Lagen zurückgezogen, weit über die einstige Waldgrenze hinauf, wo Bäume vor wenigen Jahren noch gar nicht gedeihen konnten.

Die anhaltende Trockenheit verschärft die Waldbrandgefahr täglich, das wissen auch die Erpresser. Ein Brand wäre das Ende von Eden.

Und immer nur einen Funkenschlag entfernt.

Etwas fahrig legt sie mit den Köchen das Menü für den Abend fest, dann beendet sie die Besprechung vorzeitig und steigt in den Kontrollraum hinauf.

Die Rezeptionistin fragt Albin, ob ihm ein Zimmer genüge, die Bungalows seien heute noch alle besetzt.

»Ja, ein Zimmer reicht.«

Er setzt sich für einen Moment in die Halle und genießt die Kühle. Die Erfindungen seines Vaters sind Gold wert. Über einen Meter dick hat Silvan Bohrer die Wände einst bauen lassen, hier und bei allen Bungalows des Resorts. Das Ausgangsmaterial sind mit viel Lehm verputzte Strohballen, die oberste Schicht ist ein Lehm-Kalk-Gemisch. Das ergibt die perfekte Isolation für die Sommermonate. Alle Bauten des Eden-Resorts basieren auf derselben Kombination von uraltem Handwerk und moderner Architektur. Damals moderner Architektur, korrigiert Albin sich, vor vierzig Jahren. Noch bei Baubeginn, erinnert er sich, haben sich die Ploner über den neuesten Bohrer-Spleen lustig gemacht; die Zeit der Utopien sei vorbei, das habe der Kraftwerk-Unfall doch bewiesen, und wozu denn eigentlich der Beton erfunden worden sei?

Die Fehler der andern müsse er nicht wiederholen, lautete Silvan Bohrers stereotype Antwort, er riskiere lieber eigene.

Die Sonnenstoren sind ein Beispiel für die konsequente Planung der Eden-Häuser. Eine Markise wird stets nach der

Sonne gerichtet, genauso wie Kollektoren. Was also liegt näher, als beides zu kombinieren? So wie Strohballen mit Kalklehm. Selbst das jahrhundertealte Walliser Kanalsystem hat dank Silvan und Lena eine Auferstehung erlebt. Die Holzkännel sichern noch heute die Wasserzufuhr vom Schluchtsee, regulieren sie über viele Schleusen, verteilen das Wasser im ganzen Resort und verbinden die in den Boden eingelassenen Regenwasser-Zisternen der Bungalows untereinander. Diese Zisternen sind Zierteich, Wassersammler und Wärmespeicher in einem. Die *Wässerwasser* von Eden. Ihre Ahnen hatten sie vor einem Jahrhundert sogar die Heiligen Wasser genannt. Dank ihnen besitzen Albin und Agnes jetzt diese grüne Oase in einem Land, das in den Sommermonaten verdorrt, im Winter und Frühjahr hingegen verschlammt, wenn die Regenstürme über die Talschaften niedergehen und die steten Hochwasser die Walliser zermürben.

Er darf gar nicht daran denken, was sie verdienen könnten, wenn sie ihr kleines Paradies hier veräußern würden!

Aber solange Agnes das Resort führt, bleibt der Verkauf eine Illusion. Dabei würden die Käufer Schlange stehen. Wenn er den Flischwald nur mit den Landschaften vergleicht, die er in den letzten Tagen durchquert hat! Erst die apokalyptischen Dünen- und Steppenlandschaften im Süden Frankreichs, die Autowracks entlang aller Straßen, hinein in die Retortenstädte, die sie bei der großen Stadtflucht vor zwanzig Jahren in die Provinz gepflanzt haben. Jene Wohnsilos stehen bereits wieder leer, bis auf jene, die seit den Hungerjahren von afrikanischen Flüchtlingen bewohnt werden. Im Flischwald haben sich Silvans einfachste Ideen bewährt, andernorts erfinden sie intelligente Fassaden, neue Mauerwerke, revolutionäre Verkehrssysteme, verwerfen alles wieder, nichts wird wirklich besser, aber für eine Tankfüllung Benzin knallen sie dich noch immer ab!

Ein rascher Blick durchs Fenster des Kontrollraums bestätigt Agnes die Position des Fesselballons, der die Überwachungskameras über den Baumwipfeln trägt. Sie setzt sich vor die Monitore. Zusammengesetzt ergeben die Kamerabilder eine komplette Luftansicht des Resorts. Sorgfältig kontrolliert sie alle Bildschirme: Nichts, kein Rauch, keine ungewöhnliche Hitzeentwicklung … Sie tritt ans Fenster. Wenn es zur offenen Konfrontation kommt, wird der Ballon ein erstes Ziel sein. Er ist nicht nur von der Kollektorenmembran ummantelt, die ihn mit Energie versorgt, zwischen Gummihülle und Kollektoren hat Agnes eine schützende Titanschicht einbauen lassen. Aus demselben Material ist die Ankerleine gefertigt; all das gegen den Willen der Techniker, die damals bei der Herstellung keinen Grund dafür sahen.

Keinen Grund!

Sie entrollt das *e-paper* und dreht den Schriftkontrast hoch.

Verehrte Besitzer des Eden-Resorts

Wir stellen fest, dass Sie sich zu den Herrschern über das Wasser im Plontal aufschwingen. Sie haben sich der letzten natürlichen Ressource dieses Tales bemächtigt und nutzen diese für sich allein. Ein ganz und gar unsozialer Akt, den wir nicht tolerieren können. Unser Wohlwollen und damit den Schutz vor denkbaren Angriffen auf Ihr Resort können Sie nur auf eine Art wiedergewinnen: Beteiligen Sie uns an Ihrem unrechtmäßigen Reichtum. Öffnen Sie die Abflussschleuse des Schluchtsees, um 24 Uhr in der Leermondnacht vom 25. Juli auf den 26. Juli. Lassen Sie das Wasser während drei Stunden ungehindert strömen. Erfüllen Sie unsere Bedingungen, sehen wir der Zukunft Ihres Resorts zuversichtlich entgegen. Wenn nicht, werden Sie Ihr ganzes Wasser für Löscharbeiten brauchen. Und selbst das wäre nur ein Tropfen auf den heißen Stein, um mit einem Ihrer Bilder zu sprechen. Zur

Bekräftigung unserer Bitte werden wir heute Nacht um elf Uhr drei Warnfeuer zünden und nach exakt dreißig Sekunden wieder löschen. Diesmal noch.

Keine Unterschrift. Weshalb drückt der sich so süffisant und geschwollen aus? Wasser her, sonst räuchern wir euch aus! Warum wieder sie? Weshalb legen die sich nicht mit den Elektrischen an und plündern den Ploner Stausee? Die Antwort kennt sie bereits: Der See dort ist im Gegensatz zu ihrem leicht überschaubar, er gleicht einer Festung, und *Pure Water* besitzt die nötigen Mittel, ihr Wasser unter den riesigen Solarpanels zu verteidigen.

Eine offene Schleuse, drei Stunden lang, bei dem Durchmesser – wer kann ihr berechnen, wie viele Kubikmeter Wasser das wären? Und wie viel ihr für den Rest des Sommers noch bliebe? Stecken Dealer dahinter, die Wasserhandel treiben und sie weitererpressen würden, oder Flüchtlinge, die das Wasser für sich brauchen und weiterziehen würden?

Die nächste Panikattacke schnürt Agnes die Luft ab, schwarze Schatten umtanzen sie, sie weicht rückwärts an die Wand, schließt verzweifelt die Augen. Albin ist hier, und ja, Noah wird bald kommen! Der Gedanke an ihn beruhigt sie. Severins Sohn ist ein Profi auf diesem Gebiet, er wird ihr helfen können. Wenn einer, dann er.

Auf öffentliche Hilfe braucht sie nicht zu hoffen. Seit einige nationale Berühmtheiten im Eden Bungalows gemietet haben, durchkämmt die Armee den Wald zwar regelmäßiger und löst Flüchtlingscamps oder Bandenstützpunkte frühzeitig auf, doch weil überall im Land Wassernot herrscht, haben sie die Truppen an strategisch wichtigeren Orten zusammengezogen.

Agnes tritt ans Fenster. Albin geht unten den Rundweg des Resorts entlang, in die Richtung von Lucrezias Bungalow. Sie schaut ihm nach, bis er zwischen Sicherungszaun und Dickicht verschwindet. Im selben Moment schlägt die Glocke der Ploner Kirche Mittag. Wie immer in einsamen Momenten erinnert sie Agnes daran, dass sie schon lange nicht mehr am Grab ihrer Eltern gewesen ist.

14. Juli. Nachmittag

Das Zirpen der Grillen übertönt Albins Schritte. Ein zweites Geräusch irritiert ihn zunehmend. Das kaum wahrnehmbare Summen, das er erst für eine Täuschung gehalten hatte, kommt vom elektrischen Zaun. Bei seinem letzten Besuch hat das Sicherheitsgitter, das die Bungalows des Eden-Resorts schützt, noch nicht unter Strom gestanden. Jetzt fließe er so stark, dass er Tiere nicht gleich töten, potenzielle Langfinger aber nachhaltig verbrennen würde, hat Agnes ihm bei der Anfahrt erklärt. Albin bleibt stehen. Zentimeter für Zentimeter verringert sich der Abstand zwischen dem Zaun und seiner Hand. Erst im letzten Moment vor dem Kontakt zieht er die Hand zurück. Mit einem Kopfschütteln über die eigene Unberechenbarkeit geht er weiter. Vor Kurzem noch hätte er es wirklich gemacht.

Teufel auch, was tut er eigentlich hier? In diesem abgelegenen Schweizer Bergtal, allein, als wäre er schon am Ende angekommen.

Der Wald öffnet sich zu Lucrezias Bungalow hin. Sie sitzt in ihrem geliebten Schaukelstuhl.

»Endlich!«, sagt sie vorwurfsvoll, während er sie umarmt. »Ich bin gleich als Erstes zu dir gekommen und habe meine kleine Wanderung auf nachher verschoben. Ich muss mir die Thrombosen aus den Beinen treten. Kommst du mit?«

»Seh ich aus wie eine Spitzensportlerin?«

»Fischst du nach Komplimenten?«

»Hab ich die so nötig wie du?«

»Braucht man Luft zum Atmen?«

»Hoffentlich nicht mehr lange …«

»… denn sie geht uns aus.«

Beide schweigen.

»Aber wer will schon ewig leben!«, beginnt sie wieder.

»Du, wie es scheint.«

»Sind erst siebenundsiebzig Jahre.«

»Wär Silvan noch da …«

»Wär er kaum älter als ich.«

»Und Lena schon gar nicht … Es ist, wie es ist«, beschließt Albin ihr übliches Pingpong. »Und wie geht es dir?«

»Gut. Abgesehen von den Augen, vom Gehör, vom Rheuma, von der Verdauung und von der Hitze. Und du? In der Welt da draußen?« Ihre Handbewegung über die Baumwipfel hinaus ist abschätzig und sehnsüchtig zugleich.

»Da ist es noch heißer.«

»Also bleibst du diesmal hier?«

Verblüfft schaut Albin sie an.

»Woher willst du wissen, was ich niemals denken werde?«

»Ich muss alles erahnen, wenn ich schon nichts mehr höre und sehe.«

Beide lachen. Die Stille danach hält diesmal länger an, Albin wird ruhiger. Auf diesen Moment hat er sich gefreut. In den letzten Monaten hat er oft an die Zeit gedacht, als er fünfzehn, sechzehn gewesen war, an Agnes' Geburt und Selmas Tod. Seine eigentliche Großmutter. Der Verlust hatte ihn so hart getroffen wie seinen Vater. Der hatte damals Agnes und Lena, die ihm Kraft gaben, er nicht.

»Etwas habe ich dir nie gesagt: Wenn du nicht gewesen wärst, nach Selmas Tod, ich hätte den richtigen Weg vielleicht nicht gefunden, verwirrt, wie ich gewesen bin. Du weißt schon. Dafür wollte ich dir danken: für die Gespräche, deine Geschichten, die blöden Gleichnisse, die du mir untergejubelt hast …«

Lucrezia nimmt seine Hand und verschränkt seine Finger mit ihren runzligen.

»Nichts zu danken.«

Wieder hängen beide lange ihren Gedanken nach, bevor Lucrezia den Faden wiederaufnimmt.

»Du wirst langsam alt, wenn du dich so klar an deine Jugend erinnerst, scheint mir. Ich glaube aber nicht, dass du bloß zur Danksagung nach Eden zurückgekommen bist.«

»Wer weiß. Ich bleibe aber sicher nicht lange hier.«

»Irgendetwas bahnt sich an, Noah wird auch anreisen.«

»Noah? Hast du ihn darum gebeten?«

»Nein. Ihr beide hier, bei mir, gleichzeitig – das hat es schon lange nicht mehr gegeben. Ich freue mich. Und ihr kommt keine Woche zu früh.«

»Weshalb?«

»Hat Agnes noch nichts davon erzählt?«

»Wovon?«

»Wird sie bald tun.«

»Das mit Noah und mir ist ein reiner Zufall.«

»Gott würfelt nicht«, entgegnet Lucrezia lächelnd.

»Tut er doch, aber mit gezinkten Würfeln.«

»Du zitierst aus deinen eigenen Filmen?«

»Du schaust meine Filme?«

»Ich hör sie mir an und seh bloß ein Schattentheater.«

»Ich kann ja mal ein Hörspiel machen.«

»Bis das fertig ist, ist auch mein Gehör dahin.«

»Ich geb's auf, ich kann mit dir nicht mithalten.«

»Du hattest schon immer zu wenig Biss.«

Als Agnes gerade den Kontrollraum verlassen will, meldet die Überwachungskamera am Eingangstor eine Bewegung. Sie erfasst ein seltsames Gefährt. Seine Grundstruktur ist wohl eines der früheren Benzinmotorräder, verkleidet mit riesigen Solarpanels, die Form des Fahrzeugs ähnelt so einem Rochen, auch eine jener Fischarten, denen die steigenden

Meerestemperaturen nicht bekommen sind … Der Fahrer trägt eine altmodische Lederhaube, die Augen werden von einer metallgefassten Taucherbrille geschützt, sein Körper steckt in einem antiken Lederkombi, die Stiefel zieren rundum massive Metallverstärkungen. Wie hält der Spinner das aus, bei dieser Hitze? Agnes atmet tief ein. Einer der Erpresser? Er ähnelt zumindest den Fahndungsbildern mobiler Ölpiraten im WebTV.

»Sie wünschen?« Agnes' Stimme im Torlautsprecher lässt den Fahrer zusammenzucken. Er sucht nach der Kamera, entdeckt sie schließlich im geschwungenen Bogen des Tores und zieht in aller Ruhe die Lederhandschuhe aus.

»Ich möchte hinein.«

»Ach so.«

»Ich bin Gast.«

»So sehen Sie nicht aus.«

»Nicht?«

Wer zum Teufel ist das?

»Jetzt lass mich schon rein, Agnes!«

Er nimmt die Brille von den Augen.

»Noah?«

»Hab ich mich so sehr verändert.«

»Ja, nein, tut mir leid, ich hab dich nicht … nur einen Moment.«

Bevor Agnes den Knopf drückt, vergewissert sie sich mit der beweglichen Kamera, dass niemand sonst in der Nähe des Tores ist.

Sie wartet vor dem Haupthaus. Noah verträgt die Hitze wirklich, denkt sie. Er nimmt die staubige Lederhaube erst drinnen ab.

»Sieben Jahre, seit ich zum letzten Mal hier gewesen bin«, sagt er halblaut, mehr zu sich selbst.

Agnes betrachtet ihn erstaunt. Weil es tatsächlich so lange her ist, seit sie sich zum letzten Mal gesehen haben, und weil er anders aussieht als in ihrer Erinnerung. Die einst schulterlangen Haare sind jetzt millimeterkurz geschnitten. An etlichen Stellen sprießen sie nur noch spärlich. Seine Haut ist so braun gebrannt, als gehöre er zu den letzten Wahnsinnigen, die sich gern in der Sonne aufhalten. Die Falten in seinem Gesicht gleichen Kerben, sie verraten, dass er älter ist als Agnes. Sieben Jahre, wenn sie sich richtig erinnert. In der Kindheit haben sie so manche Ferienwoche miteinander verbracht. Lange her. Später, als Erwachsene, sind sie sich nie sehr nahe gekommen. Es war für ihn auch nicht einfach gewesen, hier in Eden, wo jeder mit Ehrfurcht von seinem Vater Severin Somm sprach.

»Ein Bier?«

»Gern.«

Noah schaut ihr sinnierend hinterher. Agnes … seine kindliche Begleiterin während der Zeit, die er hier verbracht hat. Von seiner Mutter abgeschoben, von Lena und Silvan fast adoptiert. Zu Beginn aus schlechtem Gewissen wahrscheinlich, weil sie sich für Severins Tod verantwortlich gefühlt hatten.

Agnes hält das Eden-Resort offensichtlich in Schuss. Ohne Ehemann mittlerweile, das weiß er aus Lucrezias Briefen. Jener Alberto Sacripanti ist nie eine große Hilfe gewesen. Noah hat Agnes bei aller Distanz zwischen ihnen immer geschätzt. Ihren Mann weniger. Was aber nichts heißen muss, er kommt mit vielen Menschen nicht aus. Wer wie er von einer Extremsituation in die andere springt, hat zu wenig Geduld für das normale Leben. Seine Dienste sind gefragt, Katastrophensöldner werden überall gebraucht. Noah kann sich die Einsätze nach Belieben auswählen. Dafür arbeitet er immer unter Zeitdruck, geht Risiken ein, hat niemals Muße für jene Nebensächlichkeiten, die für viele Menschen das Leben ausmachen.

Der Preis ist zu hoch geworden.

»Woher kommst du?« Agnes gestattet sich auch ein Bier. Ihre Flaschen klirren gegeneinander. Schon die zweite Ankunft eines Helfers heute, das ist kein Tag wie andere!

»Tirol. Schmelzender Permafrost. Felssturz und ein Talausgang, den wir wieder frei sprengen mussten.«

»Erfolgreich?«

»Viel Flurschaden, aber keine Verletzten.«

»Gratuliere.«

»Man tut nicht immer viel dazu.«

Kokettiert er?, fragt sich Agnes unwillkürlich. »Du kommst gerade rechtzeitig.«

»Ich will hier Ferien machen.«

»Das auch, aber wenn du schon da bist, mit all deinen Erfahrungen! Ich möchte dir etwas zeigen.«

Er überfliegt den Zettel. Nichts vom Gelesenen scheint ihn zu überraschen.

»Kennst du solche Fälle?«

Er nickt. »In Ländern, die noch längere Trockenphasen haben, interessiert sich die Mafia längst nicht mehr für Öl. Wasser ist die erste Geschäftsalternative, im Vergleich zu Öl einfacher zu klauen, zu transportieren und zu verdealen. Warum bedienen die sich nicht gleich beim See oben oder unten an der Plon?«

»Die Plon ist praktisch ausgetrocknet. Und oben am See kommen sie nicht ran. Mittlerweile haben wir einen elektrifizierten Sicherheitszaun, die Kameraüberwachung, ein komplettes Kontrollsystem.«

»Bis zur Schlucht hinauf? Ihr habt ausgebaut.«

Agnes hat die Bierflasche auf das Tischchen zwischen ihnen gestellt und reibt sich die schmerzenden Augen.

»Müde?«

Sie nickt widerwillig.

»Ich werde tun, was ich kann.«

»Danke. Das weiß ich zu schätzen.« Und sag mir jetzt bloß nicht, das seist du deinem Vater schuldig, sag einfach, du tust es für uns!

Albin pumpt Luft in seine allergiegeplagte Lunge. Seit er losgewandert ist, hat er den Spray noch nicht gebraucht. Natürlich trägt er ihn bei sich, wie immer, in der rechten Hosentasche. Das Wandern ohne Beschwerden ist die erste Entschädigung für seinen Aufenthalt abseits der Welt. Er folgt der oberen Grenze des Flischwalds, den Schatten der Bäume verlässt er nicht. Parallel zu den Höhenkurven auf der Karte ist er durch den Wald gewandert, auf der Suche nach jenem verwunschenen Teich aus seinen Jugenderinnerungen.

Der Teich müsste fast auf der Höhe der Eden-Quelle liegen, einige Kilometer näher bei der Furgg und Plon, noch vor dem Erdrutschgebiet. Wenn er noch existiert. Oder hat es ihn nie gegeben? Seine Erinnerungen haben sich schon früher als trügerisch erwiesen. Selbsttäuschungen im Dutzend ... Albin beschließt, noch fünf Minuten weiterzugehen, dann will er umkehren, der Tag geht schon bald zur Neige. Er kraxelt eine Anhöhe hinauf, an Ästen und schorfigen Baumstämmen zieht er sich das letzte Stück nach oben. Der Anblick, der sich bietet, ist ernüchternd. In einer Mulde zu seinen Füßen liegt tatsächlich der gesuchte Teich, oder besser: das, was von ihm übrig geblieben ist. Einst hatte er den Himmel gespiegelt, rundum behütet von dicht stehendem Schilf, doch geblieben ist bloß eine Vertiefung im Gelände, bereits zugewuchert von Heidekraut und verdorrenden Heidelbeer- und Alpenrosenbüschen. Albin setzt sich da zu Boden. Das trockene Moos unter ihm pikst. Er lächelt. Wie damals, kurz vor jenem überraschenden, stoppligen Kuss, der ihm erklärt hatte, weshalb er sich nur mäßig für die Mädchen im Dorf interessierte.

Minutenlang suhlt er sich in jener bittersüßen Mischung von nostalgischer Wehmut und körperlichem Unbehagen, die stets mit seinen Jugenderinnerungen einhergeht.

Sein Blick schweift zur Furgg hinauf, oben im Berggasthaus hat er seine schönste Zeit verbracht. Zusammen mit dem Vater, mit Selma, der Großtante. Sechzehn war er, als sie gestorben ist. Vierzig Jahre ist das her. Albin legt sich ins Moos zurück. Eine Melodie aus der Vergangenheit fliegt ihm zu, an die Worte erinnert er sich nicht mehr. Hoch über ihm kreist ein großer Raubvogel, den Umrissen nach ein Adler.

Das Bild kommt ihm vertraut vor.

Seit er ausgezogen ist, hat er in der halben Welt gelebt, in den größten Städten und den abgelegensten Flecken, keiner davon ist noch lebenswert. Trotzdem könnte er auf den Glamour und das Scheinwerferlicht nicht verzichten. So abseitig das Jetset-Leben in den Luxusfestungen auf dem Corvatsch oder auf dem Schilthorn und dem Mont Fort auch ist! Sommerfrische auf 3000 Metern, Champagner und Abtanzen, bis ihnen die Berge unter den Füßen wegtauen ... Das Matterhorn, einst das Wahrzeichen der Schweiz, ist seit fünfundzwanzig Jahren für Berggänger gesperrt. Haben die eigentlich Schilder aufgestellt dort?, fragt sich Albin. *Wegen Einsturzgefahr bis auf Weiteres geschlossen. Kommen Sie bitte nach der nächsten Eiszeit wieder.*

Der Rückweg führt ihn am Fuß der Salflischer Wand vorbei, senkrecht stürzt sie herab, in der Mitte zerschnitten von einer waagrechten Kerbe. Einer der vielen Wasserstollen, die zur Zeit seines Großvaters von Mineuren in den Fels gesprengt wurden, Teil eines gigantischen Kanal- und Höhlensystems, das alle *Wässerwasser* aus vier Tälern zum Ploner Stausee geführt hatte. Früher. Albin kann sich nicht vorstellen, dass der Kanal quer durch die Salflischer Wand noch Wasser führt. Woher sollte es auch kommen? Der Gletscher, in den er einst mit seinem Vater eingedrungen ist, ist verschwunden, das Reich der Toten, von dem seine Großtante Selma ihm so viel erzählt hatte, damit einfach weggeschmolzen.

Wie jedes Mal, wenn er eine der Wasserleitungen sieht und sich die schwindelerregenden Abgründe vorstellt, an denen die Mineure gearbeitet hatten, so wie einst seine Ploner Ahnen an den Suonen, fällt seine Lunge zusammen. Er atmet gepresst und stoßweise. Die Vorstellung allein ist ihm ein Albtraum! Zum Glück muss er nie auf jenen schmalen Felszinnen entlang der Kanäle balancieren.

Seit dem Unfall in der Gletscherhöhle ist er nicht mehr schwindelfrei.

Nach einigen hundert Metern findet Albin in seinen Wanderrhythmus, kurz darauf hört er seine Schritte doppelt. Er bleibt stehen. Zweige knacken schräg hinter ihm, dann Stille. Ein Fuchs ist die wahrscheinlichste Erklärung, gelegentlich werden über dem Flischwald gerissene Schafe gefunden, die auf einen Wolf oder auf einen Bären hindeuten. Selbst solche Großtiere hätten erst mal nur Angst vor Menschen. Macht er sich das vor oder weiß er es? Albins Atem geht schneller, er sucht nach dem Spray in der Hosentasche. Die Furcht begleitet ihn, viel später erst getraut er sich, wieder stehen zu bleiben. Kein Geräusch mehr, nur das eigene Keuchen und zaghaftes Zwitschern einiger Vögel in der von Harzduft durchwirkten Sommerluft. Wölfe in Plon? Einem anderen würde man sagen, er schaue zu viele Filme. Er hat zu viele gedreht.

Zu viele schlechte.

Lucrezia schüttelt fassungslos den Kopf, Albin blickt konsterniert, Linus hampelt nervös herum. Nur Noah lässt der Erpresserbrief kühl.

»Stellt sich die Frage, was wir tun«, Agnes schaut in die Runde, die sich nach dem Abendessen an Lucrezias Stubentisch zusammengefunden hat.

»Noah soll etwas sagen, der kennt sich mit solchen Dingen aus.« Als suche sie einen Ausweg, fährt Lucrezias Hand ruhelos über ihren Specksteinblock, der seit vier Jahrzehnten am selben Ort dicht neben der Bungalowtür steht. »Zum Glück ist er hier, jetzt erst recht.«

Noah aber schweigt. Agnes wendet sich ihrem Bruder zu. »Glaubst du, die meinen das wirklich ernst?«

Albin zuckt mit den Schultern. Zum zweiten Mal innerhalb von kürzester Zeit kommt er sich vor wie in einem seiner Filme. Wenn er gewusst hätte, was ihm eben eröffnet worden ist, wäre er nicht hierhergekommen.

»Wir können so tun, als würden wir auf die Erpressung eingehen«, schlägt Linus vor, der hoch konzentriert bei der Sache ist. »Dann passen wir sie ab, wenn sie das Wasser fassen wollen!«

»Und dann?«

Ist Noahs Frage ironisch gemeint? Agnes beobachtet ihn argwöhnisch.

»Dann? Dann … lassen wir sie verhaften!«

Noah nickt. »Wenn wir die Polizei dazu überreden können. Doch selbst so fangen wir vielleicht nur irgendwelche Handlanger, und die Drahtzieher legen uns zwei Tage später denselben Zettel in den Briefkasten.«

Das leuchtet Albin ein, es erinnert ihn an eigene dramaturgische Knacknüsse. »Also machen wir die Auftraggeber ausfindig.«

»Wie?«

Erneut Noah, der naiv fragt. Agnes beobachtet ihn etwas genervt. Der hat sich solche Dinge doch schon hundertmal überlegt!

»Wir analysieren den Brief und …« Albin stockt. »… und warten auf den nächsten?«

»Stark!«, kommentiert Linus belustigt.

»So falsch ist das nicht.« Noah glättet den Zettel vor ihm auf dem Tisch. »Der Stil der Drohung ist ungewöhnlich, der Schreiber gebildet, das merkt man, doch sein Deutsch ist viel zu gewählt, Form und Inhalt gehen weit auseinander. Er fühlt sich unwohl in seiner Rolle, deshalb rechtfertigt er, was er tut. Wäre er ein abgebrühter Erpresser der Ölmafia, hätte er ganz anders formuliert. Vielleicht ist das unser Glück, ich glaube nicht, dass wir es mit einem kriminellen Clan zu tun haben. Ich vermute eher, diese Leute versuchen sich zum ersten Mal als Erpresser.«

»Flüchtlinge also?«, fragt Agnes schnell.

»Möglich. Nicht aus unserem Kulturkreis, das deutet der Satz an, in dem er von unseren Sprachbildern spricht. Das heißt, es sind nicht seine. Überlegt mal, weshalb geben sie uns die elf Tage Zeit mit dem Ultimatum? Sicher nicht wegen des Neumonds. Fünf Tage vorher ist es schon genauso dunkel. Wahrscheinlich haben sie die logistischen Probleme noch nicht gelöst, wissen beispielsweise nicht, womit sie das Wasser abtransportieren wollen. Nur … Anfänger sind nicht weniger gefährlich. Eher unberechenbarer.« Er blickt auf seine Uhr. »In einer Stunde wissen wir, wie gut sie organisiert sind.«

»Ich hoffe nur, die haben ihre Warnfeuer wirklich unter Kontrolle!« Agnes tritt vor die Tür hinaus, angespannt starrt sie in die Dunkelheit. Heute Nacht werden die Träume zurückkehren. Mit Sicherheit. Im Licht der Fackeln werden die Schatten Agnes umkreisen, werden sie einschließen, ihr immer näher rücken …

Agnes wischt sich die Schweißperlen von der Stirn. Mit einem Ruck dreht sie sich um. »Noch ist es windstill. Wenn es nachher aber nur einen einzigen Funken verweht …«

Lucrezia fällt ihr ins Wort: »Noah, du musst bis zum Ablauf des Ultimatums hierbleiben. Du bist der Einzige, der mit solchen Dingen Erfahrung hat.«

»Natürlich bleibe ich, *Gotta*. Ich wollte Ferien machen, jetzt muss ich halt arbeiten, damit man mir meine Ferien nicht ganz ruiniert. Kann Eden das Wasser denn theoretisch entbehren?«

Agnes geht mit unsicheren Schritten zu ihrem Stuhl zurück.

»Linus hat es für uns berechnet, mithilfe des Physikprofessors in Bungalow Zwei Ost. Die Details erspare ich euch, die Zahlen auch, das Fazit in einem Wort: Nein. Wenn in den nächsten vier Wochen keine Niederschläge kommen, und davon gehe ich aus, brauchen wir jeden Kubikmeter Wasser im Schluchtsee. Es sei denn ...«

Sie springt schon wieder auf die Füße, umrundet nervös den Tisch.

»Es sei denn, wir finden neue Wasser.«

»Du spinnst!« Linus ist so überrascht, dass er vergisst, mit wem er spricht.

Lucrezia schaltet sich ein: »Dein Sohn sollte das nicht so direkt sagen, Agnes, aber er hat recht.«

»Genau!«, pflichtet ihr Albin bei. »Woher willst du plötzlich Wasser herzaubern?«

Agnes wartet auf eine von Noahs lästigen Fragen, diesmal überrascht er sie, indem er schweigt. Sie zieht den vergilbten Papierbogen aus der Tasche.

»Das hat Mutter in den Papieren von Vater gefunden, kurz bevor sie selbst gestorben ist. Schau dir den Plan an, Noah, du bist Geologe, denkst du, das ist möglich? Meine Mutter war sich absolut sicher, dass Silvans Theorie die einzig mögliche Antwort auf alle ungeklärten Fragen bei der Gletscherschmelze vor dreißig, vierzig Jahren war.«

»Ach das!«, sagt Lucrezia ein wenig eingeschnappt.

»Wovon sprecht ihr eigentlich?«, fragt Albin schon leicht verärgert.

»Vom unterirdischen See, nehme ich an«, erwidert Lucrezia. »Der geheimnisvolle Höhlensee, den nie ein Mensch gesehen hat.«

»Die ewigen Wasser. Silvan hat sie gesehen. In seiner Vorstellung zumindest.« Agnes reicht Noah die Karte.

»Ein unterirdischer See?« Noah verfällt in eine alte Marotte, seine Fingerkuppe streicht pausenlos über seinen Nasenrücken, bis er sich seines Ticks gewahr wird. »Möglich, geologisch gesehen. Der größte unterirdische See der Schweiz lag einst in der unteren Plonebene, nach dem Erdbeben von 2029 ist er abgeflossen. Dasselbe könnte auch bei dem hier passiert sein, sonst wäre er doch entdeckt worden! Die Zeichnung scheint irgendwelche Verbindungen zum einstigen Flischgletscher zu zeigen. All die Linien hier sind mir allerdings ein Rätsel. Wisst ihr, was das Gute daran ist: Wir haben in den nächsten Tagen etwas zu tun und müssen bis zur Leermondnacht nicht Däumchen drehen. Und falls wir Wasser finden, bestimmen wir das Spiel mit neuen Regeln.«

Eine halbe Stunde später sitzen alle im Kontrollraum. Ivo, der Diensthabende der Eden-Brandwache, hat den ganzen Abend keine verdächtige Bewegung auf den Monitoren ausgemacht, weder auf den Wärmebildern noch im Infrarot-Modus. Agnes schickt ihn in die Pause.

»Kein Mensch im ganzen Wald rund um Eden, wie wollen die dann zündeln?«, sagt sie, kaum ist der Wachmann draußen.

Sie zeigt bereits Nerven! Wie gewohnt registriert Noah jede Gefühlsregung um sich herum, fast alle gehen von Agnes aus.

Angespannt beobachten sie die Monitore. Bald springt der

Zeiger der großen Uhr an der Wand auf elf, im selben Moment stößt Noah seinen Stuhl zurück.

»Da. Auf dem obersten Monitor!«

»Das zweite!«

»Und das dritte.«

»Drei Feuer, wie angekündigt!«, sagt Noah. »Aber sehr kleine. Wie lange sollen sie laut dem Brief brennen?«

»Dreißig Sekunden.«

»Kann man die Kamera zoomen? Mehr? Schade. Seltsame Flammen, die flackern kaum. Schau, die Uhr: fünf, vier, drei, zwei, eins. Und weg sind sie.«

Perplex starren alle auf die Monitore, die wieder den dunklen Wald zeigen, nirgendwo eine ungewöhnliche Wärmeentwicklung.

»Wie haben die das gemacht, Noah?«

»Keine Ahnung, Linus. Frag Albin, der kennt sich mit Spezialeffekten besser aus.« Noah wirkt erstmals beunruhigt. »Aber im Gegensatz zum Brief hat diese Aktion ausgesprochen professionell gewirkt.«

15. Juli. Morgen

Zum ersten Mal seit Jahren, vielleicht gar seit sie alleinerziehende Mutter ist, fühlt Agnes sich von anderen getragen. Lucrezia hat angeboten, den Hotelbetrieb zu führen, bis die Krise ausgestanden ist. Albin und Linus sind auf der Suche nach dem unterirdischen See, Albin widerwillig, Linus mit Feuereifer. Noah prüft Schutzmaßnahmen für verschiedene Brandszenarien und will sie sogleich umsetzen, das sei unumgänglich, früher oder später werde es im Flischwald brennen, auch ohne menschliches Zutun. Obwohl sie Noahs Vorschlag skeptisch aufgenommen hat, weiß sie, dass er recht hat.

Vor lauter Hilfsangeboten hat Agnes an diesem Morgen nicht gewusst, was für sie zu tun bleibt. Ihre Wanderung durch den Wald bestätigt ihr Noahs Argumentation: Das für den Wald sonst so typische grüne Licht spielt bereits ins Gelbliche, die Blätter haben sich verfärbt und eingerollt, bei jedem Schritt stäuben kleine Wölkchen unter den Sohlen ihrer Wanderschuhe auf. Sie hat selbst schon an wirksamen Brandschutzmaßnahmen herumstudiert, zur tatsächlichen Umsetzung hat ihr stets die Zeit gefehlt. Wie für alles, was nicht auf dem Tagesplan steht. So geht es, seit sie das Resort übernommen hat. Nach dem Tod der Eltern plagte sie fast jeden Abend das schlechte Gewissen, weil jeder Tag kürzer gewesen war als die entsprechende Pflichtenliste. Der Drang nach Perfektion, der Wunsch, das Resort so gut zu führen wie ihre Eltern, hat sie so lange angetrieben, bis ihr Körper eines Tages nicht mehr mitmachte. Der Zwangsaufenthalt im Sanatorium hat zu schmerzhaften Erkenntnissen geführt. Ihr Mann Alberto etwa war ihr stets mehr Last als Stütze gewesen. Und Linus benötigte mehr Aufmerksamkeit. Das Resort hingegen weniger, es wurde nicht gleich zur verlotterten Waldkommune, wenn sie einige Arbeiten mal einige Tage liegenließ. All das sah sie nun ein. Entsprechend drastisch fielen ihre Entscheidungen aus, kaum war sie wieder bei Kräften. Alberto musste ausziehen. Was er ohne großen Protest akzeptierte. Sie stellte einen Geschäftsführer ein, der die Hälfte ihres Pensums übernahm, bis Linus tagsüber in der Ploner Schule blieb und Agnes wieder mehr Luft hatte.

Heute ist es nicht mehr der reine Arbeitsaufwand, der zehrt, eher die Verantwortung, die sie nie hat teilen können. Bis heute! Doch sie spaziert nicht zur Erholung durch den Flischwald, sie will die Brandherde der drei Feuer untersuchen. Wenn die Peilung auf ihrem *Toolbook* stimmt, ist sie nur noch zweihundert Meter entfernt.

Agnes spürt, wie sich ihre Rückenmuskeln zusammenziehen. Sie hätte nicht allein hierherkommen sollen … Unwillkürlich blickt sie über die Schulter zurück, sucht zwischen den Bäumen nach einem der schwarzen Schatten. Sie lauern da draußen, irgendwo, seit Jahren schon, warten auf eine Unaufmerksamkeit von ihr, auf eine Schwäche, um von Eden Besitz zu nehmen.

Die andern.

Flüchtlinge aus der Ferne, Vertriebene, Verbrecher, verarmte Hiesige – all jene, die keinen Zutritt zu Eden haben, verdunkeln ihre Träume.

»Du hast keinen Grund für ein schlechtes Gewissen, Agnes.« Zur Bekräftigung schickt sie einen Fluch in die Kronen der Flaumeichen.

Wenn sie sich nur glauben könnte. Jedes Mal, wenn sie im Web TV durch die globalen News-Channels switcht, findet sie die Gesichter zu ihren geträumten Schatten. Ob an der spanischen Grenzmauer gegen Afrika oder an den Festungswällen zwischen den USA und Mexiko, überall dieselben Schicksale: Klimaflüchtlinge ohne Zahl, ohne Namen, ohne Überlebenschancen.

Und wenn auch! Die haben keinen Anspruch auf das Wasser, egal wie verschroben sie sich in ihren Erpressungsschreiben ausdrücken. Vielleicht steckt dieselbe Bande dahinter, die vor zwei Monaten schon ein Ableitrohr bis in die Nähe des Schluchtsees gelegt hat. Im letzten Moment ist sie ihnen auf die Schliche gekommen, die Armee hat sich dann der Sache angenommen.

Das Dickicht wird lichter. Das könnte der gesuchte Ort sein … Agnes setzt den Rucksack ab. Wonach sucht sie eigentlich, Brandspuren? Es ist ja kein normales Feuer gewesen, das die Erpresser entzündet haben. Schneller als vermutet, steht sie vor der Lösung des Rätsels: drei kniehohe Glaskuben, halb verdeckt in einem Gebüsch. Bei allen ist der Boden rußgeschwärzt, sie erkennt Überreste einer schmierigen Substanz. Brennpaste? Die Größe der Kuben so berechnet, dass der Sauerstoff nach genau dreißig Sekunden ausgeht? Wie einfach haben sie sich beeindrucken lassen! Das Glas ist auf den Monitoren nicht sichtbar gewesen. Sie klemmt einen Behälter unter den Arm. Die Erpresser treiben viel Aufwand, damit sie den Flischwald nicht zu früh abfackeln, wäre ja auch schlecht für ihre Erpressungstaktik! Wieder schaut sie um sich. Ihr Hals ist so trocken, dass das Schlucken schmerzt. Sie trinkt aus der Wasserflasche, schiebt einen Kaugummi hinterher und macht sich auf den Rückweg, mit hastigen Schritten, den einen Glasbehälter unter dem Arm, begleitet von raschelnden Geräuschen, die sie aus ihren Träumen kennt.

Noah sucht im Wust der Pläne nach dem Grundriss des gesamten Eden-Resorts. Die neuste Zeichnung, die er findet, ist von 2031. Jenes Jahr, in dem Silvan und Lena starben, zwei weitere Opfer der globalen Grippe-Pandemie. Noah spitzt seinen Grafitstift. Mit Hilfe der Aufnahmen aus dem Fesselballon zeichnet er das später gebaute Stück Sperrzaun bis zum Schluchtsee ein. Auf der Außenseite des Zauns schraffiert er einen zehn Meter breiten Ring. Egal, ob dieses Land noch zum Resort gehört oder nicht, sie werden diesen Abschnitt roden müssen, sonst besteht keine Chance, das Resort vor Brand zu schützen. Noah will ein Sicherheitssystem aufbauen, das er in einem Reichenviertel auf Mallorca erstmals erfolgreich angewendet hat. Der eine Vorteil hier im Flischwald ist der bereits bestehende Zaun, auf dessen Krone sie die Schlauchvorrichtung installieren und rund um das Resort führen können. Sie werden keine Pumpen brauchen, sie müssen das System bloß mit einer Druckleitung an den See anschließen, bei Bedarf wird das Wasser ungebremst in den Schlauchring schießen. Oder wäre es gescheiter, Metallröhren anstelle der Schläuche zu montieren? Röhren, die auf zwei Seiten geschlitzt sind, so dass Wasser hinaus gegen den Wald spritzt, zudem senkrecht in die Höhe gegen den Funkenflug. Im Notfall können sie zusätzliche Sprengschläuche einsetzen. Nur mit der Lieferung wird es knapp, selbst wenn er die Schläuche und Röhren noch heute bestellt. Wie auch immer, sie werden im Ernstfall Unmengen von Wasser brauchen, Wasser, das sie nicht haben, wenn die Berechnungen des Professors stimmen und die Trockenperiode andauert. Umso wichtiger wäre es, diesen unterirdischen See zu finden! Sobald er am Nachmittag die Röhren in Auftrag gegeben hat, wird er seine Erschöpfung ein weiteres Mal überwinden. Für den Rest seiner disparaten Familie.

Die Familie, die ihm seine Mutter immer vorenthalten hat. Aus Gefühlskälte heraus. Und um den Vater zu bestrafen, davon ist er heute überzeugt.

Erstaunt ob seiner ungewohnten Gefühlsduselei rafft er die

Pläne zusammen. An der Rezeption waltet Lucrezia wie früher ihres Amtes.

»Kann ich das Solarmobil ausleihen? Ich muss nach Plon oder hinab ins Plontal, für eine Bestellung.«

»Mach nur, das Ding braucht keiner.«

Er drückt ihr einen Kuss auf die Wange, sie gibt ihm die Fingerkappe, mit der er den Türscanner des Mobils täuschen kann.

Plon hat sich seit seinem letzten Besuch kaum verändert. Noah passiert die riesigen Überbauungen, die den alten Dorfkern umschließen. Billige Mietsilos für hitzegeschädigte Flachländer und ihre allergiegeplagten Kinder, alle im Besitz des *Pure-Water*-Konzerns, der mit den Überschüssen aus seinen skandalösen Wassergeschäften diversifiziert. Noahs Ziel, die Ploner Metallschlosserei, war einst im Besitz der Stauseegesellschaft und ist heute ebenfalls ein *Pure-Water*-Ableger. Das Fabrikationsgebäude steht noch am alten Ort. Beim Einparken ruft sich Noah in Erinnerung, was er über *Pure Water* recherchiert hat: Gründung vor zweihundert Jahren, Hauptsitz in der Westschweiz, dank der Entwicklung von Babynahrung groß geworden. Bis 2000 bloß einer von verschiedenen globalen Nahrungsmittelkonzernen, doch schon im Begriff, alle andern zu überflügeln, weil die Manager von *Pure Water* als Erste groß ins Wassergeschäft eingestiegen sind. Zuerst in den USA, wo der Konzern dank der damals laschen Gesetzgebung in verschiedenen Staaten Grundwasser fördern durfte, in Flaschen abfüllte, mit ein paar Mineralien anreicherte und verkaufte, ohne Rücksicht auf die Schäden, die ihre maßlose Wasserausbeutung verursachte. Danach übertrug *Pure Water* das System auf Pakistan, begann so seinen widersinnigen Siegeszug durch die wasserarmen Länder der Dritten Welt, in Asien und in Afrika. Sie zapften auch dort die wenigen Grundwasservorkommen an, füllten das Wasser in Flaschen und verkauften es den Verdurstenden. Die Eroberung des wichtigsten Marktes, China, krönte den Wasserfeldzug eines Konzerns, der heute ganze Regierungen nach Belieben einsetzt und wieder abwählen lässt, wie es die Marktsituation und der Ressourcenkampf gerade erfordern. Und nicht zu vergessen für sein Gespräch: *Pure Water* pflegt eine unerbittliche Erfolgskontrolle, die jeden Angestellten zu stets neuen Höchstleistungen zwingt.

An der Auftragsannahme der Metallschlosserei verlangt er den Chef zu sprechen und wird nach kurzem Hin und Her in dessen Büro geführt. An der Tür hängt ein neues Schild: *Pure Water – Technical Services.* Services? Sieht aus, als hätte der Konzern mit der Schlosserei Größeres vor. Zu seiner Überraschung kennt er den Mann, der dafür sorgen soll. Ziemlich gealtert ist er, das Gesicht aufgedunsen, die schwarzen Kraushaare angegraut: Alberto Sacripanti. Agnes' ehemaliger Mann sitzt hier auf dem Chefsessel! Noah versucht sich nichts anmerken zu lassen. Alberto schaut ihn erwartungsvoll an. Soll er ihm sagen, wer er ist? Seine Begrüßung unterlegt er mit freudiger Überraschung.

»Sag mal: Alberto? Alberto Sacripanti.«

Er streckt Alberto die Hand hin, der schüttelt sie etwas verwirrt.

»Und Sie sind …?«

»Noah. Der Sohn von Severin Somm. Wir haben uns das eine oder andere Mal im Resort getroffen.«

»Stimmt, ja.« Albertos Begeisterung ist zögerlich.

»Tut mir leid, dass es bei euch nicht geklappt hat, ich meine, mit Agnes und dir.« Seine erste Lüge seit sehr langer Zeit, fällt Noah auf.

»Die Geschichte ist gar nicht mehr wahr.«

Noah sucht in Albertos Gesicht vergeblich nach einer

Ähnlichkeit mit Linus. Haben die beiden überhaupt noch Kontakt miteinander? Er kann es sich schwer vorstellen.

»Ist ja wunderbar, dass ein guter Bekannter hier der Chef ist, ich hätte einen Großauftrag für euch.«

»Großaufträge mögen wir sehr. Im Prinzip.« Alberto ahnt bereits, dass die Sache einen Haken hat.

Noah bedeutet ihm mit einem Handzeichen, kurz zu warten, er zieht die Pläne und seine Modellzeichnungen von den Rohren hervor und breitet beides auf dem Tisch vor Alberto aus.

»Die richtige Herausforderung für die *Technical Services* von *Pure Water!* Wir brauchen sofort eine Brandschutzanlage. Dreifach geführte Metallröhren rund um das Resort herum. Die äußerste ist zweifach geschlitzt, wie du in der Detailzeichnung siehst. Dazu die Verbindung hinauf zum Schluchtsee, hier und hier Öffnungsventile, dazu drei normale Wasserleitungen mit Hydranten auf dem Gelände, damit wir das ganze Resort mit Schläuchen benetzen könnten.«

»Abgesehen davon, dass dieses System nicht funktionieren wird …«

»Es wird, ich habe es schon mal ausprobiert.«

»Abgesehen davon, wann brauchst du die Röhren?«

»Fertig installiert am fünfundzwanzigsten Juli.«

Alberto starrt ihn erst überrumpelt an, dann platzt er laut heraus. Noah spricht unbeirrt weiter: »Das sind zehn Tage. Wenn ihr Produktion und Installation parallel laufen lasst, reicht es.«

»Nie, glaubst du, wir hätten keine anderen Aufträge?«

»Mitten in den Sommerferien? Keine großen, da würde ich wetten.«

»Da täuschst du dich, das wird nicht gehen.«

»Schade.«

Noah packt seine Pläne zusammen.

Alberto schaut ihm zu, nur scheinbar gelassen, Noah sieht den Kugelschreiber wie ein Windrädchen in seiner Hand rotieren. Wenn Noah ihn lange genug zappeln lässt, wird er einwilligen, den Auftrag annehmen und den Druck einfach nach unten weitergeben.

»Was willst du jetzt tun?«, fragt Alberto.

»Ich werde einen Hersteller finden, der es zeitlich schafft, der Termin ist nicht verhandelbar. Schade, keine Ploner Firma, aber ich habe bereits Kontakt zu diesem Anthamatten unten in der Ebene.«

Der Kontakt beschränkt sich auf einen Blick ins Web.

»Anthamatten?« Alberto lacht verächtlich, »unser nächster Übernahmekandidat.«

»Dann wird ihm ein solcher Auftrag gelegen kommen. War nett, dich wiederzusehen!«

Noah blufft und eilt zielstrebig zur Tür. Als er sie schon entmutigt hinter sich zuziehen will, ruft ihn Alberto zurück.

»Ich könnte vielleicht versuchen, den einen Auftrag ein wenig hinauszuzögern und deinen vorzuziehen.«

»Ihr müsst es aber in der Zeit schaffen!«, gibt sich Noah skeptisch.

»Warum denn ausgerechnet dieses Datum? Sagt der meteorologische Dienst Funkenflüge für den fünfundzwanzigsten Juli voraus?«

Wie soll Noah ihm das Datum begründen? Am besten so wie üblich.

»Ich leite die Arbeiten, am sechsundzwanzigsten reise ich ab. Zwingend. Der nächste Auftrag. Ich habe Agnes versprochen, dass bis dann alles fertig ist, und so wird es sein. Mit euch oder ohne euch.«

»Angenommen, deine Konstruktion würde funktionieren … Woher wollt ihr das Wasser nehmen?«

»Aus dem Schluchtsee natürlich.«

»Und später?«

»Später? Ich versteh deine Frage nicht, es wird wohl kaum zweimal brennen. Haben wir einen Deal, Alberto?«

»Meinetwegen. Aber nur Agnes zuliebe, sag ihr das, ich riskiere mit so was hier Kopf und Kragen.«

»Sehr nobel. Agnes wird es dir danken.«

Alberto errechnet bereits den Profit aus dem Röhrenauftrag.

»Ganz billig wird das aber nicht, mein Freund, das kann ich dir jetzt schon sagen.«

»Deshalb rechne ich ja auch mit einem Freundschaftspreis. Ich habe übrigens exakte Vergleichswerte von früher, es ist alles durchkalkuliert.« Noah setzt sich zurück an den Tisch, bereit für die zweite Runde.

Albin kraxelt den fast ausgetrockneten Wasserlauf entlang die Flischschlucht hoch. Linus ist dicht hinter ihm. Bevor sie die steilste Schwelle in Angriff nehmen, bleibt Albin keuchend stehen.

»Zwei Minuten, ich muss mich ausruhen.«

Er setzt sich auf einen Felsen. Noch bewegen sie sich im morgendlichen Schatten der Plonspitze. Bald wird die Hitze unerträglich sein. Linus entfaltet die Kopie der Zeichnung, die Silvan Jahrzehnte zuvor angefertigt hat, etwas weiter oben sitzend, wahrscheinlich, den alten Gletschergraben in Sichtweite.

»Seltsam ... Ich meine: unsere Wanderung hier herauf.«

»Warum seltsam?«, fragt Linus.

»Ein Déjà-vu. Vor vierzig Jahren, in den ersten Monaten des Eden-Resorts, bin ich mit meinem Vater fast wöchentlich hier heraufgekommen, weil wir die Veränderungen der Schlucht und des Gletschersees ständig im Auge behalten mussten. Wer weiß, vielleicht hat er schon da die Theorie vom unterirdischen See entwickelt.«

»Glaubst du daran?«

»Es wäre ein Wunder, in diesen Zeiten noch Wasser zu finden. Vielleicht hat es den See früher mal gegeben, Vater hatte für solche Dinge einen siebten Sinn. Bleibt die Frage, ob es den See heute noch geben würde, nach all den Klimaveränderungen. Jetzt gehen wir halt suchen.«

Er hat ja auch nichts Besseres zu tun, solange er hier ist.

Albin tastet nach dem Asthmaspray in der Hosentasche, dann schickt er Linus beruhigt vor. In seiner Spur hangelt er sich zwischen riesigen Felsquadern die nächste Stufe der Schlucht hinauf. In den Regenzeiten schießen hier Wasserfälle herunter, jetzt sind es bloß einzelne Rinnsale. Selbst diese Wasserreste verwundern Albin, anscheinend gibt es oben auf den Dreitausendern letzte kleine Schneefelder, deren Schmelzwasser den Weg hier herunterfindet, bevor es verdunstet. Woher sollte das Wasser sonst kommen? Sickerwasser aus dem Fels? Vaters Suche nach dem unterirdischen See muss in die Jahre gefallen sein, als Albin an der Londoner Filmschule studiert hatte und nur selten hierherkam. Seine Ploner Erinnerungen konzentrieren sich auf die Zeit nach der Eröffnung, als er ausnahmsweise einige Monate hatte im Flischwald bleiben dürfen. Weil Albins Mutter zu jener Zeit frisch verliebt gewesen war. In solchen Phasen hatte sie sich jeweils weniger auf ihren pubertierenden Sohn mit seiner zweifelhaften Orientierung konzentrieren mögen. Was Albin wiederum nur recht gewesen war, so gerieten er und die Mutter gar nicht erst aneinander. An die damaligen Kontrollgänge mit Silvan und manchmal mit Primo erinnert Albin sich nicht mehr in allen Details, aber zumindest war das unerklärliche Verschwinden von Wasser schon damals ein Thema gewesen. Den Abfluss des Gletschersees hatten sie nämlich nie gefunden. Selbst ins Innere des Gletschers waren er und sein Vater deswegen vorgestoßen. Welch ein Abenteuer damals, die bizarren Eiscanyons, die ins Schwarze stürzenden Schmelzwasserbäche, Vaters Unfall in der Höhle …

Später war Silvan Bohrer vorsichtiger geworden, er hatte neue Erkenntnisse für sich behalten, wohlweislich, denn bald waren die ersten Kämpfe um das Wasser losgegangen, um die Nutzungsrechte der Flisch und der Plon beispielsweise. Wenn der Vater den See entdeckt hatte, hätte er niemandem davon erzählt, in den Zehner- und Zwanzigerjahren begann jeder für sich selber zu schauen. Wie immer, wenn lebenswichtige Rohstoffe zur Neige gehen.

Albin ist überzeugt, dass nomadisierende Flüchtlinge hinter der Erpressung stecken. Die Abriegelung des europäischen Kontinents, wie sie in den Verträgen von Europa 4.4 festgeschrieben wurde, erweist sich dank den neuesten militärischen Maßnahmen der *Euroforce* als halbwegs erfolgreich. Trotzdem schaffen Tausende von Flüchtlingen den Weg durch die Todeszonen nach Europa und auch hierher, in die Schweizer Berge. Viele von ihnen sind gebildet, nur die Geschicktesten schaffen es so weit. Der Plan der Erpresser verrät Intelligenz.

Ein Brand würde natürlich auch Albins Verkaufsideen zunichtemachen. Im Gegensatz zu Agnes will er sich diese Möglichkeit offenhalten. Und wenn sie tatsächlich einen unterirdischen See finden, steigt der Wert von Eden ins Unermessliche.

Als sie endlich auf der Felsschulter ankommen, ist Albin sogar ein wenig stolz auf seine Leistung. Der Ausflug mit seinem Neffen macht ihm mehr Spaß als befürchtet, er erinnert ihn an eigene Expeditionen, als er im selben Alter wie Linus war.

Gemeinsam vergleichen sie Silvans Zeichnung mit der Landschaft vor ihnen.

»Unmöglich!«, sagt Linus. »Schau dich um, hier deutet nichts auf einen See hin.«

»Angenommen, die Hänge hier sind aus Kalkgestein, dann könnte es sein, dass sich das Wasser Kavernen und Höhlen geschaffen hat.«

»Und wie sollten wir die finden? Mit einer Wünschelrute?«

»Wär gar keine schlechte Idee. Oder mit Verstand? Immerhin liegt nicht weit von hier auch die Fassung der Eden-Quelle, also gibt es tatsächlich Wasser im Fels. Wir durchkämmen erst mal systematisch das ganze Gebiet. Du gehst hoch Richtung Gipfel, aber nicht weiter als bis zum früheren Hochmoor. Ich nehme das Gebiet von hier abwärts. Halt nach Rissen Ausschau, nach Höhlen, nach ungewöhnlichen Felsformen, was weiß ich! In spätestens zwei Stunden ist es so heiß, dass wir keinen Schritt mehr machen können, dann treffen wir uns wieder hier zum Essen.«

Lucrezia und Agnes sitzen im Hotelbüro, als Noah zurückkommt. Der Glasbehälter steht vor den beiden auf dem Tisch.

»Damit also!« Noah braucht keine Erklärung. Er untersucht den Kubus von allen Seiten.

»Wahrscheinlich so berechnet, dass nach dreißig Sekunden kein Sauerstoff mehr vorhanden war und das Feuer ausging«, sagt Agnes.

»Chemische Komponenten, die sich selber entzünden und kontrolliert brennen.«

»Aber warum, meine Lieben, gibt sich jemand rücksichtsvollste Mühe, der uns gleichzeitig erpresst?« Lucrezia weiß wirklich nicht, was sie von der Feuerwarnung halten soll.

»Habe ich mich auch gefragt«, antwortet Agnes. »Aber

wenn sie mit ihrem Warnfeuer wirklich einen Waldbrand angefacht hätten, gäbe es nichts mehr zu erpressen.«

»Stimmt doch nicht, dann hätten sie freie Bahn! Wir wären hier alle verkohlt, und sie könnten ihre Schläuche ungestört gleich am Schluchtsee ausrollen.«

»Wir wären nicht verkohlt, wir hätten alles Wasser zum Löschen verbraucht«, gibt Agnes zurück. »Was denkst du, Noah?«

»Ich weiß es nicht. Vielleicht haben sie Skrupel, oder es liegt nicht in ihrem Interesse, den Wald zu zerstören.«

»Dann sind es keine Flüchtlinge«, kommentiert Lucrezia. »Ich lass euch allein weiterrätseln, ich muss an die Rezeption.«

Noah und Agnes begleiten sie nach vorn und gehen etwas später zu zweit auf dem Rundweg am Zaun entlang. Noah erklärt Agnes sein Löschsystem und erzählt, wie sehr Alberto sich geziert hat. »Ich war überrascht, als er am Ende einlenkte. Er steht unter Erfolgsdruck, oder er hat dir gegenüber ein schlechtes Gewissen.«

»Alberto? *Hüereheiland,* der und ein Gewissen!«

Noah wartet vergeblich, Agnes spricht nicht weiter.

»Wie seid ihr auseinandergegangen?«

»Im gegenseitigen wortlosen Einvernehmen. Ich verstehe bis heute nicht, wie sehr ich mich in ihm getäuscht habe. Wie übrigens alle andern auch. Wir kannten und liebten seinen Vater, Primo Sacripanti, die ganze Familie Sacripanti, aber Alberto ist ganz anders, wie sich mit der Zeit herausgestellt hat. Beziehungsunfähig, wenn man es vorsichtig ausdrücken will.«

»Wie ist das Verhältnis zwischen ihm und Linus?«

»Sie haben praktisch keinen Kontakt. Dabei leben sie am selben Ort. Unvorstellbar, nicht? Aber sprechen wir nicht von Alberto, erzähl mir lieber von dir. Hast du nie Kinder gewollt?«

»Es hat sich nicht ergeben.«

Agnes trifft den wunden Punkt. Noah macht sich nichts vor, seine derzeitige Erschöpfung ist nicht nur eine Folge der Arbeit, eher Ausdruck seiner Lebenskrise, und die fehlende Familie ist Teil davon. Er kann sich nicht vorstellen, sein Motorrad bald in ein nächstes Katastrophengebiet zu lenken, wo sie ihm neue Bürden auf die Schultern legen, ihn ein nächstes Mal zum Träger letzter, verzweifelter Hoffnung machen. Den Beruf des mobilen Katastrophenhelfers hatte er nie angestrebt, ein Auftrag hat einfach einen weiteren nach sich gezogen, und Noah hat sich nie anmerken lassen, dass er im Grund dieselbe Ohnmacht verspürt wie seine Auftraggeber, mit dem einzigen Unterschied vielleicht, dass es jeweils nicht sein Besitz ist, der auf dem Spiel steht. Nicht sein Haus, nicht seine Heimat, all das besitzt er gar nicht.

Und doch hat er etwas zu verlieren, das ist ihm in der kurzen Zeit hier im Eden-Resort bewusst geworden.

Solche Gedanken beschäftigen ihn neuerdings, wenn er irgendwo nach getaner Arbeit wieder Abschied nimmt, erfolgreich oder nicht, und sich wieder auf den Weg macht. Ein Getriebener, in den ersten Jahren vom Erfolg, dann von der Einsamkeit. Die Hatz hat ihn zermürbt. Er beginnt die Hitze zu spüren, seit einigen Wochen schon. Selbst hier auf dem schattigen Weg, wo es knapp über dreißig Grad warm ist, fühlt er sich unbehaglich, während er noch letzten Sommer im Lederkombi die süditalienischen Steppen und Wüstengebiete durchquert hat, durch die verlassenen Straßenschluchten von Marseille spaziert ist, stoisch wie ein Tuareg. Seine Eigenwahrnehmung hat sich seither ins Gegenteil verkehrt. Noch kann er die Fassade aufrechterhalten, seine Wirkung auf andere ist ähnlich wie früher, doch es kostet ihn größte Anstrengung, den unterkühlten Katastrophenhelfer zu geben.

»Aber du hättest gewollt?«, wiederholt Agnes eine Frage, die sie anscheinend schon gestellt hat.

»Entschuldige, was gewollt?«

»Kinder!«

Agnes fragt ziemlich direkt, fällt ihm auf. »Warum nicht? Wenn ich Linus anschaue – du kannst stolz sein!«

»Ich weiß.«

Noah bleibt stehen und setzt sich auf einen der Findlinge, die Silvan Bohrer einst aus dem Gletscherrückzugsgebiet hierhertransportiert hatte.

»Die Rodung, da draußen, wie stellen wir das an?«

»Das fragst du mich?« Agnes setzt sich neben ihn, ihre Ellbogen berühren sich für einen kurzen Moment, was er wohl gar nicht bemerkt hat.

»Das ist immerhin ein Naturschutzgebiet.«

»Wir fragen niemanden. Drei Meter über den Zaun hinaus gehört das Land ohnehin uns, wir stellen sie vor vollendete Tatsachen, wie man das in solchen Fällen immer tut.«

»Dann müssen wir es so schnell wie möglich hinter uns bringen. Mit einer *Caterpillar* oder *Timberjack,* die fällen, zerteilen und entrinden in einem Arbeitsgang. Es darf kein Abfallholz liegen bleiben, das wäre Nahrung für das Feuer. Wir werden problemlos einen Bauunternehmer finden, der uns das gratis macht, wenn er dafür das Holz behalten darf.«

»Ach ja?«

»Bei den heutigen Holzpreisen? Zu schade eigentlich – wenn die Zeit nicht so drängen würde, könnten wir das Holz lagern und für uns behalten. Gehst du nicht ran?«

»Doch, natürlich.«

Etwas ungehalten über die Störung, zieht Agnes ihr *Toolbook* aus der Tasche. »Albin«, sagt sie mit einem Blick auf das Display. Sie hört ihm zu, ihr Blick wird starr, ihr Gesicht wachsweiß.

»Was hast du?«

»Linus ist verschwunden!«

TEIL 2

Eröffnung

Der Lärmpegel auf der Eden-Terrasse stieg. Lucrezia gab Lena ein Zeichen, sie wiegte Agnes in den Armen und deutete mit dem Kinn auf den Kinderwagen. Lena nickte. Das Aufbegehren der Kleinen kam Lucrezia recht. Ihre Dreimonatskrämpfe hatte Agnes endlich überstanden, der Grund für ihr Unwohlsein musste der Lärm sein, und Lucrezia war den Trubel ebenso wenig gewohnt. Ganz Plon hatte sich zur Eröffnung des Eden-Resorts auf der Terrasse des Haupthauses eingefunden. Um ein letztes Mal der Königsfamilie zu applaudieren, hatte Silvan mit düsterem Gesicht gemurmelt, weil sie sich das Grab anschauen wollten, das sich Bohrer junior hier draußen schaufelte, das Öko-Resort, dieses Eden, für das er alle Besitztümer der Bohrer-Familie verscherbelt habe, und dann noch an einen Ägypter!

Der Kinderwagen ruckelte über den Eden-Rundweg, der die ersten fertiggebauten Bungalows am westlichsten Wasserkanal verband und sich danach kilometerweit um das zukünftige Gebiet des Resorts zog. Lucrezia war sich nicht sicher, was eher der Wahrheit entsprach: Silvans Vermutung, dass alle nur warteten, bis er und Lena auf die Nase fielen, oder Lucrezias eigene, gegenteilige Erfahrungen. Sie hatte im Dorf nur Wohlwollen gespürt, und Neugier, gelegentlich begleitet von einem leicht verwunderten Kopfschütteln. Vielleicht entgingen ihr Doppeldeutigkeiten, durchaus möglich, sie war die Fremde, allein schon beglückt davon, dass ihr die Leute beim Gespräch ins Gesicht schauten, im Gegensatz zu den Gsponern. Viel zu lange war sie dort oben geblieben, im Schatten der Wand! Auch hier litt sie manchmal, aber über diesem Tal lag nicht jener graue Schleier, an den sie sich in Gspona gewöhnt hatte.

Ihre Sehnsucht wechselte langsam die Farbe.

Der Weg führte sie zum hintersten der bereits erstellten Bungalows, es war ihr eigener. Sie stellte den Wagen unter die Sonnenstore, Agnes reklamierte, ihr siebter Sinn hatte den Stillstand der Räder trotz Tiefschlaf sofort registriert. Auch gut, ein bisschen Bewegung konnte nicht schaden! Lucrezia joggte neuerdings, seit vier Wochen und regelmäßig, was sie selbst am meisten erstaunte. Sie liebte diese einsamen Touren quer durch das Naturschutzgebiet, durch den Föhrenwald, der sie tatsächlich an einen Garten Eden erinnerte. Severin hatte ihr drei große Fragezeichen zurückgesimst, als sie ihm von ihrem neuen Hobby berichtet und sich nach einem guten Trainingsbuch erkundigt hatte. Zu schade, dass er heute nicht hatte kommen können! Er war an einem Wolfskongress im Piemont, hatte aber versprochen, er würde zur Eröffnung nach Plon kommen, falls er sich rechtzeitig vom Kongress fortstehlen konnte. Spätestens die Sommerferien wollte er mit seinem Sohn Noah im Eden-Resort verbringen, dann würde Lucrezia ihm zeigen können, wo ihre Bilder gelandet waren.

»Nur her damit!«, hatte Lena freudig gesagt. »Meinst du, ich hätte die leiseste Ahnung, wie ich hier alles verzieren soll? Das Hauptgebäude, die Bungalows, all die leeren Wände, zähl bloß mal, wie viele das sind!«

»Ich gebe dir die Bilder gern, und Severin wird mit Sicherheit einverstanden sein, ich habe schon mal mit ihm darüber gesprochen. Die Malerin hätte sich keinen besseren Ort ausdenken können.«

»Sag Severin, dass wir die Ölbilder und Aquarelle im Haupthaus aufhängen, da sind sie besser geschützt. Das Buch, das er über die Bilder und die Schattwand hat schreiben lassen, können wir in jedem Zimmer auflegen, und die Skizzen kommen in die Bungalows.«

So hatten sie es gemacht, wie alles zu Ende gebracht wurde, was Lena andachte, verkündete und sogleich anpackte. Lucrezia bewunderte die ungebrochene Energie ihrer Freundin, ungeachtet aller Belastungen nach Agnes' Geburt und Selmas Tod.

»Was bleibt mir übrig?«, hatte Lena gefragt, als sie zum ersten Mal vergeblich versuchten, Agnes mit abgepumpter Milch aus dem Fläschchen zu überlisten. »Silvan ist seit Selmas Tod nicht er selbst, ich zehre dafür von der Kraft, die mir die Kleine gibt.« Sie hatte lachend ihre Brüste umfasst. »Dabei ist es eigentlich umgekehrt: Agnes zehrt mich aus!«

Lucrezia erreichte den unteren Bogen des Resorts, wo die vier Hauptkanäle nach ihrem Weg durch die Zisternenteiche der Bungalows in einem neugeschaffenen Bach zusammenfanden, der weiter unten in die Plon floss. Sie ging ein Stückchen am Wasser entlang, Agnes schlief bald tiefer. Lucrezia sicherte die Räder des Kinderwagens und setzte sich ans Bachufer. Sie schlug das Buch auf, das ihr Lena zur Taufe geschenkt hatte. *Vo Tämperchind und annr Gschichtä vam Aabusitz* hieß die Sagensammlung von Selma Bohrer. Von Quatemberkindern und anderen Abendgeschichten, das müsse sie lesen, hatte Lena ihr befohlen, immerhin sei ihr Patenkind ein Quatemberkind, genau wie Lena selbst und Albin, nur damit Lucrezia wisse, worauf sie sich mit ihnen einlasse. Quatemberkinder, hatte sie aus Selma Bohrers Geschichten folgsam gelernt, besaßen ein ausgeprägtes Sensorium für übersinnliche Phänomene. Sie waren in einer der vier Quatemberwochen zur Welt gekommen. Die verschoben sich Jahr für Jahr, gemeint waren die Wochen nach dem ersten Fastensonntag, nach Pfingsten, nach der Kreuzerhöhung am 14. September und nach dem ersten Adventssonntag.

Noch faszinierter war Lucrezia von Selmas *Graatzug*-Geschichten. Detailliert beschrieb sie den Zug der Armen Seelen nie, doch Lucrezia erinnerten die Schilderungen an die Wolfssagen von Plon. Sie konnte sich den *Graatzug* geradezu bildlich vorstellen: Der grünliche Schleier, der den Berggraten entlangglitt, gewoben aus Armen Seelen, die wie der Gsponer Wolf keine Ruhe fanden, weil etwas sie zurückhielt, eine Schuld, eine ungeklärte Hinterlassenschaft, bevor sie weiterziehen mussten, hinauf zu den Gletschern, in dessen Eis sie gefangen bleiben würden, für ewig und einen Tag, ohne Hoffnung auf Erlösung.

Wer einem *Graatzug* begegnete, so beschrieb es Selma, für den schälten sich aus dem grünen Schleier konturlose Gestalten, weißlich nun eher, durchscheinend, gefährlich, denn wer in ein Gesicht blicke, oder noch schlimmer, wer von einer Armen Seele fixiert werde, dem drohe Böses, der Tod, im besten Fall. Und wer im *Graatzug* jemanden entdeckte, den er eigentlich noch unter den Lebenden wähnte, könne sofort mit Trauern beginnen.

Sie klappte das Buch zu. Die Lektüre bekam ihr heute nicht.

Peider war ohne Abschied gegangen. Ohne Kuss. Vieles ungesagt.

Zog auch er ruhelos über die Bergkämme?

Unsinn, Peider hatte keine Buße zu tun. Schluss mit den Hirngespinsten! Das ewige Eis war für die Walliser doch nur eine Ersatzhölle, weil sie sich wie alle Bergler unerträgliche Kälte besser vorstellen konnten als unerträgliche Hitze. Die Gletscher bestimmten ja auch seit jeher das Leben in diesem Teil der Alpen, waren natürliche Wasserspeicher und damit die Lebensquelle, die im Sommer alle Flüsse und Bäche speiste und dank den Suonen, den alten hölzernen Wasserleitungen, das Siedeln in diesen trockenen Alpengebieten erst ermöglicht hatte.

Heute lieferte der Gletscher das Wasser für die Stromerzeugung und sorgte so für das Überleben der Dörfer.

Aber nicht in alle Zukunft, wie Silvan stets betonte. Die Gletscher verschwanden. Auch deshalb war Eden entstanden.

»Komm, Albin, hinauf zum Merkhammer!«

Silvan wartete, bis sein Sohn den Rucksack geschultert hatte, sie wollten die Journalisten hinauf zum Schluchtsee führen, zur großen Schleuse des Eden-Resorts. Die Eröffnungsgäste blieben drüben auf der Terrasse des Hauptgebäudes, umsichtig bewirtet von Lena, die diesen Tag seit jenem Abend vor zwei Jahren herbeigesehnt hatte, als Silvan und sie auf der Furgg weinselig über ihre Zukunft sinnierten. Weshalb er aus den Golfhotel-Plänen im Flischwald nicht ein ökologisch sinnvolles Projekt mache? Silvan erinnerte sich genau an das Gespräch, ihr Einfall hatte sogar Lena selbst überrascht. Etwas wirklich Neues!, hatte sie hinzugefügt, sich selbst überzeugend, das sei doch überhaupt die Idee, ob sie ihm das Ei des Kolumbus vor dem Einlöffeln vielleicht erst weich kochen müsse?

Silvans Lächeln verschwand.

Jetzt war der große Tag gekommen, aber Selma erlebte ihn nicht mehr.

Albin ging dem Grüppchen Journalisten, das sich zur Präsentation des Eden-Resorts herbequemt hatte, voran. Sie folgten dem Hauptkännel des Wassersystems den sanft ansteigenden Flischwald hinauf. Nach rund einem Kilometer stellte sich Silvan unter eine ausladende Föhre. Es war schwül und gewittrig wie sonst kaum im Frühsommer, jeden Moment erwartete er erste Tropfen.

»Wie Sie sehen, haben wir das Prinzip der alten Walliser Suonen weiterentwickelt. Jeder der Hauptkännel bündelt in sich drei Leitungen: Das Gletscherwasser der Flisch fließt offen zu den Zisternenteichen der Bungalows; das Trinkwasser unserer eigenen Quelle führen wir geschützt in diesem Rohr hier; die dritte Leitung im Kännel ist eine Neuentwicklung, sie führt ebenfalls Quellwasser, der Mantel des Rohres erhitzt sich aber schon bei geringster Sonneneinstrahlung, wärmt das durchfließende Wasser auf und unterstützt so die Sonnenkollektoren der Bungalows. Folgen Sie mir jetzt bitte zum Wasserverteiler.«

Das zweite Teilstück legte er gemeinsam mit Hubert Borelli zurück. Das gab ihm Gelegenheit, sich beim *Sonntags-Blatt*-Korrespondenten zu bedanken. Borelli hatte ihr Unternehmen von Beginn an wohlwollend begleitet.

Der Journalist hob abwehrend die Hände: »Nicht zu viel der Ehre, Silvan! Ich fand deine alten Pläne mit dem Golfhotel so schwachsinnig, dass ich dieses Öko-Unternehmen fast zwangsläufig unterstützen musste. Skeptisch bin ich noch, aber ihr habt einiges zustande gekriegt in der kurzen Zeit, das muss ich zugeben.«

Silvan blieb für nächste Erläuterungen stehen. Der erste Wasserverteiler leitete hier das Gletscherwasser aus dem See in die vier Hauptkanäle. Die Öffnungen in der einfachen Holzkonstruktion konnten stufenlos angepasst werden. Der zweite Verteiler, ein bisschen komplizierter, aber nach demselben überlieferten Prinzip gebaut, dosierte das Quellwasser. Als Silvan das Nötigste erklärt hatte, schickte er Albin mit einem Kopfnicken zur Quelle hinauf. Der rannte los, oben würde er den Schieber für das Trinkwasser öffnen. Silvan zweigte mit den Journalisten quer ab, nach weiteren rund hundert Metern durch den lichter werdenden Wald kamen sie zum Schluchtsee, zum Reservoir der *Wässerwasser.*

»Wir haben den natürlichen Teich mit einem Erddamm vergrößert, so wird er zum Reserveweiher, wie es sie früher bei den alten Suonen manchmal gegeben hat. Was da übrigens auf dem Wasser schwimmt, ist eine Neuentwicklung von uns, die bereits Nachahmer findet: ein Floß aus Sonnenkollektoren, die uns zusammen mit den Wärmepumpen Energie liefern. Nach allen Voraussagen wird der Klimawandel uns in dreißig, vierzig Jahren lange Dürreperioden bringen. Mit Sicherheit ist dann der Flischgletscher als Wasserspeicher verschwunden, wir müssen das schwindende Wasser also sorgfältiger bewirtschaften. Diese Schleuse hier bemisst die richtige Wassermenge für Eden, das Wasser fließt gleich dort unten zur Grobreinigung durch den Kiessammler, den wir ebenfalls nach alten Originalplänen gebaut haben.«

»Alles ein bisschen gebastelt, will mir scheinen, alles ein bisschen handgemacht.« Der Einwand kam vom einzigen Journalisten in Anzug und Krawatte, entsandt von einem obskuren Wochenblatt. Das fehlende Rückgrat ersetzte er durch steife Kleidung, ein stechender Blick durch runde, metallgefasste Brillengläser, der Kiefer verkrampft, die ganze Erscheinung das Ausrufezeichen hinter einem Schrei nach Anerkennung.

Silvan beschloss, freundlich, aber möglichst kurz zu bleiben.

»Gerade Sie als Traditionalist sind wohl damit einverstanden, dass wir uns vermehrt an alte Werte halten sollten, nicht? In Sachen Klimaschutz führt der Weg vorwärts zurück, diese Erkenntnis müsste Ihnen gefallen. Wir wollen den CO_2-Ausstoß auf den Stand von 1970 zurückschrauben, dazu müssen wir die Energieeffizienz steigern und gleichzeitig Energie sparen. Im besten Fall werden wir in vierzig Jahren eine Erwärmung von zwei Grad haben. Wir bereiten uns auf die Folgen vor. Zum Beispiel damit!«

Er erzeugte zwischen zwei Fingern einen schrillen Pfiff, Albins Antwort von der Quelle kam postwendend. Der große Moment nahte, gleich würden die Eden-Wasser ungehindert strömen, so wie einst in den Suonen überall im Wallis! Silvan schaltete per Handy die Schleusenautomatik aus, zu Demonstrationszwecken bediente er die Handkurbel. Das Seewasser rauschte durch die Lücke, suchte sich schäumend einen Weg durch den Kiessammler und beruhigte sich im Kännel darunter. Silvan zupfte Borelli am Ärmel. Sie folgten der Leitung einige Meter hinab, wo sie auf eine hölzerne Vorrichtung stießen, zu der zwei Wasserräder, ein Hammer und ein Brett quer über den Kännel gehörten. Silvan legte ein Hebelchen am Aufbau um, mit einem leisen Surren senkten sich die Schaufeln des Rades ins Wasser, sofort drehte sich dieses und griff ins zweite, welches den Hammer anhob. Im nächsten Moment fiel er zurück und schlug auf das Brett. Das Toggen wurde von den Felswänden der Schlucht aufgenommen, zurückgeworfen, so wie fünfzig Jahre zuvor, als die Merkhämmer in allen Walliser Tälern verkündeten, dass die *Wässerwasser* in den hölzernen Leitungen ungestört flossen. Das Rad hatte eine ganze Umdrehung absolviert, der Hammer schlug ein zweites Mal.

»Eine Erinnerung an alte Zeiten, Hubert!«

»Den Lärm wollt ihr euren Luxusgästen wohl kaum den ganzen Tag zumuten?«

»Nur abends von fünf bis sechs. Eine kleine Verbeugung vor unseren Vätern, sonst haben wir modernere Überwachungssysteme.«

Silvan betrachtete den Merkhammer. Er war wohl der Einzige mit einem doppelten Wasserrad, vom Konstrukteur so ausgetüftelt, damit das zweite, das symbolische Rad der Zeit, rückwärtsdrehen konnte. Hier im Eden-Resort schlug der Hammer tatsächlich in seinem Sinn: zurück in die Zukunft.

Severin Somm saß im Zug, der ihn nach Plon brachte. Er wählte Lucrezias Nummer und hinterließ ihr die Nachricht, er sei doch noch unterwegs zu ihr. Auf seinem Laptop scrollte er noch einmal durch Lucrezias frühere Mails.

… und weißt du, Severin: Wenn es irgendwo für mich eine Zukunft gibt, dann hier, in Plon. Im Wallis. Dank Lena Amherds Projekt. In Gspona nicht, in Gspona geht alles zugrunde, kein Stein bleibt auf dem andern. Die Schattwand wird eines Tages alles unter sich begraben.

Severin blickte aus dem Fenster. Kein Dunst lag heute in der Plonebene, zu beiden Seiten schossen saftig grüne Bergflanken hoch. Früher … früher waren ihre Spitzen in dieser Jahreszeit noch weiß gewesen, und jetzt türmten sich erste Gewitterwolken an den höchsten Gipfeln auf.

Ich zähle auf dich.

Ein Satz in der ersten Mail, die Lucrezia noch in Gspona geschrieben hatte. Eine seltsame Formulierung, altmodisch, dringlich und behutsam zugleich. Nicht: Ich brauche dich. Das wäre anmaßend gewesen. Lucrezia wollte sicher sein, dass er sie nicht missverstand, wollte kein falsches Signal senden, und er, er würde keine voreiligen Schlüsse ziehen. Nicht nach allem, was gewesen war. Die kurze Beziehung zwischen ihr und ihm, später ihre Ehe mit Peider. Lucrezias Mann war auch sein Freund geworden.

Nach und nach.

Ihre Entscheidung, hierherzuziehen, war richtig gewesen. Sie hatte Peiders Tod noch immer nicht überwunden.

Plon. Der Name war durch die gewaltige Staumauer bekannt, die größte in der Schweiz, ein nationales Denkmal fast. Aber er hätte nicht mal gewusst, dass zum Ploner Stausee ein gleichnamiges Dorf gehörte. Von der Freundin hingegen, von dieser Lena Amherd, hatte ihm Lucrezia schon öfter erzählt. Die beiden kannten sich aus den Umweltseminaren der *Green Force.* Sie waren Seelenverwandte. Lucrezias Worte. Er brauche nur zu vergleichen, wie sehr sich ihre Lebensgeschichten ähnelten: Erst die Flucht aus dem kleinen

Bergdorf, die Jugend in der Stadt, der Mangel an allem, die Nähe zur Mutter, die Abwesenheit des Vaters und das Geheimnis darum, dessen späte Auflösung, die Rückkehr in die Berge …

Severins eigene Geschichte glich jener der beiden Frauen, bis ins Erwachsenenalter zumindest, bis zu Noahs Geburt. Jetzt lebte er nur noch für seinen Sohn, für die Wochenenden mit ihm, deshalb würde er heute Abend nach der Eröffnung gleich weiterreisen.

Kaum war Silvan auf die Terrasse zurückgekehrt, wollte jeder mit ihm anstoßen. Aus dem Augenwinkel sah er, wie Albin sich verdrückte, mit einigen schnellen Schritten war er zwischen den Bäumen verschwunden. Albin ging es wie ihm. Silvan starrte zur Schlucht hinauf. Was hätte er dafür gegeben, Selmas Kommentar zum neuen Merkhammer zu hören!

»Äs güet's Zeiche, Silvan!«

Er schrak auf.

Lena hob beschwichtigend die Hand, dann schmiegte sie sich an ihn.

»Ein gutes Zeichen, genau das hätte sie gesagt. Sie ist hier, spürst du es nicht?«

Lena zog ihn ins Geländereck der Terrasse, bevor die nächsten Gratulanten ihr Gespräch stören konnten.

»Schau dir das alles mal mit Selmas Augen an! Stell dir ihre Freude an den Wasserkanälen vor, an den Stroh- und Lehmhäusern, an den Bildern, die uns Lucrezia gebracht hat, die Bilder zu Selmas Geschichten! Und all das mitten in diesem lichtgrünen Wald! Wenn du dich nicht umbesonnen hättest, stünden hier jetzt Halbseidene und übten Golfabschläge, dort hätten sie ihre Allradfantasien geparkt, alles wäre betoniert, eine Starkstromleitung würde den Wald zerschneiden. Stattdessen haben wir ein kleines Paradies geschaffen, auch für

Selma. Vergiss nicht, sie hat ihr ganzes kleines Vermögen ins Projekt gesteckt, ohne zu zögern! Für Albin. Für Agnes. Gerade für die Enkelin, die sie nicht mehr gesehen hat! Es war ihr vielleicht gar nicht so wichtig, da ist sie anders als du, weil sie fest daran geglaubt hat, dass sie über den Tod hinaus hierbleibt. Sie ist hier, und du solltest glücklich sein. Deine Mutter liebt diesen Ort.«

»Sie war nicht meine Mutter.«

Zögerlich kam er, der alte Scherz zwischen Silvan und Selma. Zum ersten Mal seit ihrem Tod.

»Schon besser«, sagte Lena erleichtert. »Ich muss mich um die Gäste kümmern, heute Abend sprechen wir weiter. Dann feiern wir zusammen. Nur wir beide. Lucrezia hütet Agnes die ganze Nacht, das hat sie mir versprochen.«

Sie küsste ihn verheißungsvoll, bevor sie ging. Silvan starrte in den Wald hinaus. Lena hatte recht, vielleicht schaffte sie es, das Gefühl der Betäubung, das ihn lähmte, endlich zu vertreiben. Heute Nacht wäre ihr erstes Mal, seit … seit Selma gestorben war. Seit er an jenem Morgen im Spital aufgewacht war und sich minutenlang hinter geschlossenen Augenlidern versteckt hatte. Zerrissen von gegensätzlichsten Gefühlen, unfähig, zu verstehen, was in der Nacht geschehen war. Höchstes Glück und tiefste Trauer, zur gleichen Zeit, zu gleichen Teilen. Das Gefühl von Verlorenheit, trotz des Guten, das ihm gleichzeitig widerfahren war. Oder gerade deswegen? Weshalb hatte Selma die Kleine nicht mehr sehen dürfen? Achtzig Jahre lang hat sie gelebt, was andere in Gottes Namen predigen, was wären da ein paar Tage mehr gewesen, verdammt!

Lena hatte ihn dazu gedrängt, von Selma Abschied zu nehmen. Mit fahrigen Schritten war er durch dieselben neongrün ausgeleuchteten Abgründe gestolpert wie in der Nacht zuvor. Die Kerze vor dem Sterbezimmer hatte noch gebrannt. Jedes Bild aus jenen Stunden stand ihm noch vor Augen. Wie er gezögert hatte, die Hand auf der Türklinke, voller Furcht. Seinen Vater hatte er damals nach der langen Anreise aus dem Ausland erst in der Kirche gesehen, aufgebahrt, in einem Blumenmeer, wie es dem Dorfkönig von Plon gebührte. Ein kurzer Blick in das Gesicht, aus Angst hatte er am Sarg nicht länger verweilt, den toten Vater nicht berührt, nicht berühren können.

Seine leibliche Mutter war für ihn lange vor ihrem Tod gestorben.

Selma hatte ausgesehen, als schliefe sie bloß. Vorsichtig hatte er sich dem Bett genähert und sich nach ihrer Stimme gesehnt, die ihn aufforderte, nicht so zögerlich zu sein.

Ich habe Angst, Mutter.

Widersprich mir, Selma, schweig nicht! Siehst du, ich nehme sogar deine Hand …

Ihre gefalteten Hände waren so kalt gewesen wie das Metallkreuz, dem sie in den letzten Tagen vertraut hatte. Er nicht, das Einzige, das ihm im Fallen Halt geboten hatte, war die Erinnerung, nur sie hatte sich in dieser Nacht nicht verändert.

Selma war mehr als eine Mutter gewesen. Freundin eher, Ratgeberin stets, Lehrerin, Beschützerin und früher oft Trösterin …

Sie hätte seine Gedanken nicht hören wollen. Es war ihr immer peinlich gewesen, wenn einer ausgemessen hatte, wie geräumig ihr Herz war.

Heute hätte Selma mitfeiern sollen. Er vermisste ihre Mäkeleien, mit denen sie oft ihre Rührung überspielt hatte. Silvan verließ die Terrasse. Niemand widersprach. Insgeheim wartete er auf ein Zeichen von ihr. Selma musste zurückkehren, irgendwie, in Gestalt eines ihrer Sagentiere … oder als Geräusch? Ein Zischeln vielleicht? Als Windstoß? Das würde passen, Mutter: Du wirst nachts mit Fensterläden klappern, wirst an Türen klopfen, wie die Geister in deinen Geschichten. Du wirst meinen Computer durcheinanderbringen, wie du es immer getan hast, wirst die Merkhämmer der alten Wasserleitungen zum Leben erwecken und in den *Graatzügen* den Armen Seelen hinterher über die Bergkämme tanzen.

Er war noch nicht stark genug, der Letzte zu sein.

In jener Nacht hatte er bei ihr bleiben wollen. Lena hätte es verstanden.

»Geh!«, hatte Selma nur geflüstert.

»Lena macht das, ich bleib bei dir, Mutter.«

»Mütter sterben und Kinder werden geboren, das muss so sein, das hat seine Richtigkeit. Also geh!« Er hatte sich zu ihr hinunterbeugen müssen, so leise war ihre Stimme geworden. *»Gglöub mer's«,* hatte sie in sein Ohr gewispert, *»bim Gebäre brücht jedes si Hilf, aber abschtäärbe cha ma aleinig.«*

Selbst mit ihren letzten Worten hatte sie ihm helfen wollen.

Dumpfer Donner riss ihn aus seinen Erinnerungen. Der Himmel über ihm war blau, die schwarzen Wolken hingen noch über dem Flischgletscher. Wenn sie Glück hatten, blieb es im Tal trocken. Es kam oft vor, dass Blitze die Plonspitze und das Gamplüter Horn umzuckten, Regen auf die Furgg niederklatschte, in Plon und in der Talschaft aber kein Tropfen fiel. Falls doch, wäre Lena vorbereitet, sie würde das Fest ganz einfach ins Haupthaus verlagern, sie brauche ohnehin eine Generalprobe für den Hotelbetrieb, hatte sie verkündet, der müsse in ein paar Tagen reibungslos laufen. Silvan zweifelte nicht daran. Die Angestellten, viele davon aus den alten Bohrer-Betrieben, mochten Lenas unkomplizierte Art, lachten über ihre unvermeidlichen Flüche und ihre selbstironischen Kommentare, zugleich ordneten sie sich ihrer natürlichen Autorität unter.

Ein nächster Donner ließ ihn aufhorchen. Vielleicht sollte er das Schleusentor schließen und die Kännel erst morgen einem längeren Belastungstest aussetzen, ohne Zuschauer.

Auch Lucrezia erschrak. Woher kam plötzlich dieses Rascheln und Knacken? Instinktiv fasste sie nach dem Griff des Kinderwagens, im selben Moment atmete sie beruhigt auf. Zwischen den Föhren hatte sie einen braunen Kapuzenpulli über Schlabberjeans erkannt. Albin. Mutterseelenallein unterwegs im Flischwald. Er sah sie unter der Kapuze erst im letzten Moment und konnte sich nicht mehr verdrücken. Nach einer Schrecksekunde verkroch er sich in seiner üblichen Coolness. Er beugte sich über den Kinderwagen.

»Sie schläft.«

»Endlich, ja.«

»Darf ich sie halten.«

»Lieber nicht.«

»Warum nicht?« Er wollte aufbegehren, aus pubertärer Gewohnheit wohl, das sei doch seine Schwester! Aber er merkte selber, dass er etwas übersah.

»Weil sie endlich eingeschlafen ist, Albin.«

»Seh ich doch.«

»Dann ist gut.«

»Ja.«

»Und du?«

»Ich? Ich schlafe nicht. Weshalb bist du hier draußen?«

»Damit sie schläft.«

»Klar.«

»Warum bist du nicht am Fest?«

»Nur so.«

»Verstehe.«

Albins gespielte Einsilbigkeit war lästig, am liebsten hätte sie ihn geschüttelt. Zugleich erinnerte sie sich an das, was

Lena über Albins Art der Trauerbewältigung erzählt hatte. Vielleicht waren sie sich näher, als sie dachte, sie selbst hatte sich nach Peiders Tod auf ähnliche Weise verschlossen. Albins herablassende Art war bloß dünner Schorf auf der frischen Wunde.

»Komm, setz dich zu mir.«

Er tat es widerstrebend.

»Ich erzähl dir eine Geschichte …«

Genau das hatte ihm noch gefehlt. Was meinte sie, wie alt er war? Oder gehörte sie zu jenen Frauen, die sich in irgendwelche Märchen flüchteten, weil sie nicht sagen konnten, was Sache war? Seine Mutter tat das, redete den ganzen Tag, sagte dabei aber nie was Substantielles, wie so viele unten in Zürich. Was Albin hingegen zugeben musste … Lucrezia gefiel ihm, irgendwie, trotz des Alters, die Figur und so, das kam selten vor, was ihn erst recht irritierte.

»Falls du die Geschichte hören willst …«

Im selben Moment drehten beide den Kopf, denn entschlossene Schritte näherten sich. Sekunden später stand Severin lächelnd vor ihnen.

Dussel gehabt!, dachte Albin. Im Rücken der beiden schlich er sich davon.

»Hast du es doch noch geschafft!«, sagte Lucrezia, als sie sich endlich aus der Umarmung löste.

»Ich habe dir auf das Band gesprochen. Einer mehr oder weniger fällt an einem solchen Kongress nicht auf.«

Er drückte sie wieder an sich, fühlte ihren schmalen Rücken unter seinen Handflächen, vergrub sein Gesicht in ihren dichten, dunklen Haaren. Sekundenlang verharrten sie so, erstickten in der Umarmung das Gefühl von Fremdheit, das sich in Zeiten der Trennung jeweils einnistete.

»Wie geht es dir?«

»Besser, seit ich hier bin.« Widerstrebend löste sie sich von ihm, küsste ihn kurz und bestimmt auf die Wange, als müsse sie die Distanz zwischen ihn justieren. »Gspona ohne Peider war auf Zeit unerträglich.«

»Vielleicht hilft der Ortswechsel wirklich.«

»Zumindest erinnert mich nicht jeder Fels an ihn. Komm, ich zeige dir meinen Bungalow.«

Das Erste, was ihm dort auffiel, waren Lisbeths Bilder, die alle Wände verstellten.

»Das sind die Gemälde, die ich für mich behalten habe, die übrigen sind über die anderen Gebäude verteilt.«

Severin drehte das vorderste Bild um. Es zeigte die Schattwand, das nächste die alte Schmiede, dann ein Bild der Hochzeit von Lisbeth Comet mit Severins ehemaligem Nachbarn, der ihm das Haus in Gspona vererbt hatte. Schließlich das Porträt von Lucrezias Mutter, die eine enge Freundin der Dorfmalerin gewesen war, Wolfszeichnungen aller Art standen gleich daneben.

Die Blicke der Tiere vervielfältigten sich, bedrängten ihn von allen Seiten.

Er lehnte die Bilder zurück an die Wand und trat vor die Tür.

»Ist das Wasser in den Teichen immer so schmutzig?«

»Schmutzig?« Lucrezia trat neben ihn. »Himmel, nein, da stimmt etwas nicht! Wir müssen sofort Silvan benachrichtigen.«

Unzählige Male hatte Silvan in der Planungsphase die Flischschlucht durchklettert. Am oberen Ende mündete sie in eine Steinwüste, die der Gletscher auf seinem stetigen Rückzug während der letzten zwanzig Jahren freigegeben hatte. Begleitet auf seinen Streifzügen hatte ihn jeweils sein Freund Primo Sacripanti. So wie sie als Kinder die Gegend um den Ploner See unsicher gemacht hatten, so kraxelten sie jetzt regelmäßig durch das einstige Gletscherbett. Eine unheimlich anmutende Moränenlandschaft, eine apokalyptische Schotterhalde, nach Primos Einschätzung völlig unberechenbar.

»Ich kann das Resort nur unterhalb des Grabens und der Schlucht bauen«, hatte sich Silvan stets verteidigt. »Anderes Land krieg ich nicht. Der ganze Wald ist Naturschutzgebiet.«

»Ach ja?« Primo hatte sich vor Lachen geschüttelt. »Wir sind im Wallis, da kann jeder …«

»Das denkst du!«, hatte Silvan ihn unterbrochen. »Wir haben den Spielraum ausgereizt, das kannst du mir glauben.«

»Gut, ich sag ja nichts, ich warn dich nur! Dieser Gletschersee, der dort an der Seitenmoräne entsteht, wird täglich größer. Weißt du, was mich daran beunruhigt? Einen See im Gletscher hat es früher nie gegeben.«

»Vergiss den See, um den kümmern wir uns später. Was ist das naheliegendste Ereignis, das eintreten kann, ich meine … mit Folgen für das Resort?«

»Längere Zeit warmes Wetter im Frühsommer, viel Schmelzwasser in der Flisch, dazu ein kräftiges Unwetter im obersten Bereich mit großem Niederschlag, ein Erdrutsch löst sich … dann möchte ich lieber nicht hier sein, Santa Barbara! Und unten im Resort auch nicht.«

Silvan hastete am Wasserverteiler vorbei, hoch zum Schluchtsee. Das Wetter der letzten Wochen passte perfekt in Primos Schreckensszenario! Silvan keuchte, seine Schritte wurden schneller. Schon weit unterhalb des Schluchtsees hörte er ein ungewohntes Geräusch, ein Wummern und Bollern. Er passierte den Merkhammer, sah Wasser im Kännel, obwohl er das Schleusentor schon vom Kontrollraum aus geschlossen hatte. Erst beim Kiessammler erfasste er die Lage: Die Flisch brach als unbändiges Wildwasser aus der Schlucht heraus, versetzt mit Dreck, Geröll und Baumstämmen, der Schluchtsee war bereits aufgefüllt, bei der Schleuse schwappte das Wasser stoßweise über das Tor in den Eden-Kanal, die Krone des Erddammes, der den See am entfernteren Ende staute, ragte nur noch knapp aus dem Wasser. Silvan rannte am Ufer entlang, ohne Blick für die Gefahr, in die er sich begab. Er musste ins Kontrollhäuschen am anderen Ende des Sees und die große Dammschleuse öffnen, sonst kam es zur Überschwemmung, zum Dammbruch womöglich! Distanz knapp hundertfünfzig Meter, das Gewitter noch immer oberhalb der Schlucht, Regenstreifen über den Baumwipfeln, hier kein Tropfen – Silvan nahm alles in Sekundenschnelle auf, während er durch die jungen Föhren am Ufer preschte. Im Laufen riss er den Schlüsselbund hervor. Endlich erreichte er die Stirnseite des Sees, er flog über den Erddamm und entriegelte die Tür des Kontrollhäuschens. Das Steuerpult befand sich im Standby-Modus. Er aktivierte es und drehte den Schalter der großen Schleuse. Das Display zeigte an, wie sie sich langsam öffnete, zugleich ging der Alarm los, der Wanderer vor der Flutwelle im Bachbett der Flisch warnte. Gebannt blickte er auf die braune Brühe des Schluchtsees hinaus, der doch eben noch ein harmloser Weiher gewesen war. Jetzt mochte es ihnen nützen, dass sie ihn gestaut und vergrößert hatten. Besorgt behielt er die Schlucht im Auge. Täuschte er sich, oder kam allmählich mehr Schlamm und Geschiebe als Wasser herunter? Die Schleuse war erst zu zwei Dritteln offen. Sie musste jene Menge ablassen, die oben in den See strömte. Silvan eilte aus dem Häuschen, diesmal näherte er sich dem Damm vorsichtiger. Der Wasserspiegel war zumindest nicht gestiegen. Unterhalb des Damms schoss ein gewaltiger brauner Wasserstrahl ins alte Bachbett. Wieder blickte er zum See, zur Schlucht, atmete erstmals auf, denn der Wasserspiegel stieg nicht mehr.

Außer Atem ließ er sich neben dem Damm ins Gras fallen. Heftige Gewitter hat es immer gegeben, redete er sich ein.

Nur … nicht um diese Jahreszeit! Was die Flisch alles mitgeschwemmt hatte, stimmte ihn nachdenklich. Sie würden den See ausbaggern müssen. Und ein zweiter Gedanke ließ ihn nicht mehr los: Das hier war bloß der Anfang! Seit Agnes' Geburt fragte er sich immer häufiger, ob das Resort wirklich bestehen würde. Konnte das, was sie hier machten, seinen beiden Kindern in der Zukunft wirklich helfen?

Am Graben

Lena ignorierte die Schreie von Agnes im Hinterzimmer und begrüßte die neuangekommenen Gäste. Die Schulferien hatten begonnen, die erste richtige Saison im Eden-Resort. Erst nachdem alle ihre Bungalow-Schlüssel erhalten und das Haupthaus verlassen hatten, eilte Lena nach hinten ins Büro. Schon im Gehen schob sie das Shirt hoch und den Büstenhalter beiseite. Bei ihrem Anblick verstummte Agnes, zehn Sekunden später saugte sie mit hochkonzentriertem Gesichtsausdruck an Lenas Brust.

Die demonstrative Eintracht machte Lucrezia fast ein wenig neidisch. »So einfach ist es, Agnes zufriedenzustellen!«

»Die einzige Methode. Überleg es dir.«

»Was soll ich mir überlegen?«

»Setz sie ein paar Mal an, dann beginnst du zu produzieren.«

»Entschuldigung?«

»Ja, muss doch irgendwie funktionieren, die Ammen im Mittelalter haben das auch geschafft.«

»Lena! Deine Unwissenheit ist himmelschreiend. Abgesehend davon vergleichst du mich mit einer mittelalterlichen Amme?!«

»Solange ich noch kann.« Lena setzte Agnes neu an. »Ab heute hinkt der Vergleich wohl.«

»Warum ab heute?«

»Heute kommt doch Severin mit seinem Sohn.«

»Einen Milcheinschuss produzier ich deswegen nicht gleich.«

Lena lachte auf, was Agnes wiederum nicht gefiel. Lena

nützte die Unterbrechung und setzte die Kleine an die andere Brust. Im Übereifer fand Agnes die richtige Stelle nicht, ein feiner Milchstrahl spritzte ihr mitten ins Gesicht. Nur mit Mühe konnte Lena den nächsten Lachanfall unterdrücken.

»Ich habe angenommen, er schläft bei dir im Bungalow«, sagte sie dann anzüglich.

»Das ist nicht dein Ernst!«

»Doch, wir haben sonst keinen Platz. Nein, bloß ein Scherz! Aber nur, weil er seinen Jungen dabeihat, ihn wollte ich dir nicht auch noch zumuten.«

»Du bist unmöglich. Wo hast du ihn eingetragen?«

»Hier im Haupthaus, im zweiten Stock, glaube ich. Ich dachte, das sei einfacher mit dem Kleinen. In einem Bungalow müsste er ständig auf der Hut sein wegen des Zisternenteichs.«

»Ich schau mal, ob das Zimmer bereit ist.«

»Tu das. Und ... Lucrezia?«

Sie drehte sich auf der Türschwelle um.

»Danke, dass du hier bist, wollte ich dir nur sagen.«

»Das sagt du doch ständig.«

»Kann man nicht genug.« Lenas Gesicht war für einen Moment lang ernst geworden, doch ihr Schalk gewann schnell wieder Oberhand. »Jetzt schau zu, dass in seinem Zimmer ein Doppelbett steht ...«

Lucrezia ging kopfschüttelnd hinaus. Lena schaute ihr amüsiert nach. Zumindest machte Severins Besuch ihre Freundin unruhig. Aus vielen Gesprächen wusste Lena, wie sehr Lucrezia ihren Mann Peider vermisste. Zu lange schon, fand Lena, und hatte das Lucrezia auch gesagt. Nicht sehr diplomatisch, zugegeben, aber fünf Jahre Trauer reichten doch? Nur, was wusste sie schon! Selma war ihr auch unverändert präsent, ihre Gesten, ihre Worte, die Geschichten, als hätte sie erst gestern die letzte erzählt. Mit Lenas eigener

Mutter verhielt es sich ähnlich, die Anzahl der Jahre seit ihrem Tod musste Lena jeweils erst errechnen, so lange war es her. Die Verhaltensmuster aber waren geblieben. Wenn sie etwas beschäftigte, was sie früher mit ihrer Mutter besprochen hatte, griff sie zum Telefon und erinnerte sich oft erst beim Wählen, dass es die Nummer ihrer Mutter nicht mehr gab.

Früher hatte sie immer gedacht, wenn jemand sterbe, verblasse die Erinnerung an ihn allmählich, so wie eine Fotografie Jahr für Jahr ein Stück ihrer Leuchtkraft verlor, die Kontraste sich allmählich verspielten; nicht so bei ihrer Mutter oder bei Selma, im Gegenteil.

Mit Selma sprach sie weiter, als wäre sie nicht gegangen.

»Das weißt du doch am besten, Agnes!« Sie zog den Stillbüstenhalter über die Brust. »Du hast dich sicher schon gewundert, dass ich zuweilen … o Entschuldigung, die kleine Dame will schlafen? Ich sag nichts mehr.«

Zu spät. Agnes blickte sie unverwandt und durchdringend an.

»Ist ja gut! Ich erzähl dir eine Geschichte von Selma. Die mit den Wölfen? Also, stell dir vor: An einem Sommerabend vor langer Zeit kamen die Wölfe nach Plon. Sie strichen lauernd um die Häuser und Ställe, und alle wussten, dass sie erst wieder verschwinden würden, wenn sie erhielten, was sie wollten … und schon schläft sie. Siehst du, Selma, dein Zauber wirkt! Oder bin ich bloß eine langweilige Erzählerin?«

Lucrezia öffnete die Tür zu Severins Zimmer. Alles so, wie es sein musste. Lena hat es in den letzten fünf Monaten geschafft, aus der Eden-Baustelle ein gutfunktionierendes Hotel zu machen. Nein, Hotel war falsch, der englische Begriff »Resort« passte tatsächlich besser. Selbst sie ließ sich jeden

Tag von der Idylle des Flischwalds verzaubern, zum ersten Mal frühmorgens, wenn sie wie alle Eden-Gäste vor ihrem Bungalow den Frühstückskorb auspackte, mitten im schönsten Naturwald der Schweiz, und zum Plätschern der *Wässerwasser* in den Kanälen ihren Kaffee trank. Worauf sie auf moosweichem Boden am Wasserlauf entlang zum Haupthaus, zur Arbeit spazierte, und als Erstes von Agnes angelacht wurde.

»Wir besetzen einfach meine Stelle doppelt«, hatte ihr Lena kurz nach der Eröffnung von Eden erklärt. »So viel Luxus muss sein. Wir zwei führen zusammen das Hotel, und wir wechseln uns bei Agnes ab. Wir sind für alles zuständig, was nicht mit Bauten, Technik und Unterhalt der Anlage zu tun hat, das überlassen wir Silvan.«

Die folgenden Wochen zerstreuten Lucrezias Zweifel. Ihr ungewöhnliches Arbeitsmodell machte Sinn. Sie verstand sich mit Lena ohne Worte, und sie kannte niemanden, der so uneitel war wie ihre Freundin. Lena ließ ihr jede Freiheit, wenn Lucrezia die Hotelchefin mimte, und fragte ihrerseits ständig um Rat, wenn sie überfordert war. Das kam öfter vor, wie sie sich beide eingestanden. Vielleicht war das ihr gemeinsamer Vorteil: Sie waren Quereinsteiger, keine von ihnen meinte, irgendjemandem ihren Sachverstand beweisen zu müssen.

Lucrezia setzte sich auf den Stuhl am Fenster. Ob Severins Sohn ein Kinderbett brauche, hatte Lena Tage zuvor wissen wollen. Lucrezia hatte erst Noahs Alter errechnen müssen und zurückgefragt, wie viel Platz ein Siebenjähriger benötige. Kopfschüttelnd hatte Lena darauf ein Zimmer mit Doppelbett reserviert, und Lucrezia war bewusst geworden, wie fern ihr diese Dinge lagen. Eine ernüchternde Erkenntnis. Sie hatte immer geglaubt, sie würde Kinder haben, irgendwann. Selbst in den schwierigsten Jahren, damals, auf der

Straße, im Entzug, und auch später, zu Beginn ihrer Gsponer Zeit, hatte sie sich die Überzeugung bewahrt. Mit Peider waren Kinder die selbstverständliche Perspektive gewesen, ohne groß darüber zu sprechen, hatten sie schon bald mit der Verhütung aufgehört.

Doch sie war nicht schwanger geworden.

Und Peider in der Schattwand verunglückt.

Manchmal, wenn sie Agnes in den Armen wiegte und deren arglosen Blick aus tellergroßen Augen erwiderte, horchte sie in sich hinein. War da mehr als verständliche Rührung? Wollte sie wirklich ein eigenes Kind? Oder vermisste sie bloß eine so innige Nähe wie zwischen Lena und Agnes? Vielleicht ging es genau darum: blindes Vertrauen in einen Menschen, der ihr nahestand … Peiders Tod hatte ihr das Vertrauen ins Leben genommen. Es war keine gute Voraussetzung für eigene Kinder, wenn man wie Lucrezia stets mit den schlimmstmöglichen Wendungen rechnete. Weil das eine Mal das Schlimmstmögliche eingetreten war.

Das Kind jeden Morgen zum Abschied küssen? Jeder Kuss kann der letzte sein.

Peider hatte sie schlafen lassen, an jenem Morgen.

Mit Agnes war es anders. Lenas Tochter nahm sie als Geschenk, sie lebte fast wie eine Mutter mit der Kleinen zusammen, ohne dass sie ihre tiefsten Gefühle hineingeben musste.

Wie Severin wohl mit seinen Gefühlen umging? Er sah Noah ja nur an den Wochenenden. Würde sie im Sohn den Vater wiedererkennen? Lucrezia hatte Noah noch nicht oft gesehen. In Gspona letztmals. Lange her.

Das Bild über dem Bett zog ihren Blick an. Die Schattwand. Sie betrachtete es lange und nachdenklich, bis sie plötzlich aufsprang und das Bild abhängte. Die Holztäfelung dahinter war bereits heller, sie brauchte ein Ersatzbild im selben Format. Nach kurzem Nachdenken trug sie das Gemälde auf den Flur hinaus, zwei Türen weiter klopfte sie, eine ältere Frau im Bademantel und mit Frottiertuch-Turban auf dem Kopf öffnete. Lucrezia erklärte ihr, es habe eine Verwechslung mit den Bildern gegeben, sie müsse schnell in ihr Zimmer. Widerwillig trat die Frau beiseite. Das Wasserfall-Bild hing hier, Lucrezia hatte sich richtig erinnert. Sie nahm es ohne Umstände vom Haken, hängte das andere auf und wollte sich verabschieden.

»Das erste hat mir aber besser gefallen.«

»Weshalb denn?«

»Das neue ist dunkel.«

»Wie das Leben manchmal. Das Bild muss düster sein, es zeigt die Schattwand. Tut mir leid, der Besitzer der Bilder reist an, und er hat sich dies in seinem Zimmer gewünscht.«

»Kann ich ihm nicht verdenken!«

Zurück in Severins Zimmer hängte Lucrezia die kolorierte Skizze über das Bett. Severin würde sich freuen, so wie sie sich erinnerte, war es eines seiner Lieblingsbilder von der Gsponer Dorfkünstlerin. Sie ließ den Blick prüfend durchs Zimmer schweifen, dann schloss sie die Tür und ging zu Lena hinunter. Agnes schlief auf ihrer Strampeldecke am Boden, Lena saß am Computer.

»Alles in Ordnung oben?«

»Ja. Was machst du?«

»Buchhaltung.« Ihr Gesichtsausdruck verriet, wie sehr sie solche Arbeiten hasste. »Positiv daran ist eigentlich nur eine Erkenntnis: Wenn es so weitergeht, haben wir in unserem ersten Sommer eine siebzigprozentige Auslastung.«

»Ist das gut?«

»Glaub schon.« Lena überlegte kurz. »Doch, das ist sehr gut. Hat Silvan übrigens erwähnt, wann sie zurückkommen?«

»Es werde Abend, hat Albin gemeint.«

»Der Junge hat einen Draht zu dir.«

»Meinst du?«

»Früher hat er mich wie eine Freundin behandelt, jetzt begegnet er mir irgendwie gehemmt.«

»Das gibt sich. Du bist jetzt die Mutter seiner Schwester, das fühlt sich vielleicht anders an als zuvor, mehr Stiefmutter als Freundin. In Agnes ist er ja schon ganz vernarrt, mit dir wird sich das wieder geben, er steckt noch in der Pubertät, lass ihm Zeit.«

»Das scheint meine Lebensaufgabe zu sein.«

»Was?«

»Den Männern Zeit zu lassen.«

Besser, als keinen Mann zu haben, dachte Lucrezia, und Lena wusste im selben Moment, dass sie es dachte.

Primo Sacripanti wartete auf dem nächsten Felsvorsprung, bis Silvan und Albin zu ihm aufgeschlossen hatten. Wortlos zeigte er nach vorn.

Silvan starrte fassungslos in die neue Kluft, die sich vor ihnen auftat. Sie zerriss die westliche Flanke des Gletschergrabens vertikal, reichte vom Grund der Schlucht, wo vor Jahren noch die Gletscherzunge gewesen war, bis weit hinauf in die Geröllfelder des Flischhorns.

»Und du wunderst dich im Ernst, dass die Prämien eurer Versicherung so hoch sind?«, fragte Primo.

»Das haben die ja gar nicht gesehen! Sie haben immer nur vom Gletschersee als Risiko gesprochen, die Kluft ist neu!«

»Was meinst du mit neu?« Albin verstand nur die Hälfte von dem, was gesprochen wurde.

»Dieser Graben hier! Oder wie nennt man das überhaupt, Primo? Das ist mehr als ein Einschnitt, das ist schon bald eine

Seitenschlucht. Vor Wochen, Albin, war hier bloß eine Geröllhalde, bis auf das kleine Bächlein in der Mitte.«

»Vielleicht sieht es im Moment schlimmer aus, als es ist«, sagte Primo beruhigend. »Was hier mitgerissen wurde, hat dir bei der Eröffnung den See gefüllt.«

»Wo mal etwas gekommen ist, kommt wieder was.«

»Eine alte Weisheit, ja, aber wir sollten uns langsam neue Leitsätze einfallen lassen. In einem solchen Gletscherrückzugsgebiet ist nichts berechenbar. Egal, was früher mal war! Den Graben hier behalten wir im Auge, aber mir geht es wie deiner Versicherung, mir macht der Gletschersee mehr Eindruck. Weiter also!«

Primo kraxelte ihnen voran quer durch den Graben. Silvan hielt Albin zur Vorsicht an, kaum hatte er es gesagt, rutschte sein Sohn aus, Silvan packte ihn im letzten Moment am Arm. Gemeinsam tasteten sie sich weiter, bei jedem Schritt wischten Steine unter ihren Sohlen weg, der Boden des Grabens war ein Gemisch von Dreck und losen Steinen, es fühlte sich an, als balancierten sie auf Kügelchen. Der Wanderweg, dem sie bisher gefolgt waren, war auf eine Breite von zehn Metern weggerissen.

Nach dem Graben bestimmte Primo das Tempo. Gelegentlich blieb er stehen und erklärte Albin, worauf er bei späteren Kontrollgängen achten sollte. Silvan folgte ihnen mit etwas Abstand. Er machte sich seine eigenen Gedanken, versuchte das, was er sah, bereits als Teil einer zukünftigen, größeren Entwicklung einzuordnen. Er wollte keine voreiligen Schlüsse ziehen, sich an die Fakten halten, an das Messbare. Eine zweite, objektivierende Meinung zum Ausmaß der Veränderungen war deshalb Gold wert. Primo hatte nach seiner Kündigung bei der Stauseegesellschaft noch keinen neuen Job gefunden, er lebte vom Ersparten und von Gelegenheitsarbeiten, die Silvan ihm verschaffte. Sobald das Resort besser lief, würde er ihn fest anstellen, Primo hatte sich unentbehrlich gemacht. Er war es, der sich stets bei den Bundesämtern und den Technischen Hochschulen über die neusten Erkenntnisse zur Gletscherschmelze informierte. Oft halfen ihnen jene statistischen Zahlen, um richtig einzuordnen, was sie hier oben mit eigenen Augen sahen, aber nicht wirklich verstanden. Primos Gesprächspartner waren im Gegenzug für alle Informationen aus dem Plonertal dankbar. Was sie betrieben, dachte Silvan, war Feldforschung im ursprünglichen Sinn, Momentaufnahmen einer rasanten Reise, von der keiner genau wusste, wohin sie führte.

Und keiner, der sagen konnte, er komme nicht mit.

Hier im Gletschergebiet beobachteten sie jetzt schon Entwicklungen, die sich in anderen Gebieten der Schweiz und Europas erst in ein paar Jahren vollziehen würden. In mancher Hinsicht war logisch, was ablief: Der Flischer Gletscher zog sich pro Jahr dreißig Meter zurück, das war messbar und erwiesen, die Gletscherzunge endete nunmehr im Becken oberhalb der eigentlichen Gletscherschlucht. Deren Wände hatten mit dem Eis ihre seitliche Stütze verloren, größere und kleinere Felsstürze waren die Folgen. Solange diese das Wasser des Flischbachs nicht stauten, waren sie ein kalkulierbares Risiko. Wanderer verirrten sich selten mehr in die Schlucht, bald würde sie für Touristen gänzlich gesperrt. Zu den statischen Problemen, wie Silvan sie kategorisierte, kamen die direkten Auswirkungen der Erwärmung auf das Erdreich hinzu. Die Untergrenze der Permafrostböden hatte sich in den ganzen Alpen rund zweihundert Meter nach oben verschoben, hier lag sie nun oberhalb der Schlucht. Was bedeutete, dass auf die bröckelnde westliche Seitenflanke nicht mehr groß Verlass war. Ein erstes Anzeichen war der Murgang und als Resultat der Graben, den sie eben durchquert hatten.

Sie erreichten den oberen Ausgang der Schlucht, von hier waren es noch dreihundert Meter zum Gletschersee.

»Wir gehen besser nicht den direkten Weg«, sagte Primo. »Wir steigen fünfzig Meter die Flanke hinauf und nähern uns dem See von oben.«

»Warum?«, fragte Albin.

»Der See wird sich bald leeren«, erklärte Silvan. »Hätte eigentlich schon früher im Sommer geschehen müssen. Aber dieses Jahr ist nicht wie letztes Jahr.«

»Was war letztes Jahr?«

»Auch das wissen wir nicht bis ins Detail. Komm, oben werden wir picknicken und dir alles erklären.«

»Wenigstens das bisschen, das wir selbst kapiert haben«, schränkte Primo ein.

Eine Viertelstunde später packte Silvan die Brote aus, die er am Morgen zusammen mit Albin in der Eden-Küche belegt hatte. Beide schweigend, ihren Gedanken nachhängend.

»Nimm mehr Schinken«, hatte Silvan endlich gesagt. »Selma hätte das alles doppelt so dick belegt.«

Albin antwortete nicht. Silvan legte ihm den Arm um die Schultern.

»Vermisst du sie?«

Albin hatte nur genickt, unfähig, etwas zu sagen, und Silvan hatte nichts anderes erwartet. Einträchtig hatten sie weitergemacht, die Sandwiches schließlich in den Rucksack gepackt.

»Vielleicht ist es ja wirklich so, wie Lucrezia gesagt hat«, hatte Albin endlich gemurmelt.

»Lucrezia?«

»Sie hat gemeint, es sei vielleicht kein Zufall, dass Agnes in dem Moment zur Welt gekommen ist, in dem Selma gestorben ist.«

»Sondern?«

»Ich weiß nicht. Vielleicht hat sie uns Agnes geschickt, weißt du, fast so wie ein Tausch?«

Unsinn!, hätte Silvan am liebsten erwidert, doch die scheue Hoffnung in Albins Gesicht hielt ihn davon ab.

»Kann sein«, hatte er endlich gesagt, »das kann gut sein.«

Jetzt starrte Silvan gedankenversunken auf den Flischgletscher. Er musste einen anderen Umgang mit seiner Trauer finden, er verhielt sich selbstsüchtig. Den einen Gedanken hatte er nämlich bisher verdrängt: Selma wäre der Abschied von ihnen viel schwerer gefallen, wenn sie ihre Enkelin noch erlebt und gesehen hätte, was sie verpasste. Selbstsüchtig auch deswegen, weil sich zur Trauer sein Bedauern darüber gesellte, dass Selma zwei der wichtigsten Dinge in seinem Leben nicht mehr erlebte: seine Tochter und das Eden-Resort.

Aber für Selbstmitleid war keine Zeit.

Smaragdgrün schillerte unter ihnen der See im Grau des Gletschereises, vereinzelte große Eisbrocken trieben auf dem Wasser. Als hätte einer ein Stück der Arktis hier in die Alpen gepflanzt.

»Geh mal die Katastrophenszenarien um unseren hübschen See durch«, sagte Silvan, halb zu sich selbst.

Alles hinge davon ab, wie schnell sich der See entleeren würde, begann Primo. Nur hätten sie kaum Erfahrungswerte, erst zum zweiten Mal überhaupt war ein See entstanden. Letztes Jahr hatte er sich im Juni entleert, innerhalb weniger Stunden, ohne weitere Folgen und zu jenem Zeitpunkt im Frühsommer, den die meisten Experten auch bei anderen Gletscherseen in den Schweizer Alpen prognostiziert hatten. Doch jetzt war bereits Juli, und der Seepegel stieg noch immer. Das vergrößerte nach Primos Einschätzung die zweite Gefahr: Wenn ein großer Eisabbruch in den See stürzte, würde sich eine Flutwelle die Flischschlucht hinab Richtung

Eden wälzen. Oder das Gletschertor brach ein und staute Wasser zurück, das später auf einen Schlag ausbrechen würde. Diese Möglichkeit war noch größer. Umso mehr hoffte Primo, der See würde bald und folgenlos verschwinden, so wie letztes Jahr.

»Aber wohin ist das Seewasser geflossen, wenn es nicht in die Schlucht gelangt ist?«, unterbrach Albin die beiden plötzlich.

Seine Frage traf den Kern, die Antwort kannten sie nicht. Die Glaziologen hatten ihnen nur Grundsätzliches schildern können: Im Frühsommer öffneten sich vereiste unterirdische Kanäle, durch die das Wasser in kürzester Zeit ablaufen konnte. Es suchte sich dann seinen Weg durch den bis zu vierhundert Meter dicken Gletscher. In seinem Inneren wurde er überall von Schmelzwasserbächen durchzogen, fast unmöglich also, die Abflusswege oder den späteren Austrittsort des Wassers zu bestimmen.

»Dann ist es ja auch nicht so extrem gefährlich«, folgerte Albin. »Das Wasser läuft offensichtlich unterirdisch ab und kommt irgendwo im Plontal zum Vorschein.«

Albin hatte recht. Solange das Wasser bloß nicht plötzlich vor der Schlucht wieder ans Tageslicht trat und die Flisch zum entfesselten Wildbach machte, wie unlängst beim Münstiger Gletscher geschehen, nicht weit von Eden entfernt.

Noah war Severin ähnlich, das erkannte Lucrezia schon aus der Ferne. Hand in Hand, im gleichen wiegenden Gang, kamen ihr die beiden vom Postautoparkplatz her entgegen. Sie streckte Noah die Hand entgegen.

»Hallo, Noah, ich bin Lucrezia.«

Noah gab ihr zwar die Hand, versteckte sein Gesicht aber hinter dem Bein seines Vaters.

»War's schön, die Fahrt im Postauto?«

Noah nickte. Lucrezia zog das Modellpostauto, das sie eben am Kiosk gekauft hatte, aus der Tasche und hielt es Noah hin.

»Möchtest du das haben, als Erinnerung?«

Er nickte.

»Noah?«, sagte Severin.

»Danke«, murmelte dieser verlegen.

»Gern geschehen!«

Lucrezia wandte sich Severin zu. Nach einer langen Umarmung schaute er sie schelmisch an. »Mir hast du kein Geschenk mitgebracht?«

»Wie dumm von mir, ich habe nur mit einem Buben gerechnet ...«

Lucrezia drückte ihre Lippen noch einmal auf seine Wange, unter dem kritischen Blick von Noah. Er ist es nicht gewohnt, dass sein Vater geküsst wird, dachte Lucrezia belustigt. Sie nahm eine der Taschen vor Severins Füßen und führte die beiden zur anderen Seite des Parkplatzes, wo der Wagen des Eden-Resorts stand.

»Ein Hybrid, ihr seid konsequent, bei uns in der Wolfsstiftung kämpfe ich bis jetzt vergeblich dafür.«

Lucrezia wartete, bis Noah angeschnallt war, bevor sie geräuschlos losfuhren. Einige Minuten später hatten sie die Dorfgrenze passiert und fuhren plonabwärts Richtung Flischwald. Lucrezia erklärte Severin die Landschaft, sie zeigte ihm die alte gigantische Staumauer oben bei der Furgg, die der Ursprung des relativen Ploner Reichtums war. Bald versperrte eine Barriere dem Normalverkehr die Zufahrt in den Wald und zum Resort. Lucrezia öffnete sie via Fernbedienung, sie passierte die Schranke und stoppte gleich danach.

»Schau, hier oben ist dieser gewaltige Bergrutsch heruntergekommen, du erinnerst dich. Als die Leitung des neuen Wasserkraftwerks explodiert ist.«

Severin war halb ausgestiegen. Er starrte beeindruckt auf den gewaltigen Erdwall, den er bei seinem ersten Kurzbesuch hier gar nicht wahrgenommen hatte, hoch darüber klaffte eine erst spärlich bewachsene, lehmbraune Wunde in der Bergflanke.

»Lena hat mir erklärt, das Erweiterungswerk sei damals in den Fuß des Berges hineingebaut worden, in eine riesige Felskaverne. Sie wurde komplett verschüttet.«

»Und was machen sie jetzt mit der Ruine?«

Lucrezia hob die Schultern. »Irgendwann soll es wieder in Betrieb genommen werden, aber Genaueres weiß man nicht, es laufen noch immer Gerichtsverhandlungen. Man munkelt, die Stauseegesellschaft werde bald von einem multinationalen Großkonzern übernommen.«

Sie setzten sich wieder ins Auto, fuhren langsam in den Wald hinein.

»All das hier gehört zum nationalen Naturpark?«

»Im Grund ja, hier dürfte auch kein Resort stehen, aber in unserem Fall hat die Mauschelei mal zu was Gutem geführt, finde ich. Wir sind da.«

Lena erwartete sie vor dem Haupthaus, mit Agnes auf dem Arm. Herzlich begrüßte sie Severin und Noah und machte diesen sogleich mit dem Baby vertraut. Der Siebenjährige war von Agnes seltsam fasziniert, was Lena sogleich ausnützte und Noah mit auf einen kleinen Spaziergang an den Wasserkanälen entlang nahm.

Severin und Lucrezia folgten in einigen Metern Abstand.

»Für ihn sind die Ferien schon gerettet«, sagte Severin lächelnd. »Wenn Noah nur schon etwas Ähnliches wie einen Bach sieht, ist er für Stunden absorbiert, genau wie ich früher.«

»Dann steigen wir bald mal zum Schluchtsee hinauf, dort

kann euch Silvan das ganze Schleusensystem für die Kanäle und den Merkhammer und das Quellwasser des Hotels zeigen.«

»Machen wir. Kein Wunder, gefällt es dir hier, es ist wunderschön – als wäre die ganze Welt in ein freundliches Grün getaucht. Das ist mir schon beim letzten Mal aufgefallen.«

»Alle Geräusche klingen gedämpft. Kein Verkehr, kaum Fluglärm. Wenn du tiefer in den Wald hineingehst, verlierst du jedes Zeitgefühl.«

»Das kenne ich von den Peileinsätzen bei unseren Wolfsprojekten.«

Schweigend gingen sie weiter, Schulter an Schulter.

Severin war ein wenig neidisch. Ein durchdachtes, nachhaltiges Projekt, dieses Eden, viel nützlicher als alles, was er bei der Wolfsstiftung tat! Natürlich war die Arbeit dort nicht zu verachten, im Vergleich zu seiner früheren ohnehin, als Tierstopfer hatte er die Wölfe im besten Fall restaurieren können, und so lange war das gar nicht her. Jetzt verhalf er den Tieren wenigstens zu einer zweiten Chance. Doch die Ansiedelung und die Kontrolle einiger Wölfe in der Schweiz hatten stets etwas von einer leicht kindischen Spielerei, die keiner wirklich ernst nahm – bis auf ihre Gegner, die in schöner Regelmäßigkeit die zugewanderten Wölfe dezimierten.

Aber das hier … Eden war ein hochspannendes Experiment, an privilegierter Lage dazu!

»Sind die Bungalows eigentlich autark?«

»Frag Silvan oder Lena, wenn du es genau wissen willst. Ein einzelner Bungalow nicht, glaube ich, aber die Gesamtbilanz müsste übers Jahr ausgeglichen sein, zeitweise speisen wir sogar Solarstrom ins öffentliche Netz ein.«

»Eine raffinierte Architektur.«

Lena, die sie eben eingeholt hatten, bedankte sich für das Kompliment. »Nur gehen uns die Probleme im Moment nicht aus. Heute sind Silvan, Albin und Primo hoch zum Flischgletscher. Weil der sich so schnell zurückzieht, verändert sich die Landschaft und schafft stets neue Gefahren. Wär doch was für dich, Severin, hast du nicht Geologie studiert?«

»Im Nebenfach. Eigentlich Biologie, aber wenn ich euch irgendwie helfen kann …«

»Hilfe annehmen ist unser Grundprinzip«, erwiderte Lena lachend, »egal, ob wir sie brauchen oder nicht. Lucrezia, kannst du mir mal Agnes abnehmen, ich muss noch schnell zum Küchenchef. Dafür wird dir Noah beim Hüten helfen.«

Badetag

Severin war überfordert. Er wollte mit seinem Sohn und Silvan hinauf Richtung Schluchtsee. Normalerweise hätte die bloße Planung eines solchen Unternehmens Noah in erregte Vorfreude gestürzt und zum sofortigen Rucksackpacken animiert, diesmal hatte der Kleine nur gefragt, ob Agnes mitkomme. Weil das nicht vorgesehen war, verweigerte Noah weitere Verhandlungen. Er saß wie so oft in den letzten Tagen neben Agnes auf deren Strampeldecke, mit einer Rassel unterhielt er sein frischadoptiertes Kind, ohne einen weiteren Blick für die Erwachsenen.

»Zumindest ist er unbestechlich«, kommentierte Lena amüsiert, als auch Silvans Versprechen, sie würden im See baden, bei Noah nicht verfing. »Spricht für Charakterstärke.«

»Oder für Sturheit, da ist bei der Mutter ein bisschen was zu erben gewesen«, entgegnete Severin.

»Nur bei der Mutter?«, fragte Lucrezia scherzhaft nach. »Wie geht es ihr übrigens?«

»Wunderbar. Sie ist schwanger. Noah kriegt ein Schwesterchen.« Severin blickte vielsagend auf Noah und Agnes hinab. Die anderen schauten ihn überrascht an.

»Deshalb!«, rief Lena. »Er übt bereits!«

»Meine Tagesplanung macht das nicht einfacher.«

»Zumindest Albin sollte bald los, sonst kommt er nicht bis zum Gletschersee hinauf«, mischte sich Silvan ein. »Ich wollte ihn bis zur Schlucht begleiten.«

»Moment! Ich habe eine Idee, zwei Sekunden, komme gleich wieder, wär doch gelacht!«

Lena eilte zur Rezeption, nach einem kurzen Wortwechsel

mit Martha hinter dem Tresen kam sie zurück. »Alles erledigt. Ich habe uns beiden gerade freigegeben, Lucrezia. Martha übernimmt, ihre Hotelfachschule muss sich ja mal auszahlen! Und wir machen einen Ausflug zum See. Komm, Noah, du kannst mir mit Agnes helfen.«

Verdutzt sah Severin, wie Noah hochsprang und dienstfertig Lena nachrannte.

»Das ist Lena, ihr widersteht keiner, nicht mal Noah.« Lucrezia tätschelte Severin tröstend die Schulter. »Ich hole meinen Bikini im Bungalow.«

Es würde viel länger als üblich dauern, bis sie zum Schluchtsee kamen, stellte Silvan fest, sie steckten noch immer beim Merkhammer fest. Albin hatte für Noah den Mechanismus in Bewegung gesetzt. Der konnte sich nicht sattsehen an den beiden Wasserrädern und erstarrte vor Ehrfurcht, als er erstmals den Klang des Hammers auf dem tönenden Brett hörte. Das Toggen des Hammers vervielfältigte sich in der Stille des heißen Sommermorgens, das Echo hallte wie ehedem von der Plonspitze zurück. Lena erklärte Severin, dass man die Hämmer dort angebracht hatte, wo das Wasser in die Felder floss, oft weit von den Dörfern entfernt. Wenn eine Suone hoch oben in den Felsen beschädigt war und versiegte, verstummte auch der Hammer, und die Bauern waren sofort alarmiert. Worauf einer in die Steilwände hinaufklettern musste, um den Kännel zu flicken – oft unter größter Lebensgefahr.

Silvan nahm Albin zur Seite. »Du musst los, sonst bist du vor dem Abend nicht zurück.«

»Gut. Ich schick dir eine Nachricht.«

»Die erste vom neuen Graben, die zweite vom See. Wenn dir irgendwas auffällt, rufst du an.«

Silvan starrte seinem Sohn verunsichert hinterher.

»Was ist?« Lena trat neben ihn.

»Nichts. Es ist ein bisschen wie damals, als das Druckrohr des Kraftwerks platzte. Der Merkhammer schlägt, und Albin zieht allein los.«

»Damals war es Nacht, der Hammer verstummt, und Albin war nicht allein.«

»Trotzdem.«

»Ich weiß. Bin ja auch nur noch halb so mutig, seit wir Agnes haben.«

Lena hatte ihre Tochter im Tragtuch vorgehängt, Agnes war beim ersten Schritt eingeschlafen. Allmählich spürte Lena das Gewicht und die zusätzliche Wärme der Kleinen.

»Komm, Noah, wir gehen zum See, dort kannst du Fische fangen.«

»Wirklich?«

»Natürlich, Silvan wird es dir zeigen. Was, du kannst … du kannst nicht fischen? Und du, Severin? *Verflüechtwieverflixt*, was seid ihr bloß für Männer!«

Kopfschüttelnd zog Lena los, Noah und Lucrezia im Schlepptau, Silvan und Severin folgten einige Schritte dahinter. Severin löcherte Silvan mit Fragen zum Wassersystem und zum Energiekonzept des Resorts. Silvan vergaß seine Sorgen um Albin, dankbar dafür, dass sich mal einer für seine ausgeklügelten Anlagen interessierte. Die Komplimente der Gäste waren das eine, die verdankte er im Grund bloß der unvergleichlichen Lage des Resorts im Flischwald, vielleicht noch der Gestaltung der Bungalows und der Speicherteiche, doch die wenigsten erkannten die komplexe Gedankenarbeit hinter dem Eden-Konzept, die Radikalität, mit der sie alles geplant und umgesetzt hatten. Das war einmalig in der Schweiz. Visionär vielleicht, Hubert Borelli hatte das Wort in seinem Eröffnungsbericht verwendet. Der Begriff Öko-Hotel, mit dem die meisten anderen hantierten, wurde ihnen nicht annähernd gerecht, zumindest davon war Silvan bei aller Bescheidenheit überzeugt. Öko-Hotel nannte sich derzeit jede Herberge, in der die Frottiertücher etwas seltener gewechselt wurden.

Dass sie mit dem Eden-Resort wohl richtig lagen, zeigte sich schon in den ungewöhnlich heißen Sommerwochen seit der Eröffnung. Die archaische Bauweise mit Stroh, Lehm und Kalk bewährte sich und würde dies erst recht tun, wenn die heutigen Temperaturspitzen in der Zukunft zum Durchschnitt würden. Dann, wenn Agnes erwachsen war … Lebte sie dann überhaupt noch hier, oder würde sie etwas anderes vorziehen, so wie Kinder immer das Nächstbeste attraktiver fanden als alles, was ihre Eltern für sie vorgesehen hatten?

»Wenn sich die Prognosen bewahrheiten«, sagte Severin gerade nachdenklich, »wird der Gletscher ganz verschwinden.«

»Mit Sicherheit. In kürzester Zeit. Du brauchst nur hochzusteigen, wenn du zusehen willst.«

»Und die Sommer werden trockener.«

»Richtig.«

»Dann bleibt dir aber gar kein Wasser mehr, das dir den Schluchtsee füllt, dann bricht dein ganzes System zusammen.«

»Hoffentlich nicht. Wir müssen die Frühlingswasser speichern und besser bewirtschaften. Viel Wasser brauchen wir im Sommer nicht, wir erzeugen die Energie mittels Sonnenkollektoren.«

»Und die Bewässerung?«

»Das ist die heiklere Frage. Die Sommer werden trockener, das ja, aber in allen anderen Jahreszeiten wird es mehr Niederschlag geben, oben auf den Dreitausendern sogar mehr Schnee, also Ersatz für das heute im Gletschereis gespeicherte Wasser. Wie viel aber dann übrig bleibt, um über den Sommer zu kommen – keine Ahnung. Ich weiß nur, dass wir schon bald um jeden Liter Wasser Sorge tragen müssen. In Eden wie an jedem anderen Ort der Welt.«

»Erzähl das mal den Leuten, die sich nie darum gekümmert haben.«

»Hier im Wallis ging man stets sorgsam mit dem Wasser um, das kann unser Vorteil werden, deshalb versuche ich das alte Wissen anzuzapfen. Die alten Walliser mussten den Bergen jeden Liter Wasser abtrotzen. Hier, nur als Beispiel, siehst du eine Schleuse und einen Entsander nach uraltem Suonen-System, weiter unten folgt der Wasserverteiler. Beides sorgt dafür, dass immer gleich viel Wasser derselben Qualität in unser System fließt.«

Severin war sichtlich beeindruckt.

»Eine anspruchsvolle Anlage.«

»Unser Freund Primo Sacripanti hat sie zusammen mit einem Spezialisten für alte Bewässerungstechniken entworfen. Das System an sich ist einfach, es hat bloß eine Weile gedauert, bis alles aufeinander abgestimmt war und wir die richtigen Wassermengen festgelegt hatten.«

Mit einem Seufzer der Erleichterung plumpste Lena neben Agnes in den Baumschatten. Lucrezia versuchte derweil, Noah ins eiskalte Wasser des Schluchtsees zu folgen, sie hatte es schon bis zu den Knien geschafft und drohte Noah sämtliche Höllenstrafen an, wenn er nicht sofort mit Spritzen aufhörte. Am anderen Ende des Sees sah Lena Silvan und Severin den Dammweg überqueren. Es tat Silvan gut, dass sich jemand für die technische Seite des Eden-Resorts interessierte. Lena vergewisserte sich, dass sie im Schatten lag, sich selbst hatte sie natürlich keine Sonnencreme aufgetragen. Du vernachlässigst dich, Lena Amherd, *verflüecht,* wirst eine dieser manischen Mütter mit abwesendem Blick, strähnigem Haar und Bauchrolle über dem Bund der Jeans vom vorletzten Jahr, aber Hauptsache, dem Kind geht es gut, nicht wahr! Sie quälte sich wieder hoch und säuberte die Cremetube, die Noah sorgfältig mit Sand paniert hatte. Manchmal wunderte sie sich schon, wie einschneidend Agnes ihr Leben verändert hatte. Wie klaglos sie es hinnahm, mit Ausnahme der Tage nach schlaflosen Nächten. Das waren die meisten … Immerhin war sie privilegiert, Lucrezia sprang jeweils ein, wenn Lena so müde war, das sich die Fasern ihres Körpers bei jeder Bewegung verhedderten. Auch Selma tat das Ihre. Wann immer Lena spätnachts versucht war, die quengelnde Agnes am Bein zu packen und mal einige Runden im Kreis zu schwingen, so wie es jede übernächtigte Mutter gelegentlich überkam, wickelte sie die Kleine in eine Decke und setzte sich draußen auf die Veranda. Dort erfand sie zusammen mit Selma, die dann meist durch die Baumwipfel von Eden irrlichterte, neue Geistergeschichten, die Agnes zuverlässig in den Schlaf entführten. Letzthin war Silvan erwacht und zu ihnen herausgekommen. Sie hatte ihm den grünen Schimmer gezeigt, der von Ast zu Ast sprang, sich hinter einem Baumstamm zum Scherz versteckte, daran hochschlich, in den Nachthimmel flog und in leuchtende Sternfunken zersprang, sie fielen zu Boden, kollerten einen Abhang hinunter, suchten sich, fanden sich, flossen wie Quecksilberkügelchen zu neuem Gespensterleben ineinander. Lena sah diesen Vorgang in allen Einzelheiten, umso überraschter war sie, als Silvan zum zweiten Mal nachfragte, wovon sie eigentlich spreche. »Von Selma!«, hatte sie ausrufen wollen, sich aber beherrscht und vorsichtig nach Agnes geschaut, die in ihren Armen gelegen hatte, hellwach, die Augen kirchentorsperrangelweit offen, spiegelnde Scheiben, in denen sich schon Selmas nächster Tanz durch die nächtlichen Wipfel spiegelte. Um den kleinen Mund ein sanftes Lächeln angesichts ihrer herumgeisternden Großmutter.

Stiefgrooßmüetter. Grooßgotta. Gotta.

Nicht jeder sah im Gleichen dasselbe, und Glühwürmchen gab es noch nicht so lange im Flischwald.

Vielleicht würde es Silvan gar nicht helfen, könnte er Selma so spüren wie sie, vielleicht blieb sie ihm näher über die Erinnerungen, die er zelebrierte und deren Dringlichkeit die Tote am Leben hielt. Im Leben zurückhielt? Manchmal hörte sie Selma klagen. Nachsichtig, aber missgestimmt. Es ginge doch nicht, wisperte sie dann, dass Silvan sie ankette, hier, wo es für sie doch längst Zeit sei weiterzuziehen.

Silvan kann nicht loslassen, Selma! Gib ihm Zeit.

Ich habe alle Zeit der Ewigkeit, aber nur halb so viel Geduld.

Silvan schafft es nicht. Hilf ihm!

Ein bisschen viel verlangt von einer Toten, findest du nicht?

Jetzt tu nicht so, Selma. Ich habe selten eine so lebendige Tote erlebt.

Was erwartest du. *Wär abbinä gha wird, zafferet.*

Zafferet? Das ist unfair, Selma, Geister sprechen nicht Dialekt!

Wer festgehalten wird, zappelt eben.

Über Lena wurde es dunkel. Lucrezias Stimme drang wie durch Watte an ihr Ohr.

»Nein, Noah, lass Lena liegen, wir beide kümmern uns um Agnes.«

Lena sieht durch halbgeschlossene Augen, wie sich die drei ein Stückchen entfernen, bevor sie den Faden weiterspinnt.

Noch da, Selma?

Das ist ja das Problem!

Jetzt sei nicht so, du kommst noch früh genug weg! Erzähl mir lieber eine Geschichte. Eine schöne, ausnahmsweise mal!

Als Lena eine Stunde später erwachte, lag sie in der prallen Sonne. Glücklicherweise hatte Selma ihr den Hut über das Gesicht gelegt. Benommen stützte sie sich auf. Lucrezia saß mit Agnes und Noah im Schatten einer Föhre, von den Männern war nichts zu sehen. Lena ging hinüber, Noah empfing sie mit einem Spitzbubengesicht.

»Du hast im Schlaf geredet!«

»Wirklich?«

Lucrezias Lächeln bestätigte Noah.

»Und was?«

»Weiß nicht, seltsames Zeugs.« Noah baute weiter an seinem Dorf im Sand.

»Ich habe bloß mit Selma gesprochen. Was baust du da?«

»Eden natürlich. Wer ist Selma?«

»Silvans Mutter. Sie ist gestorben. Sind das unsere Wasserkanäle?« Lucrezia deutete auf die Ästchen, die sich wie Adern durch Noahs Dorf zogen.

»Ja. Und hier oben baue ich jetzt einen See. Hilfst du mir Wasser holen?«

»Natürlich.«

»Sprichst du immer mit den Toten, wenn du schläfst?«

»Manchmal auch, wenn ich wach bin. Gehen wir?«

»Ja. Warum habe ich Selma nicht gehört?«

»Du warst zu sehr mit deinem Dorf beschäftigt.«

Albin näherte sich vorsichtig der Felsschulter, dahinter klaffte der gefährliche Graben. Vater und Primo hatten ihm versichert, wenn es trocken sei, komme hier nichts herunter, trotzdem löste der Wegabschnitt in ihm Unbehagen aus. Vorsichtig querte er den Graben, er behielt gleichermaßen seinen Weg und das Geröllfeld weit über ihm im Blick. Die oberste Erdschicht war staubtrocken, seine Füße traten bei jedem Schritt kleinere Kiesel los, die sofort ein Stück abrutschten, ins Kullern kamen und fröhlich hinabtanzten, bis sie unten in die Flisch platschten. Auf ihrem Weg stießen sie den einen oder anderen größeren Stein an, der dann mit den kleineren um die Wette sprang. Albin hoffte, dass sich niemand in der Schlucht aufhielt, aber wer sollte hier schon herumturnen. Einige Kristallsucher vielleicht, in der Hoffnung auf neu freigelegte Klüfte. Vater hatte kürzlich erzählt, die Strahler seien die einzigen Profiteure der Klimaerwärmung, durch den Rückzug der Gletscher wurden Fundgebiete zugänglich, die noch keiner zuvor durchkämmt hatte.

Albin hangelte sich auf der anderen Seite des Grabens die steile Böschung hinauf. Er rutschte ab, zurück in den Graben, fand das Gleichgewicht, probierte es wieder und viel zu hektisch, von einer unerklärlichen Angst gepackt. Endlich war er oben, wo er, noch verwundert über diese kalte Hand, die ihm plötzlich den Atem abgedrückt hatte, seinen Weg fortsetzte. Im Gehen trank er die halbe Flasche leer.

Es war nicht wirklich Furcht gewesen, mehr die Erinnerung an etwas, das … das mit Bestimmtheit eintreffen würde.

Eine Erinnerung an die Zukunft?

Er fantasierte, daran war die Hitze schuld. Bald würde er kaum noch Schatten finden. Letzte Föhren krallten sich da und dort in Felsritzen, ihre Schatten wurden stummelkurz, die Sonne näherte sich dem Zenith, die Hitze in der Steinwüste presste ihn in den Boden. Kein Lüftchen, nicht mal hier in der Höhe. Gelegentlich schrillten Pfiffe von Murmeltieren, die ihre Artgenossen vor dem Wanderer warnten, sonst war es so still, dass Albin halblaut zu rappen begann und seinen Schritt Eminems Rhythmen anpasste, das ließ ihn seine Einsamkeit vergessen. Später fiel ihm ein, dass er sich melden sollte. Er zog das Handy hervor und tippte mit dem rechten Daumen die Message, dass er den Graben passiert habe und dieser noch so aussehe wie beim letzten Mal, er habe keine Veränderung ausgemacht. Sein Vater quittierte sekundenschnell, als hätte er nur auf Nachricht gewartet.

Bevor er den Gletscher erreichte, machte er im knappen Schatten eines großen Felsquaders Rast. Seine Augen suchten die Felswände rundum ab. Nach einer Weile wurde ihm klar, dass er unbewusst nach einem Zeichen Ausschau hielt. Nach einem Wink von Selma. Manchmal, wenn er mit Agnes spielte, erkannte er Selma in ihrem Gesicht wieder. Doch die Großmutter fehlte ihm vor allem dann, wenn er wie so oft zwischen Stuhl und Bank saß, nicht wusste, wohin er gehörte, zur Mutter nach Zürich, oder zum Vater nach Plon. Hierher zog es ihn stärker. Früher hatte er sich in solchen Momenten direkt an Selma gewandt, ihre Worte, ja, nur schon ihre Nähe hatten ihm Geborgenheit geschenkt, als fände er sich in einer freundlich wattierten Kugel wieder, die nur ihn umschloss. Jetzt war sie zerbrochen. Er musste sich neu orientieren. Wie eben auf der Wanderung, als er über das Schmelzen des Gletschers nachgedacht hatte. Für die alten Ploner war das ewige Eis eine heilige Stätte gewesen. Der Bestimmungsort aller Armen Seelen. Doch das vermeintlich ewige Eis, der Ort seiner Albträume, wurde vergänglich. Die Lehrerin in der Schule hatte vom Ausmaß und der Geschwindigkeit der Gletscherschmelze erzählt, zur selben Zeit hatte er in der Klasse sein Ferienprojekt gezeigt, den Film über die *Graatzüge.* Wildeste Diskussionen waren danach entbrannt, die Lehrerin hatte sie mit der lahmen Bemerkung beendet, nun müssten eben Sagen ersonnen werden, in denen sich die Walliser ihre Heimat neu erfanden.

Aber mit Selma war die letzte große Erzählerin verstummt.

Albin starrte zur Plonspitze hinauf. War das nur eine weitere Dohle? Unmöglich. Die Spannweite der Flügel enorm, ihre Enden gefingert … Ein Adler, tatsächlich! Ein Pärchen war erfolgreich hier angesiedelt worden, hatte er gehört.

Gespannt beobachtete Albin, wie der Adler majestätische Kreise zog, ohne Flügelschlag, nur getragen von der Thermik, immer höher hinauf, bis sich die Umrisse zu einem kleinen Punkt verkleinerten, der im Gegenlicht kaum mehr auszumachen war und plötzlich hinter der Plonspitze verschwand.

Als Albin weiterwanderte, war seine Angst verflogen.

Silvan schilderte Severin Somm die Situation am Eröffnungstag des Eden-Resorts: Wie er im letzten Moment die Schleuse hatte öffnen können, welche ungeheuren Wasser- und Schlammmassen die Schlucht an jenem Tag ausgespuckt hatte. »Der heftige Gewitterregen hat in der Seitenflanke der Schlucht einen Erdrutsch ausgelöst. Dabei ist der Graben entstanden, von dem Albin eben geschrieben hat.«

»Weshalb öffnet sich die Schleuse nicht automatisch, wenn der Wasserstand des Sees ein gewisses Niveau überschreitet?«

»Damit hatten wir nicht gerechnet. Jetzt gibt es die entsprechende Überlaufsicherung. Gehen wir zurück?«

»Ja.«

Silvan schloss das Kontrollhäuschen hinter ihnen ab. Gemächlich überquerten sie den Damm.

»Warum lässt du sogar jetzt Wasser ab?«

»Wir sind verpflichtet, eine Mindestmenge fließen zu lassen, damit die Flisch nicht austrocknet.«

Sie nahmen den Weg am Seeufer entlang, zurück zur Sandbucht, in der sich Lena und Lucrezia eingerichtet hatten. Noah kam ihnen entgegengerannt. Severin müsse sich sofort sein neues Eden anschauen und mit ihm schwimmen kommen oder Steine springen lassen und vom Felsen hechten, das zuerst, oder nein, doch zuerst das Dorf, das er mit Lucrezia gebaut habe, das sei wie echt!

Severin bestätigte es ihm, sobald er es sah. Eine halbe

Stunde später hockten sie blau gefroren und schlotternd in der Sonne, eingehüllt in ihre Badetücher.

»Und jetzt, was machen wir jetzt?«

»Mit den Zähnen klappern«, schlug Severin vor.

»Jetzt, Noah, gehen wir fischen!« Lena stand plötzlich tatendurstig vor ihnen. »Ich habe ein Sackmesser und Schnur. Wir schneiden uns zwei Stecken, basteln uns Angeln und versuchen unser Glück. Die Männer kann man zu so was ja nicht brauchen. Silvan darf dafür Agnes hüten. Was meinst du, Noah?«

»Wir brauchen aber noch Haken. Und Würmer!«

»Würmer? Wir nehmen lieber was anderes. Und du, Severin, musst mit Lucrezia mal die Schlucht hinauf, sie ist sehenswert.«

Lucrezia wollte widersprechen, sie schlafe gerade ein, als sie Lenas bedeutungsschwangeren Blick auffing. Himmel, Lena war unverbesserlich! Und hatte recht. Die Aussicht, mal einige Augenblicke mit Severin allein zu sein, war verlockend. Erregend sogar, stellte sie verwundert fest. Sie klettete verwirrt ihre Trekking-Sandalen zu und bedeutete Severin, dasselbe zu tun, in der Schlucht müsse man klettern.

Die Mühe hatte sich gelohnt. Der Anblick, der sich Lucrezia und Severin bot, nahm ihnen zusätzlich den Atem. Lucrezia war sich sicher, dass sie beide im selben Moment dasselbe dachten: der Wasserfallteich. Fast eine Kopie des Ortes in Gspona, wo die Dorfmalerin Lisbeth Comet jenes Bild gemalt hatte, das jetzt in Severins Zimmer hing. Hier allerdings war der Wasserfall kleiner und nur eine von vielen Stufen, über die sich die Flisch talwärts stürzte.

»Willst du noch weiter hoch?« Lucrezia beschlich plötzlich eine seltsame Nervosität, sie schaute Severin an und wusste die Antwort schon.

»Das ist der perfekte Ort.«

»Ja, es ist die schönste Stufe. Wahrscheinlich der größte Teich innerhalb der Schlucht.«

»Das Wasser ist wohl noch eisiger als der See?«

»Es ist Schmelzwasser.«

Er watete vorsichtig hinein.

»So kalt!« Der Raum zwischen Severins Fingern maß knapp zwei Zentimeter Breite.

»Das habe ich anders in Erinnerung.«

Severin lachte verwundert auf, Lucrezia lauschte ihren Worten nach. Hatte tatsächlich sie das gesagt? Diese Andeutung an jene eine gemeinsame Nacht, über die sie kaum mehr gesprochen hatten, weil das Leben schon tags darauf einen anderen Lauf genommen hatte. Was hatte ihre Worte ausgelöst? Empfand sie heute anders, weil Sommer war und die Luft nach Harz duftete, weil der Teich Erinnerungen an Gspona weckte und Severin hier war, praktischerweise? Und wenn sie sich darauf einließ, wie ihr Körper mit leisen Signalen verlangte, würde sie Peider dabei aus dem Kopf bannen können? Eine Frage führte zur nächsten, wahrscheinlich ließ sich jede einzelne in ihrem Gesicht ablesen, so deutete Lucrezia zumindest Severins Blick, dem sie verschämt auswich.

Sie suchte sich über die aus dem Wasser ragenden Steine einen Weg auf die andere Seite des kleinen Teiches, zweimal rutschte sie ab, doch sie kam fast trocken drüben an. Ihr Badetuch breitete sie über den flachen Felsen, der das Wasser seitlich begrenzte. Severin warf ihr sein Tuch zu, dann tat er todesmutig einige weitere Schritte ins eisklare Wasser.

»Wenn ich Lisbeth wäre, würde ich dich jetzt zeichnen!«

»Wenn du Lisbeth wärst, würdest du dich verschämt irgendwo verstecken!«

»Warum, du bist ja angezogen!« Kaum hatte sie es gesagt,

hätte sie sich die Zunge abbeißen mögen. Was war nur heute in sie gefahren?

Severin war nicht weniger erstaunt. Was sie sagte, kontrastierte seltsam mit dem, was ihr Gesicht, ihr leicht verzagter Blick ausdrückte.

Trotz allem, was dagegen sprach, es war Zeit. Für beide. Severin watete durch das kalte Wasser bis zum Stein, auf dem sie mit angewinkelten Beinen saß, die Arme um die Knie geschlungen. Sanft drückte er ihr einen Kuss auf die Schulter.

»Wenn ich dich falsch verstehe, dann stoppe mich gleich ...«

Sie unterbrach ihn mit einer kleinen Geste.

»Vielleicht ... vielleicht lassen uns die Geister ja in Ruhe?«

»Vielleicht.«

Severin streifte plötzlich seine Badehose ab. »Stell dir einfach vor, du seist Lisbeth Comet vor fünfzig Jahren.«

»Ich schäme mich schon sehr!«, überspielte Lucrezia ihre Befangenheit.

»Ich erst, bei der Kälte! Weißt du, was helfen würde?«

Lucrezia öffnete den Verschluss ihres Oberteils, dann schlüpfte sie aus dem Badeslip. Einen Augenblick lang war sie versucht, die Schultern nach hinten zu drücken, sie gab es sofort wieder auf. Was ihr nicht gefiel, war der Präsentierteller, auf dem sie saß, für so etwas reichte ihr Selbstvertrauen nicht aus. Sie rutschte an den Rand des Steines, Severin zog sie an sich, ihre Oberschenkel umklammerten seine Taille.

»So schön es hier ist ...«, flüsterte sie ihm ins Ohr.

»Ich weiß. Aber wohin?«

Sie schaute sich um, ihr Blick blieb am Felsen hinter dem Wasserfall hängen. Konnte es sein ...? Lucrezia löste sich von Severin und huschte über den großen Stein, leichtfüßig sprang sie auf seiner Rückseite hinunter. Severin bewunderte ihren schmalen, noch jugendlich wirkenden Körper. Sie balancierte den Felsen entlang zum Wasserfall und war plötzlich verschwunden.

»Komm hierher, mit den Tüchern!«, rief sie plötzlich.

Sie musste irgendwie hinter den Wasserfall gelangt sein.

Severin raffte Badekleider und Tücher zusammen, dann kletterte er ihr nach. Nun sah auch er, was Lucrezia vorhin aus der Distanz erahnt hatte: Zwischen dem fallenden Wasser und dem aufsteigenden Felsen dahinter war ein Spalt, der sich hinter der Wasserwand zu einem drei Meter tiefen Felsabsatz verbreiterte. Lucrezia kauerte am Boden, ihr Blick erwartungsvoll und verschüchtert zugleich. Das beständige Rauschen des Wassers klang, als stünden sie unter der Dusche, der Unterschied zwischen der Gluthitze draußen und der schattigen Kühle hier ließ sie frösteln.

»Wir könnten die Tücher aufeinanderlegen, damit es weicher wird.«

Severin tat es.

»Wenn du dich hinlegst«, versprach er, »küsse ich dir jedes Wassertröpfchen einzeln von der Haut.«

»Dann beginn doch mal hier, da hat es viele.«

Er folgte ihrer Empfehlung, blieb aber nur kurz auf ihren Lippen. Die Enttäuschung wich einem kräuselnden Ziehen, das ihre Nervenenden überall meldeten, wo sein Mund haltmachte.

»Das ist eine Ersterkundung, ich lass die gefährlichen Stellen erst mal aus.«

»Gut.«

»Das macht man so.«

»Man?«

»Wir Erforscher der letzten Naturmysterien.«

»Wer ist wir?«

»Mein Vater war der Extrembergsteiger Matthäus Somm,

du erinnerst dich. Verschollen anno damals, irgendwo zwischen Gipfelschnee und Regenbogen.«

»Dann kennst du dich ja aus. Beim Erforschen, meine ich.«

»Ich bin aber schon lange nicht mehr auf einer Tour gewesen.«

»Ich habe auch ein bisschen die Übung verloren!«

»Vielleicht taugen wir beide ja für eine neue Seilschaft.«

»Meinst du?« Lucrezia schloss die Augen. Keine Bilder, bitte keine Bilder, flehte sie innerlich. Sie musste mutig bleiben, das Denken ausschalten. »Hier hat es neue Tröpfchen.« Lucrezia zeigte auf ihren Hüftknochen, und weil sie schon dabei war, folgte ihr Finger ihrer Leiste und stoppte erst auf ihrem Schambein.

»Sisyphos unterm Wasserfall. Das ist die Gischt, die uns ständig benetzt.«

Er folgte dem Weg, den ihr Finger ihm gezeigt hatte, mit der Zunge. Sie verlor sich ein wenig in ihren Schamhaaren, aber nur zum Schein, gleich darauf spürte Lucrezia sie wieder. Er wollte nicht berechenbar werden, und ihre Reaktionen zeigten ihm, dass ihr das recht war.

Lucrezia öffnete die Augen. Als hätte Severin ihre Verunsicherung gespürt, wanderten seine Lippen mit kurzem Umweg über ihre Brüste und ihren Hals hinauf an ihr Ohr, sein Finger kümmerte sich erst später wieder um ihre empfindlichste Stelle, dazwischen fragte er, ob noch immer alles in Ordnung sei. Sie nickte, er solle einfach so bleiben und sie küssen und ja nicht aufhören mit der Hand, das sei genau richtig so und eigentlich fast nicht zu ertragen … Lucrezias Blick rettete sich in die fallenden Wasser, die Welt dahinter verschwand, ohne dass Lucrezia sie ganz verlor, die Konturen verwischten. Sie schloss endlich die Augen, ängstlich, erregt, und sah einzelne Tropfen, die sich aus dem Wasserschleier lösten, in die samtene Leere zwischen ihnen hineinschwebten, vollbauchig und glitzernd, bis schwarze Sonnenstrahlen sie trafen, sie in tausend Diamanten aufsplitterten, einer landete auf ihrer Mitte und löste sanfte Schockwellen aus, die wieder und wieder durch ihren Körper vibrierten.

Endlich verändert sich etwas, dachte sie noch.

Am Gletschersee fiel Albin zuerst nichts auf, das Wasser war smaragdfarben, vereinzelte, malerische Eisblöcke schwammen darin, alles wie beim letzten Mal. Er stieg wie von Primo empfohlen schräg zum Hang hoch. War der See wirklich unverändert? Er scrollte durch die Handybilder der letzten Kontrolle. Für einen genauen Vergleich musste er noch ein Stück weitergehen, die Perspektive täuschte. Augenblicke später glich er das Display-Bild mit dem See ab: Kein Zweifel, der Wasserspiegel lag tiefer. Deutlich tiefer, rund zehn Meter, schätzte er. Jetzt erkannte er auch die schwache Linie, die das Wasser auf der alten Höhe im Geröll zurückgelassen hatte. Er machte ein Foto mit exakt demselben Ausschnitt wie das alte, dann schickte er es Silvan, mit der gleichen Daumenbewegung wählte er ihn an.

»Ich glaube, es tut sich was«, sagte er ohne Begrüßungsfloskel. »Check das Foto, das ich dir eben geschickt habe!«

»Gut … Bist du hoch genug? In Sicherheit?«

»Ja.«

»Dann bleib, wo du bist. Ich ruf zurück.«

Lena hatte sogleich gemerkt, das etwas nicht stimmte, und Noah ihre Angelrute in die Hand gedrückt. Sie nahm Silvan Agnes ab. Dieser navigierte so lange im Bildmenü seines Handys, bis er vom neuen Seefoto zum alten und wieder zurück switchen konnte.

»Himmelherrgott, ausgerechnet heute!«

»Was?«

»Der See läuft ab.«

»Wohin?«

»Keine Ahnung. Unsichtbar anscheinend.«

Er stellte die Verbindung her und fragte, ob Albin irgendetwas auffalle. »Strudel im Wasser, ein neuer Abfluss, irgendwas?«

Albin konnte ihm nicht weiterhelfen.

»Dann bleib genau da, wo du bist, und mach alle fünf oder zehn Minuten ein Foto. Sonst tust du gar nichts, verstanden! Wir bleiben in Kontakt. Richtung Schlucht fließt wirklich nichts ab?«

Albin verneinte, Silvan war nur halb beruhigt. Das Wasser konnte weiter unten an die Oberfläche und in die Schlucht dringen. »Lena, du gehst mit Noah und Agnes sofort zum Resort hinunter. Ich suche Severin und Lucrezia.«

»Müssen wir evakuieren?«

»Ich weiß es nicht. Überleg dir beim Hinunterlaufen, was überhaupt noch machbar wäre. Vielleicht gibt mir die Wassermenge der Flisch neue Aufschlüsse.«

Lena stellte keine weiteren Fragen, sie nahm Agnes auf den Arm und Noah bei der Hand. Der Junge sträubte sich nur, bis Lena versicherte, das sei ein Wettrennen und der Papa werde mit Sicherheit verlieren. Sie hasteten los. Silvan seinerseits erkletterte bereits die erste Stufe der Schlucht, in regelmäßigen Abständen rief er nach Lucrezia und Severin. Vergeblich.

TEIL 3

15. Juli. Nachmittag

Agnes hetzt an der Rezeption vorbei ins Büro und reißt den Wandschrank auf.

Lucrezia hält Noah, der ihr gefolgt ist, am Arm zurück. »Was gibt's?«

»Linus ist verschwunden.«

»Wo?«

»Oben am Berg, auf der Suche nach dem See.«

»Und Albin?«

»Der weiß nicht, was passiert ist.«

»Schau, was Leisa von Bungalow dreizehn eben am Eingangstor gefunden hat.«

Lucrezia faltet mit alterszittrigen Fingern einen Zettel auseinander und reicht ihn Noah.

Verehrte Besitzer des Eden-Resorts

Wir möchten Sie nochmals an uns erinnern, nicht dass Sie denken, wir würden mit unserem Ultimatum scherzen. Aber Sie haben ja unsere diesbezügliche Warnung verstanden und planen bereits Gegenmaßnahmen. Es bleibt dabei: Um 24.00 Uhr, in der Nacht vom 25. auf den 26. Juli, teilen Sie Ihr unrechtmäßig in Besitz genommenes Wasser mit uns. Sie werden die Schleuse öffnen, dem Wasser den natürlich vorgesehenen Lauf lassen. Und was immer noch geschehen mag, Sie sehen sicher davon ab, mit der Polizei in Verbindung zu treten, ansonsten wären wir gezwungen, sofort und nachdrücklich zu reagieren.

Freundlich grüßt von unbekannter Seite

Derselbe schwulstige Stil, wieder keine Unterschrift.

Agnes wuchtet den Erste-Hilfe-Rucksack auf den Tresen.

»Was ist das?«

»Eine Nachricht der Erpresser. Eine freundschaftliche Erinnerung an ihr Ultimatum.«

Agnes erstarrt. »Die haben Linus?«

Noah legt ihr beruhigend die Hand auf die Schulter. »Kann sein. Aber sie erwähnen es nicht direkt.«

Agnes reißt ihm den Zettel aus der Hand.

»... mit Nachdruck zu reagieren?! Damit meinen sie doch ihn, Linus!«

»Keine voreiligen Schlüsse, es sieht zwar so aus, als würden sie dahinterstecken, vielleicht ist die Gleichzeitigkeit des Briefes und seines Verschwindens aber auch zufällig. Lucrezia, wann wurde der Brief gefunden?«

»Vor einer Stunde.«

»Und wann hat Albin Linus zum letzten Mal gesehen?«

»Vor zwei Stunden!«

Agnes schießen neue Tränen in die Augen.

»Genauso gut kann es sein, dass er sich bloß den Knöchel verstaucht und sein *Toolbook* beschädigt hat. Auf jeden Fall steigen wir hinauf.«

Agnes ist bereits auf dem Weg zur Tür, Noah macht eine beschwichtigende Geste zu Lucrezia hin, bevor er loseilt.

Lucrezia schaut den beiden ratlos hinterher.

Albin zwingt sich zur Ruhe. Es macht keinen Sinn, wie ein Verrückter die Hänge hinauf- und wieder hinunterzurennen, schon zweimal hat er seinen Asthmaspray benutzen müssen. Ein feuriger Wind streicht über die Bergwiesen, er trägt Wüstenstaub mit sich, der Himmel färbt sich schweflig. Der Sand ist diesmal nicht schuld, seine Atemprobleme kommen von der Angst um Linus. Er hätte ihn niemals allein gehen lassen dürfen, im Hochgebirge eine Fahrlässigkeit. Er ist schon zu lange weg von hier und hat die elementarsten Regeln vergessen. Trotz aller Sorge glaubt Albin nicht, dass Linus etwas Ernsthaftes zugestoßen ist. Das hätte er gespürt, Unglück hat sich in seinem Leben jedes Mal angekündigt. In der Nacht, in der sich der Zustand seines Vaters unerwartet verschlechtert hatte, hatte er wach gelegen, hatte beim ersten Klingeln das Telefonat aus dem Krankenhaus entgegengenommen und gesagt, er sei unterwegs, ohne abzuwarten, wer sich meldete. Solche Vorahnungen haben ihn durch sein bisheriges Leben begleitet, wie es sich für ein Quatemberkind gehört.

Diesmal hat er keine Ahnungen, bloß ein schlechtes Gewissen.

Bleibt erst recht die Frage, weshalb er Linus nicht peilen kann! Das *Toolbook* muss schwer beschädigt sein, wenn nicht mal das Ortungssystem funktioniert. Ausgeschaltet hat es Linus mit Sicherheit nicht, das macht keiner mehr, seit es die neuen Miniakkus gibt, die sich mittels Bewegungsenergie selber aufladen. Albin wüsste nicht einmal, ob er sein *Toolbook* überhaupt abstellen könnte.

Ungeachtet der Hitze und des Sandes, der zwischen seinen Zähnen knirscht, setzt er seine Suche fort. Die Hälfte des Gebiets, das Linus hätte durchkämmen sollen, liegt bereits hinter ihm, Albin macht sich an den oberen Teil. Er steigt langsam auf, hält Puls und Atemfrequenz tief. Bedauernd verlässt er den Schatten der Föhren, die ihm Schutz gegeben haben. Jetzt ist er vollständig dem Wind ausgesetzt. Sein Gesicht glüht aus, als stolpere er durch Feuerwände.

Der hat ihr gerade noch gefehlt!

Lucrezia wäre am liebsten hinter dem Tresen abgetaucht, aber außer ihr ist keiner da, und das mit dem Bücken geht auch nicht mehr so schnell. Ihre Hand tastet hilfesuchend nach der Steinskulptur. Lächerlich, die steht im Bungalow, nicht hier, jetzt reiß dich schon zusammen!

Alberto Sacripanti nähert sich mit einem festgeschraubten Lächeln.

Kein Wort über Linus wird sie ihm sagen. Alberto ist zwar der Vater, aber irgendwie eher zufällig.

»Schau an. Du hier?«

»Hallo, Lucrezia. Nette Begrüßung.«

»Du bist für eine nette Begrüßung hergekommen? Ob das nicht der falsche Ort ist?«

»Schon gut, ich möchte mit Noah sprechen.«

»Er ist nicht hier. Worum geht es?«

»Business!«

Ist das sein Ernst? Das Wort erinnert Lucrezia an die Zeit, als sie noch getanzt und gehofft hatte, vor vierzig Jahren ungefähr, der Begriff hat damals schon altmodisch geklungen. Oder anmaßend, je nachdem.

»Business?« Lucrezia betont jede Silbe, und das »i« so falsch wie er zuvor.

»Natürlich, das weißt du doch, du hörst hier ja das Gras wachsen. Ich montiere ihm die Brandschutzanlage.«

»Du? Wohl eher die Elektrischen.«

»Der Konzern heißt seit vierzig Jahren *Pure Water.*«

»Richtig. Die neuen Herren des Wassers, von Pakistan bis Plon.«

»Also, wo ist Noah.«

»Oben am Berg.«

»Wozu?«

»Das geht dich wohl nichts an. Was willst du von ihm.«

»Das bespreche ich besser mit ihm persönlich.«

»Weil ich eine Frau bin und nichts von nichts verstehe. Aber setz dich ruhig hin, der Meister sollte in fünf bis sechs Stunden zurück sein.«

»Vergiss es, Lucrezia. Sag Noah einfach, die Monteure kommen morgen früh mit den ersten Rohren. Ein schönes Leben noch.«

Lucrezia lässt ihm das ausnahmsweise durchgehen, erleichtert darüber, dass sie ihn losgeworden ist, ohne über Linus sprechen zu müssen. Nervös schaut sie zur Uhr an der Wand, Agnes und Noah müssten bald bei Albin sein, hoffentlich kommt ein entwarnender Anruf, auch wenn sie nicht daran glaubt.

Sie ist nicht für Optimismus zuständig.

Jede andere, aber nicht sie.

Agnes folgt Noah dicht auf den Fersen. Er wirft immer wieder Kontrollblicke zurück, passt wenn nötig sein Tempo an ihres an. Sie sprechen kein Wort. Bereits beim Wasserfall auf der zweiten Stufe der Schlucht ist Noah die Seitenwand hochgeklettert, in der Hoffnung, außerhalb der Schlucht dem Glutwind ausweichen zu können, mit geringem Erfolg.

Agnes redet sich umsonst ein, dass es für Linus' Schweigen eine vernünftige Erklärung gibt. Auch ohne *Toolbook* hätte Albin ihren Sohn längst finden müssen, so groß und unübersichtlich ist das Gebiet nicht, das Linus durchstöbert hat. Vielleicht ist er in eine Wand geklettert und kann nicht mehr zurück! Hochsteigen ist immer einfacher als absteigen, schon mancher hat sich überschätzt. Aber welche Wand? Es gibt da oben kaum Felsen, die nicht einsichtig sind, Albin ist ja nicht blind.

Sie prallt auf Noah, der stehen geblieben ist.

»Ich peile Albin, damit wir keine Umwege machen.« Er tippt Albins Namen in sein *Toolbook,* dessen Nummer scheint auf, Noah öffnet das Ortungstool, der Kartenausschnitt und ihre eigene Position erscheinen auf dem Display. Noah wartet, doch der übliche, dreidimensionale Anflug auf Albins Position bleibt aus.

»Seltsam.«

»Was?«

»Albins *Toolbook* wird nicht angezeigt. Ich versuch es nochmals.«

»Und?«

»Wieder nichts.«

»Ruf ihn an.«

Albin nimmt den Anruf sofort entgegen.

»Wo steckst du?«, fragt Noah. »Ich kann dich nicht orten.«

»Warum nicht?« Albins Gesicht glänzt erhitzt und rot auf dem Display. »Ich komme gerade zum oberen Ausgang der Schlucht. Seid ihr in der Nähe? Ich warte bei den drei Föhren auf der Schulter.«

»Gut.«

»Noch nichts, Albin?«, fragt Agnes schnell dazwischen.

»Noch nichts. Keine Sorge, wir werden Linus finden.«

Noah klappt das *Toolbook* zu und reicht Agnes die Flasche. »Trink.«

Agnes zwingt sich zu zwei Schlucken.

»Seltsam, Albin ist nicht zu orten, so wie Linus.«

»Aber Albin beantwortet die Anrufe.«

»Gibt es etwas Neues in dieser Gegend? Eine Strahlenquelle, von der ich nichts weiß? Sendemasten, Radaranlagen der Armee, irgendwas?«

»Wär mir neu.«

Beide suchen wieder ihren Tritt. Noah überlegt, was eine Ortung verhindern könnte. Ein solcher Fall ist ihm bis jetzt nicht untergekommen, zumindest nicht in den letzten zwanzig Jahren. Davor sind die Ortungssysteme mangelhaft gewesen, aber seit sich bald mehr Satelliten als Sterne über der

Erde drängen, ist jede Information zu jeder Zeit und überall erhältlich.

Aber gar keine? Keine Ortung?

Der Wind feuert mit glühenden Pfeilen auf sie. Ein Gruß aus der Hölle, der sie alle entgegensegeln. Noah wischt sich den Schweiß aus dem Gesicht. Seit wann schwitzt er? Er gibt sich einen Ruck, Agnes braucht seine Hilfe. Er wird sich mit der Hitze abfinden, er kann von Glück sagen, dass er erst jetzt empfindlich reagiert. Alle andern leiden seit Jahrzehnten jeden Sommer darunter. Kinder wie Linus, fällt ihm plötzlich auf, kennen gar nichts anderes, dabei werden sie in den Alpen vom Schlimmsten noch verschont. Die üblichen Haut- und Atemwegsallergien werden sich bald auch hier verbreiten. Noah schüttet sich Wasser über den Kopf. Früher hat er sich umgekehrt verhalten, hat sich der Hitze ergeben, ist gleichsam in ihr aufgegangen, hätte nie gegen sie angekämpft. Der Wind zehrt zusätzlich an ihm, der verdoppelt das Waldbrandrisiko. Noah flucht lautlos, ihre Probleme sind schon groß genug, Linus Verschwinden hat ihnen gerade noch gefehlt!

Agnes spürt die Hitze nicht. Ihre Angst überdeckt jede andere Empfindung, und sie macht sich pausenlos Vorwürfe. Linus hätte in den letzten Monaten mehr Unterstützung gebraucht, wie jeder Junge in diesem Alter. Sie hat ihm zu wenig zugehört.

Er hat auch nicht mir dir sprechen wollen!

Die Tränen auf ihren Wangen verdunsten. Gott und ihr alle andern, helft mir! Lasst mir sein Verschwinden eine Warnung sein, ich brauche keine zweite, ich werde mich bessern, werde mich kümmern, Eden hin oder her, sollen andere schauen, dass es dort weitergeht, ich will mich mehr meinem Jungen widmen. Es darf nicht zu spät sein! Linus denkt an mich, wo immer er jetzt ist, er hat Angst, er hofft, dass ich komme, ihn finde, ihn nach Hause bringe, heil, unverletzt, ich bitte euch, er ist noch ein Kind!

Noah zwingt sich zu einer methodischen Analyse der Lage. Wie immer beginnt er bei der schlimmsten Möglichkeit: Linus ist tödlich verunglückt. Unwahrscheinlich, das braucht er gar nicht zu erwägen. Die zweitschlimmste Variante ist die Entführung. Dann hätten die Erpresser es in ihrem Schreiben erwähnt! Oder haben sie es getan? Ansonsten wären wir gezwungen, sofort und nachdrücklich zu reagieren … Wer braucht bloß solche Wörter: Ansonsten! Weshalb sind die Briefe so formuliert, was übersieht er? Es gibt immer versteckte Hinweise, die mehr preisgeben, als der Schreiber sich vorstellen kann. Die Gegenmaßnahmen – richtig! Weshalb wissen sie schon davon? Er hat nur mit Alberto darüber gesprochen, die Arbeiten am Löschsystem haben noch gar nicht begonnen. Ist er beobachtet worden, oder stellen die Erpresser nur Vermutungen an? Vielleicht haben sie Linus tatsächlich entführt, aber ihre Kommunikation hinkt den Aktionen hinterher. Es liegt nicht viel Zeit zwischen dem Verschwinden des Jungen und dem Auffinden des Briefes. Hat die eine Gruppe den Brief geliefert und die andere Linus entführt, weil die Gelegenheit günstig gewesen ist?

Vielleicht hat Linus sich irgendwie verletzt, steckt fest, sein *Toolbook* ist so stark beschädigt, dass es nicht mehr funktioniert: Auch diese harmloseste Erklärung ist beunruhigend. Sie müssen ihn schnell finden.

»Wie viel Wasser hat er normalerweise dabei, Agnes?«

»Was? Ich weiß nicht, wir müssen Albin fragen.«

Ein weiteres Versäumnis. Ihr Vater hatte immer gewusst, was sie dabeihatte. Weil Silvan ihr jeweils den Proviant zubereitet hatte, oft entgegen der teenagerhaften Proteste von Agnes. Das habe er von seiner Mutter gelernt, so werde es gemacht, mitsamt den Zusatzrationen für Notfälle. Agnes hatte ihn deswegen stets gefoppt.

Zieh ich in den Krieg oder was?

Jetzt weiß sie es besser.

Einer der Momente, in denen sie sich allein gelassen fühlt. Sie vermisst ihre Eltern, selbst jetzt noch, nach so vielen Jahren. Kaum achtzig wären sie, kein Alter für heutige Verhältnisse. Im Lauf der Zeit hat sie sich damit getröstet, dass der Tod die beiden wenigstens nicht zu lange voneinander getrennt hat, so gesehen war die Krankheit für die beiden fast ein Segen gewesen. Nur ihr hilft das wenig, sie ist nicht annähernd so stark, wie alle glauben, ihre Forschheit ist purer Selbstschutz. Wer sich keine Zeit zum Grübeln gestattet, zweifelt weniger, wer weniger zweifelt, lässt die Angst nicht zu. Was würde sie dafür geben, wenn die Eltern hier bei ihr wären! Ihre Mutter wüsste genau, wie mit Erpressern verhandeln, ihr Vater wiederum hätte Linus in kürzester Zeit gefunden, er kannte jeden Felsen und jede Kuppe hier.

Wenigstens ist Noah hier. Stoisch geht er voran, die Ruhe in Person, wie es scheint. Er wird ihr Linus zurückbringen.

Albin sitzt am Fuß der drei Föhren, Dörraprikosen kauend. Als er Noah und Agnes sieht, springt er hoch. Sofort nimmt er Agnes in Beschlag, es tue ihm so leid, er sei schuld, er habe sich von Linus getrennt …

»Nein, Albin, keiner ist schuld, aber wir müssen ihn sofort finden!«

»Wie?«

Noahs Blick gleitet prüfend über die Hänge unter ihnen, die zur Schulter der Schlucht hin auslaufen. »Wie weit hinauf wollte Linus gehen?«

»Nicht weiter als zum Hochmoor.«

»Hochmoor? Verwechselst du das Jahrhundert?«

»Das Gebiet des alten Gletschersees über der Schlucht«, erklärt Agnes. »Nach dem Verschwinden des Eises gab es dort einige Jahre lang tatsächlich ein Hochmoor.«

»Verstehe. Wir sollten uns aufteilen.«

»Damit habe ich keine guten Erfahrungen gemacht!«, protestiert Albin.

»Und die Dämmerung kommt rasch«, gibt Agnes zu bedenken.

»Aber es verdoppelt unsere Chancen.« Noah zieht sein *Toolbook* hervor. »Wir machen es so: Ich gehe mit Agnes, du, Albin, allein. Wir versuchen es nochmals über Funk mit einer Parallelortung. Siehst du, jetzt funktioniert es! Synchronisiere dein *Toolbook* mit meinem: automatische Ortungsabgleichung, gegenseitige Aktualisierung via *Livestream,* so sehen wir jede unserer Bewegungen. Und nimm diese Lampe mit. Wenn die Ortung wieder ausfällt, leuchtest du einfach senkrecht in die Luft, die Leuchtdioden sind stark genug, wir werden den Strahl auch sehen, wenn dich ein Hügel verdeckt.«

»Alles klar.«

»Einverstanden, Agnes?«

»Ja.«

Es klang wie drei Wörter in einem: weiter, suchen, schnell!

Lucrezia fällt auf, dass Leisa schon eine Weile vor der Rezeption herumlungert, auffälligst bemüht, unauffällig zu bleiben. Lucrezia zählt nachdenklich mit. Nach Leisas siebter Runde um den Eingangsteich geht sie zu ihr hinaus.

Mit dem Seufzer, der schon zu ihren ständigen Unarten gehört, setzt Lucrezia sich auf eine Stufe der Treppe. Die Bergspitzen stechen düster in den schwefligen Himmel, doch daran muss sie sich nicht mehr gewöhnen.

Sie winkt Leisa zu sich heran.

»Auf wen wartest du?«

»Ich? Ich … warte nicht.«

»Also auf Linus.«

Leisas Gesichtsausdruck zeigt, dass Lucrezia richtig liegt.

»Ist er … ich meine, ist er noch nicht zurück?«

»Woher zurück?«, fragt Lucrezia vorsichtig. Vielleicht weiß Leisa ja mehr als sie alle.

»Von dieser Wanderung. Er hat erzählt, er gehe mit seinem Onkel in die Berge und sei am Abend wieder zurück.«

»Ist er noch nicht.«

Das Mädchen setzt sich neben Lucrezia.

»Ich habe ein bisschen Angst«, gesteht sie leise.

»Weshalb?«

»Der Zettel am Tor …«

»Du hast ihn gelesen.«

»Ja, ich habe ja nicht gewusst, für wen er bestimmt war.«

»Richtig.«

»Da standen so seltsame Dinge … Ultimatum, Polizei, und dann habe ich gesehen, wie Agnes mit diesem Mann losgestürmt ist, den Berg hoch, und Linus ist nicht zurückgekommen, und ich habe gedacht, wenn das zusammenhängt, mit dem Brief, ich meine … das ist fast wie in diesen Webfilmen!«

Lucrezia legt ihr die Hand auf die Schulter.

»Schau, das eine hat mit dem anderen nichts zu tun. Den Brief kannst du vergessen, man versucht häufiger, uns zu nötigen, das musst du nicht ernst nehmen.« Lucrezia wundert sich, wie leicht ihr das Schwindeln fällt. Einer der wenigen Vorteile des Alters, Notlügen kommen ihr mittlerweile so locker über die Lippen wie falsche Komplimente. »Was Linus betrifft, da will ich dir nichts vormachen: Der Wirrkopf hat sich da oben irgendwo verlaufen. Und jetzt müssen Agnes und Noah ihn suchen.«

»Es wird dunkel.«

»Sie haben Lampen und kennen sich aus.«

»Warum peilen sie ihn nicht?«

»Sein Dingsda funktioniert nicht. Keine Angst, Noah macht schon sein ganzes Leben nichts anderes als Leute retten. Geh zurück zu deinem Bungalow, morgen bei Tageslicht sieht alles anders aus, und du kannst Linus wieder treffen, heimlich natürlich.«

Leisa verabschiedet sich, ein bisschen beruhigt, wie Lucrezia hofft. Das Mädchen verschwindet um die Biegung des Ringwegs. Der Kies vor dem Haupthaus gibt die gespeicherte Hitze des Tages ab, Lucrezia flüchtet in die Rezeption. Im Haus ist es kühler. Sie stellt die Liste mit den Frühstückskörben für die Bungalows zusammen, aber sie ist nicht bei der Sache. Ihre eigene Bemerkung eben hat sie nachdenklich gemacht. Noah hat sich einen Beruf daraus gemacht, andere zu retten. Als folge er dem Beispiel seines Vaters. Haben ihn die Umstände um Severins Tod so sehr geprägt? Sieben ist er damals gewesen. Sie hat Noah in den Jahren danach häufig wiedergesehen, immer in den Schulferien, hat ihn fast mit aufgezogen, ihr war nie etwas aufgefallen, außer vielleicht den steten Fragen nach dem Vater: Wie Severin gewesen war, was sie zusammen getan hatten … Ruhe hat Noah später nie gefunden, das ist offensichtlich. Seine heutige Arbeit ist keine Folge seines Studiums, da hätte es die eine oder andere logischere Berufswahl gegeben. Misst er sich also ständig an seinem Vater, wenn er auf diesem unförmigen Solarmobil durch die Welt rast, von einem Katastrophenschauplatz zum nächsten? Bemüht, einem hochgeschraubten moralischen Anspruch gerecht zu werden, den Severin gar nie hat setzen wollen? Was Noahs Vater damals getan hatte, war nur eine instinktive Reaktion gewesen. Hätte er nur eine Sekunde lang nachdenken können, hätte Severin sich vielleicht anders entschieden … Schluss jetzt! Manche Erinnerungen sind zu schmerzhaft. Wenn doch nur der erlösende Anruf käme! Besorgt schaut sie hinaus. Es ist dunkel geworden.

»Ich habe Albin auf dem Display. Er entfernt sich gerade etwas von uns. Und wir sind schon fast in der alten Gletschersenke.« Noah drückt Agnes' Hand zur Beruhigung. »Komm, wir schauen, ob wir Albins Lampe sehen.«

Sie drehen sich um, beide erstarren gleichzeitig.

»Was um alles in der Welt, Noah?!«

Einige hundert Meter unter ihnen fächert sich ein grüner Lichtschleier auf. Als würden vor ihren Augen in Sekundenschnelle wallende Tücher gewoben, wie von Geisterhand gezogen steigen sie in den Nachthimmel, riesenhaften Gestalten gleich mit gierigen grünen Fingern. Sogleich bilden die Schleier neue Formen, einige verschwinden so schnell, als würden sie in der Luft zerfallen, und doch wird die gesamte Erscheinung allmählich größer, nährt sich deutlich aus einem Ursprung heraus, verbindet sich zu riesigen, filigran gewobenen Gardinen, die stets an neuen Stellen reißen und erlöschen, um aus dem Nichts neu aufzutauchen, als wollten sie die Zuschauer noch einmal narren, bevor sie zum nächsten Tanz laden, zum nächsten Ritt den Grat hinauf zur Plonspitze und auf der anderen Seite wieder hinunter.

Noah kann seinen Blick nicht abwenden. Was war das? Als … als würden Gedankenzuckungen zu Licht. Gedanken? Gefühle eher.

»Noah!«

»Das sind Polarlichter.«

»Polarlichter?«

»Eine Luftspiegelung. Sonnenwinde, Elektronen, Protonen, was weiß ich. Mist!«

»Was ist?«

»Da, mein *Toolbook!* Wir haben die Position von Albin verloren. Und uns selbst gibt es auch nicht mehr.«

Sieht sie zum ersten Mal in ihrem Leben einen *Graatzug?,* fragt sich Agnes unwillkürlich. Nein. Der wird in keiner von Selmas Geschichten so beschrieben wie dieses Phänomen hier. Das grüne Licht zieht sich mittlerweile wie eine Brücke von einer Bergflanke zur andern, in spiralförmigen Streifen, über die Flischschlucht hinweg, ein umgekehrter Regenbogen, der in der Mitte den Boden berührt, als breche das Licht aus der Erde heraus. Zu ihrem eigenen Erstaunen fühlt Agnes keine Furcht. Obwohl sie noch nie so was gesehen hat, ist ihr die Erscheinung nicht fremd, es erinnert sie … an die Glühwürmchen aus ihrer Kindheit. Als betrachte sie den Widerschein ihrer vergangenen Träume.

»Es wird schwächer.«

Noah hat recht. Erst unmerklich, dann schneller nimmt die Intensität des Lichtes ab. Das Grün wird fahler, bleicht aus, verschwindet zuerst in der Höhe, glüht in Bodennähe noch kurz auf, dann ist alles dunkel wie zuvor.

Agnes bricht als Erste das Schweigen. »Das ist doch nicht möglich! Sag mir, Noah, dass so was nicht möglich ist.«

»Bisher habe ich das nur in Norwegen gesehen. Das Polarlicht eben.«

»Polarlicht? Mitten in den Alpen?«

»Es soll in seltenen Fällen sogar hier möglich sein. Schau, die Ortung funktioniert prompt wieder. Ich schalte auf Albin.«

»Habt ihr das gesehen?«, dröhnt es statt einer Begrüßung aus dem Lautsprecher, Albins Gesicht im Display ist vor Aufregung verzerrt.

»Ja. Komm auf uns zu, wir treffen uns in der Mitte.«

Kurz darauf stehen sie sich gegenüber.

Albin kann sich kaum beruhigen. »Ich bin seit dreißig

Jahren im Filmgeschäft, aber solche Special Effects habe ich selten gesehen.«

»Du meinst, das Licht war künstlich erzeugt?«

»Nein, eben nicht! So was schaffen wir nie.«

»Was war es dann?«

»Frag Agnes! Wir sind beide Quatemberkinder, aber nur sie ist Expertin für Übernatürliches.«

Agnes wird im selben Moment unruhig, fieberhaft klopft sie die vielen Taschen ihres Overalls ab, bis sie ihr *Toolbook* findet und aufklappt. Freude, Erleichterung, Angst und schließlich Unverständnis fliegen in kurzer Abfolge über ihr Gesicht.

Noah nimmt ihr das *Toolbook* ab. Die Textnachricht von Linus ist verstümmelt.

– keine Sorge. Es gibt – gefunden – hell wird – euch trotzdem.

15. Juli. Nacht

Draußen muss der Mond aufgegangen sein, fahle Streifen fallen an mehreren Stellen durch die Höhlendecke, dort, wo sie auf das Wasser des Sees treffen, glänzt die Oberfläche blassgrün. Wieder eine neue Erscheinung, die Linus fasziniert. Die anfängliche Angst nach dem rasanten Sturz in die Höhle hat sich zu seinem Erstaunen gelegt. Jetzt wird er müde, sucht einen tauglichen Platz zum Ausruhen. Die Aussicht, die Nacht hier unten verbringen zu müssen, schreckt ihn nicht mehr. In der Morgendämmerung wird er einen Weg aus der Höhle finden, an diesem Ende des unterirdischen Sees, wo die Höhledecke deutlich weniger hoch ist als drüben bei seiner Einbruchstelle. Der Strahl seiner Taschenlampe wird schwächer. Er lässt ihn über die Felsbänder gleiten, auf der Suche nach einer möglichst weichen Stelle. Eine Kuhle in der Wand ist mit Steinmehl gefüllt, was bedeutet, dass der Wasserspiegel bis hierher steigen kann ... Nicht in dieser Jahreszeit. Er nimmt den Rucksack als Kopfkissen und die Regenkleider als Unterlage. Kaum hat er sich eingerichtet, zieht er sein *Toolbook* hervor. Noch immer blinkt die Sende- und Empfangsanzeige rot, obwohl die Batterie vollkommen in Ordnung scheint. Er kann alle *Tools* benutzen, mit Ausnahme jener Funktionen, die auf *Datenroaming* basieren. Die letzte Fehlermeldung lässt keinen Zweifel offen, dass seine Nachricht nicht vollständig gesendet worden ist.

Nochmals versucht er sie abzuschicken, vergeblich. Für einen kurzen Moment lang hat er wohl eine Verbindung gehabt, das lässt die Fehlermeldung vermuten. Seither geht nichts mehr. Linus gibt es auf, er kuschelt sich an seinen

Rucksack, schließt die Augen, wartet auf die Angst. Sie kommt nicht. Als ob er in ein Paralleluniversum eingetaucht wäre, eine betörende, makellos ruhige Welt, in der alle normalen Gesetzmäßigkeiten aufgehoben sind, wo er allein ist, sich aber keine Sekunde lang allein fühlt und ihn aller Mut verlassen hat, weil er keinen Mut braucht. Fast so wie früher mit Selma. Zu Beginn hat er sich vor Schlangen gefürchtet, die sich mit der Trockenheit wieder im Wallis breitmachen, aber hier ist es ihnen wohl zu feucht. Die großen rost- und kristallfarbenen Tropfsteingebilde, die seine Lampe in regelmäßigen Abständen erfasst hat, deuten darauf hin.

Über dem unterirdischen See liegt eine vollkommene Stille, akzentuiert von seltenen Tropfgeräuschen. Linus schreckt plötzlich auf. Er war schon eingedöst, doch sein Körper wehrt sich gegen die Entspannung. Im Halbschlaf wiederholt sich der Moment, als sich unter Linus der Boden aufgetan hat. Umsonst sein Versuch, dem seltsamen Loch, das schwarz durch die Heidelbeerzweige schimmerte, noch auszuweichen: Er stürzt, fällt in die Dunkelheit, er prallt schräg auf, rutscht abwärts, gelähmt vor Schrecken, weiter, bis der Hang sanft ausläuft. Vorsichtig hat er seine Glieder bewegt, später aber bloß einige Schürfungen und Prellungen gefunden. Streifen von Tageslicht haben die Höhle an einigen Stellen erhellt, er hat das glänzende Wasser gesehen und gejubelt vor Stolz. Es gibt ihn wirklich, diesen geheimnisvollen See! Er, Linus, hat ihn gefunden! Der See ist riesig. Nie mehr wird er diese ersten Eindrücke vergessen, als die Angst all seine Sinne geschärft hatte, und er, auf Fürchterliches gefasst, den Lichtkegel der Lampe hat wandern lassen. Keine Skelette, keine Ungeheuer, keine Fledermäuse, nur eine unvergleichliche Grottenwelt, die mit jedem Schritt neue, überwältigende Einblicke geboten hat. Bizarre, vielfarbige Tropfsteingebilde, glitzernde Kristalladern in den Wänden, gespiegelt und vervielfältigt von diesem unergründlichen See, den sein Großvater hier vermutet, aber niemals gefunden hatte. Auf seiner Zeichnung hat er ihn an den falschen Ort gesetzt, der See liegt schätzungsweise zwei Kilometer weiter bergwärts. Er hat ihn tatsächlich entdeckt, Jahrzehnte danach! Es ist gar nicht so schwer gewesen, wenn man bedenkt, dass er gerade mal einen Tag lang durch das fragliche Gebiet gestreift ist. Silvan hatte einst unendlich viel Zeit darauf verwendet. Vielleicht hat sich seither die Geologie verändert, mit Sicherheit sind die Spalten und Öffnungen in der Höhlendecke neu. Linus sucht sich eine bequemere Position. Die Decke befindet sich an den durchlässigen Stellen fünf Meter über dem Wasserspiegel, sie steigt gegen das hintere Ende des Sees, wo Linus abgestürzt ist, noch höher. An jenem Ende verästelt sich die Grotte in kleinere Gänge. Während der Regensaison wahrscheinlich Wasserzuflüsse. Linus hat sich zum unteren Ende des Sees vorgekämpft. Kein einfaches Unterfangen, weil sich die Höhlendecke seitlich bis auf den Wasserspiegel herabsenkt. Er hat einen halbwegs trockenen Weg gefunden, ist einem schmalen Felssims hierher gefolgt. Morgen wird er hoffentlich ein weiteres Karstloch ausmachen, ähnlich groß wie die Einsturzstelle, aber nicht so hoch oben, damit er sie ohne fremde Hilfe erreicht. Im schlimmsten Fall wird er auf die andern warten müssen.

Falls sie ihn finden.

Wenn diese verdammte Peilung nur funktionieren würde!

Agnes und Noah sitzen vor dem Zelt, das Noah tellergroß verpackt aus seinem Rucksack gezogen hat. Eine winzige Pumpe hat auf Knopfdruck Luft in die Wände geblasen und das Zelt aufgefaltet, Noah musste bloß noch einige Haken zur Befestigung in den Boden schlagen. Es sind seine selbstverständlichen, meist beiläufigen Handlungen, die Agnes'

Angst dämpfen. Noah hat die Erfahrung, das Wissen, die richtige Ausrüstung, er kennt Situationen wie diese. Es bringe nichts, in der Nacht weiterzusuchen, nicht, solange sie keine Peilung hätten, am Ende würde nur einer von ihnen sich verletzen und damit die Rettungsaktion morgen früh verhindern.

Aus dem Zelt dringen Albins rasselnde Atemzüge.

Agnes zieht das *Toolbook* heraus. Sie sendet ihre Nachricht an Linus, zum wiederholten Mal. Die Fehlermeldung kommt prompt. Noch einmal überfliegt sie seine verstümmelte Meldung.

– keine Sorge. Es gibt – gefunden – hell wird – euch trotzdem.

Albin hat die Lücken als Erster schließen können. Den See gäbe es wirklich, und ihr Sohn habe ihn gefunden. Diese Erklärung liege auf der Hand, schließlich hätten sie den ganzen Tag nichts anderes getan, als den See zu suchen. Noah hat ihm beigepflichtet, er könne sich gut vorstellen, dass Linus sich zu weit vorgewagt habe, in eine Höhle klettern sei immer einfacher als wieder herauskommen.

»Und wenn die Höhle überschwemmt wird?«, hat Agnes bange gefragt.

»Kein Regen seit Wochen heißt mit Sicherheit keine unterirdischen Wasserflüsse, darüber würde ich mir keine Sorgen machen.«

Hat schon ihr Sohn geschrieben … keine Sorge! Der Träumer. Sie weint und lächelt zugleich. Agnes sorgt sich ohne Pause, verbringt schon die halbe Nacht damit, malt sich aus, was ihrem Sohn sonst noch zustoßen könnte, und ist heilfroh, wenn Noah mit Engelsgeduld ihre nächste Horrortheorie zerpflückt. Sie solle doch mal versuchen, das Positive an der Sache zu sehen, anscheinend hätten sie den See viel schneller gefunden als erwartet, damit hätten sie den notwendigen Spielraum, um mit den Erpressern fertig zu werden. Natürlich erst, wenn Linus gerettet sei, aber das sei nur eine Frage der Zeit.

Was weiß Noah schon von den Erpressern! Agnes kennt sie, sieht sie jede Nacht in ihren Träumen, wird von ihnen eingeschlossen, erdrückt, erstickt …

Albin findet auch im Zelt keinen Schlaf. Anscheinend ist Linus in eine Höhle eingedrungen, aus der er nicht zurückkann. Die Vorstellung, was sein Neffe dort durchmacht, vermischt sich mit der Erinnerung an das eigene Abenteuer, damals, in der Unterwelt des Gletschers. Er sucht eine bequemere Lage auf der dünnen Gummimatte. Er hat mit seinem Vater nie wirklich darüber gesprochen, was unten im Eis geschehen war, aber beide hatten gewusst, dass ihnen im entscheidenden Moment Hilfe zuteilgeworden war. Er hatte damals Selma dafür gedankt, heute wusste er, dass er damit nur das Unerklärliche benannt und fassbar gemacht hatte. Albin schnellt hoch. Plötzlich weiß er, woran ihn das grüne Lichtspiel eben erinnert hat: die Nebelschleier in seinen kindlichen Albträumen! Dieselben sich stets verändernden Gestalten, dieselbe Transparenz, in der Realität aber mit ganz anderer Leuchtkraft, von einer übernatürlichen Schönheit, die ihn nicht mehr erschreckt hat wie früher, sondern nur verzaubert.

Draußen zieht Agnes die Jacke enger um sich.

»Leg dich ins Zelt!«, rät ihr Noah.

»Es ist die Müdigkeit, nicht die Temperatur.«

»Stimmt, eigentlich ist es unfassbar warm. Wenn wir als Kinder hier gesessen hätten, mitten in der Nacht, auf dieser Meereshöhe, wir wären glatt erfroren.«

»Du warst oft hier in Plon, als Kind.«

»Aber ich war nicht lange Kind.«

Noah spricht erst nach einer Pause weiter. »Du hast recht,

nach dem Tod meines Vaters war ich oft bei euch, bei Lucrezia in den Ferien.«

»Daran erinnere ich mich kaum.«

»Du warst klein.«

»Vermisst du deinen Vater?«

»Ich habe mich schnell daran gewöhnt, für mich selber zu sorgen. Eigentlich von dem Moment an, als meine kleine Halbschwester zur Welt gekommen ist, kurz nach dem Tod meines Vaters. Von da an hatte meine Mutter kein Auge mehr für mich.«

»Und da warst du erst sieben?«

»Ja.«

Agnes spürt seine Schulter an ihrer. »Ich hatte mit Lena und Silvan mehr Glück.«

»Sehr viel mehr Glück.«

Aus einem Impuls heraus streckt Agnes sich aus, legt ihren Kopf auf Noahs Bein. Er schaut sie erst erstaunt an, lächelt dann, sie schließt die Augen, er betrachtet ihr Gesicht eine Weile, dann schweift sein Blick über die Berge. Ein schmaler Mond erleuchtet sie fahl. Noah liebt diese Stimmung, sie erinnert ihn an seine Jugendzeit, an die letzten schneereichen Winter in den Zehnerjahren, als er nachts mit den Schneeschuhen aufgestiegen war, um dann auf den Breitskis die mondhellen Hänge hinunterzuschwingen. Keine Droge hatte ihm später bessere Kicks verschafft als jenes Gefühl des rasenden Schwebens über den hellgrünen Schnee, begleitet nur vom sanften Zischen der Kristalle unter der Lauffläche seiner *Zais.* Wann hat er die Skier zum letzten Mal benutzt? Um 2025 herum, als auch die letzten Skigebiete das Geld nicht mehr aufbrachten, um ihre davonschwimmenden Bauten instand zu halten. Ganz abgesehen davon, dass ihnen die Beschneiung verboten wurde, weil das Wasser für die zusehends trockneren Sommer gespeichert wurde.

Wieder betrachtet er Agnes. Ihre Augen sind geschlossen. Schlafen wird sie nicht, ihre Angst ist zu groß.

Er zieht vorsichtig sein *Toolbook* heraus und lässt sich im Web alles über das Polarlicht zusammenstellen. Es komme selten vor, erfährt er, dass man das Licht auch in diesen Breitengraden sieht. Noah überfliegt die wissenschaftlichen Erklärungen, den Zusammenhang zwischen Sonneneruptionen, Sonnenwinden und dem Vorgang, wenn diese auf das Erdmagnetfeld stoßen und Lichtquanten ausgesendet werden. Interessiert ihn alles weniger als die nachstehenden mythologischen Deutungen des Lichtes. Zwei davon stechen ihm ins Auge: Viele Naturvölker sahen im Nordlicht die Verstorbenen, die sich bei den Lebenden nach dem Wohlergehen ihres Stammes erkundigen wollten. Noah lehnt sich zurück. Genauso wie in den Walliser *Graatzug*-Sagen …

In anderen Überlieferungen war das Licht Vorankündigung oder Abbild von verheerenden Bränden.

Ein Omen?

Ein weiterer Eintrag fesselt seine Aufmerksamkeit, er liest von Fällen, in denen Polarlichter selbst militärische Radarsysteme gestört haben. Und einmal, 1989 in Montreal, habe ein sehr starkes Nordlicht die Stromversorgung der ganzen Stadt lahmgelegt.

Bloß eine weitere Weblegende? Oder hat er gerade die Erklärung für die Ausfälle der *Toolbooks* gefunden?

Im Moment surft er wieder ohne Störungen im Netz.

Er betrachtet Agnes' Gesicht. Die senkrechte Falte auf ihrer Stirn hat sich unmerklich geglättet. Noah spürt, wie aus der halb bewältigten Sorge um Linus eine neue Verbundenheit zwischen ihnen entsteht. Ohne dass er es wirklich steuert, verlässt die Kuppe des Zeigefingers seinen Nasenrücken und streicht stattdessen sanft über ihre Wange, hin zu ihren schöngeformten Lippen. Er würde sie gern küssen, stellt er überrascht fest. Sie öffnet im selben Moment die Augen, schaut ihn mit schwer zu deutendem Gesichtsausdruck an, dann schnellt sie hoch und nestelt fieberhaft in ihrer Jacke.

»Entschuldigung, ich wollte nicht …«

»Nicht du, mein *Toolbook!*«

Sie findet es, klappt es auf. Beide beugen sich darüber. Diesmal ist die vollständige Nachricht hereingekommen.

Mir geht es gut, keine Sorge! Es gibt ihn wirklich, den unterirdischen See, ich habe ihn gefunden. Beim alten Bärentritt bin ich durch ein Karstloch gefallen. Sobald es hell wird, suche ich eine Ausstiegsmöglichkeit. Mein *Toolbook* hat Aussetzer, meldet euch trotzdem.

»Der Bärentritt?« Noah wendet sich zum Zelt. »Albin, bist du wach? Wo ist der Bärentritt?«

»Himmel, er ist gestürzt, hoffentlich hat er sich nicht verletzt!«

»Er schreibt doch, es gehe ihm gut«, beruhigt Noah.

»Zum Bärentritt, Albin!«, ruft sie laut. »Wir brechen auf, jetzt sofort!«

»Ruhig. Schau, der Himmel verfärbt sich, es wird bald heller. Kannst du ihn anrufen? Seltsam. Sein *Toolbook* muss beim Sturz wirklich beschädigt worden sein. Peilung? Auch nicht. Dann versuch es mal mit der Chatfunktion, vielleicht geht das.«

»Der Bärentritt ist weiter oben«, erklärt Albin, der eben aus dem Zelt kriecht. »Soviel ich weiß, bei jenem Ausläufer der Flischspitze, der dieses seltsame Hufeisen bildet.«

»Der Chat klappt«, ruft Agnes aufgeregt.

Geht es dir wirklich gut?

Alles bestens, bin aber froh, wenn die Nacht vorbei ist, Lampe geht aus.

Wir sind in der Nähe, kannst du uns lotsen?

Weiß nicht wie.

»Ist er noch bei der Absturzstelle?«, fragt Noah.

Bist du noch an Absturzstelle?

Nein, am anderen Ende des Sees. Ca. hundert Meter weiter, weiß nicht, in welche Richtung.

Noah nimmt Agnes das *Toolbook* aus der Hand.

Gibt es Zuläufe zum See?

Ausgetrocknete, bei der Absturzstelle.

Wir melden uns, wenn wir hundert Meter unter dem Bärentritt sind. Circa zehn Minuten. Gut?

Gut.

Ein Handgriff von Noah, die Luft entweicht mit einem leisen Zischen aus den Zeltwänden, blitzschnell legt er das Zelt zusammen und steckt das kleine Paket in den Rucksack.

»Wir gehen, Albin voran.«

»Ich seh nicht gut im Dunkeln, mach du den Anfang.«

»Dann lotse mich zum Bärentritt.«

Nach einem kurzen Aufstieg bleibt Noah stehen. Albin deutet auf die bogenförmige Felsplatte über ihnen, senkrecht strebt sie aus einer kleinen Wiese hoch. Zwischen ihr und ihnen liegen noch rund zweihundert Meter sanft ansteigende Alpwiese, durchsetzt von Felsbrocken und Geröll.

»Wenn der Felsboden hier karstig ist, müsste es Löcher, Felsritzen und Ähnliches geben. Hast du noch Verbindung, Agnes?«

Wir sind da.

»Schreib ihm, wir suchen das Einsturzloch.«

Wo ist das Einsturzloch?

Unter dem Felsen bei den Heidelbeeren.

Wir werden es finden.

Soll ich dorthin zurück?

Schwierig?

Schon.

Noah sagt: Warten.

Ok.

Noah sucht die Wiese unter dem Bärentritt vorsichtig ab. Seine Lampe erfasst die Heidelbeerbüsche, die im Schatten der Felswand anscheinend prächtig gedeihen. Erst aus der Nähe sieht er, weshalb Albin selbst bei Tageslicht nichts gefunden hat: Die Einbruchstelle liegt mitten im Gestrüpp.

»Hierher!«

Bis die anderen bei ihm sind, hat Noah bereits einen Sicherungshaken in eine Felsspalte getrieben und das Seil ins Loch hinabgeworfen. Er leuchtet mit der Lampe hinein, Linus muss rund zwei Meter freien Fall unbeschadet überstanden haben.

»Ich gehe runter.«

»Ich auch.«

»Dann du zuerst, Agnes, ich muss dich abseilen.«

Noah hilft ihr in den Klettergurt und sichert sie, als sie in der Dunkelheit verschwindet. Nach einem kurzen Moment lässt der Zug etwas los.

»Hier geht es steil abwärts.«

»Bleib am Seil, bis du ganz unten bist.«

Das Seil läuft weiter durch seinen Karabiner, es wird schlapp, und Agnes Bestätigung hallt dumpf zu ihnen herauf.

Albin lässt Noah den Vortritt. Er halte lieber oben die Stellung, er sehe den See noch früh genug. Es muss ja nicht gleich jeder wissen, wie groß seine Platzangst mittlerweile ist. Eine lebenslange Erinnerung an seinen Ausflug ins Gletscherinnere.

Augenblicke später steht Noah neben Agnes.

»Schau dir das an, um Himmels willen, die ewigen Wasser.«

Tränen der Rührung und der Erschöpfung füllen Agnes' Augen.

»Du hattest recht, Vater!«, flüstert sie. Der Lichtkegel ihrer Lampe wandert langsam über den tintenschwarzen See.

Noah spürt, wie auch er in die andächtige Betrachtung des Naturwunders versinken will. Dafür ist später Zeit.

»Linus!« Das Echo vervielfältigt seinen Ruf.

»Ich höre euch!«

Der Hall macht seine Antwort schwer verständlich.

»Ich hol dich mit dem Boot!«

»Ein Boot?« Agnes dreht sich zu ihm. Noah schält erneut das Zeltpaket aus seinem Rucksack. Er befestigt den Gummischlauch der Minipumpe an einem zweiten Ventil, wieder wird Luft in die Plastikplane gepresst, doch diesmal nimmt sie anstelle des Zeltes eine kanuartige Bootsform an. Noah greift nach dem Teleskoprohr, das er sonst als Pickel braucht. Er klappt die Seitenarme so aus, dass es wie ein stilisierter Besen aussieht, über die Metallfinger am Ende zieht er die Neoprenhülle des Zeltpakets, sie wird zum Blatt des Paddels.

»Du willst mir nicht erzählen, das Kanu da trage euch beide?«

»Es ist nur für einen gedacht, zugegeben, aber immerhin einen Versuch wert. Würde uns Zeit und Linus vor allem Kraft ersparen. Warte hier.«

»Ich werde inzwischen Lucrezia informieren.«

Wie immer erlebt Lucrezia das erste Morgengrauen wach. Der Fluch des Alters, vor allem wenn man allein lebt und sich diesen einsamsten Teil des Tages wieder und wieder um die Ohren schlagen muss. Auch ein Grund dafür, dass sie allmählich genug hat. Sie trägt missmutig ihren ersten Kaffee zum Schaukelstuhl hinaus, als ihr *Toolbook* einen schrillen Laut von sich gibt. Nach einigem Stöbern findet sie es unter ihrer elektronischen Zeitschrift, klappt es auf, die Nachricht auf dem Bildschirm ist von Agnes.

Sind am unterirdischen See, Linus ist in eine Höhle gestürzt, wir sind gleich bei ihm. Es geht ihm gut. Drück Videotaste, dann siehst du den See!

Das Display ist schwarz, undeutlich sieht sie einen Schimmer, der tatsächlich Wasser sein könnte. Sie zuckt mit den Schultern. Moderne Technik! Den Empfang der Nachricht bestätigt sie dann so, wie Agnes sie es gelehrt hat. Sie streicht dankbar über den Steinblock am Eingang und lässt sich endlich in den Schaukelstuhl sinken. Noah hat gerettet, alles ist gut. Sie versucht wider besseren Wissens ihren Körper zu überlisten, redet sich ein, sie sei jetzt die schlimmste Sorge los und deshalb ganz entspannt, es spreche nun wirklich nichts dagegen, noch ein bisschen zu dösen. Sie liebt dieses Pendeln zwischen Traumwelt und Wirklichkeit, zwischen tatsächlichen Erinnerungen und angereicherten, doch sie weiß, dass sie dafür die Mittagshitze bräuchte, die ihren Verstand und ihre innere Uhr jeweils gleichzeitig lähmt.

Jetzt ist ihr Kopf unerträglich wach, ihre Gedanken flitzen vom einen zum nächsten.

Lucrezia verlässt den Bungalow. Sie dürfen sich nicht täuschen lassen, die Erpresser lauern weiterhin. Wenigstens gibt ihnen der See neue Zuversicht. Hat Silvan ihr wirklich nie davon erzählt? Es ist ein Kreuz mit der Erinnerung! Sie könnte noch die Sujets ihrer Zeichnungen aufzählen, die sie damals in der Eintracht in Zürich gemalt hat, als kleines Mädchen, während ihre Mutter *Kafi Schnaps* und Stangenbier servierte, aber sie kann sich beim besten Willen nicht mehr daran erinnern, was Silvan ihr vom See erzählt hat, obwohl das ja viel weniger lange her ist. Wahrscheinlich hat sie seine Mutmaßungen damals als reine Fantastereien abgetan. Das war ihr Privileg gewesen, Lena hingegen hatte die Blüten von Silvans Fantasie nicht nur pflücken, sondern in ihrer Entstehung schon hegen und pflegen müssen.

Das Los der Ehefrau, sie hätte es gern getragen.

Wärst du doch ein wenig feiger gewesen, Severin!

Wer im nächsten Moment mehr erschrickt, ist kaum auszumachen. Wahrscheinlich Leisa, denkt Lucrezia, als sie sich wieder gefasst hat. Das Mädchen hat kaum damit gerechnet, dass morgens um fünf noch andere draußen sind. Lucrezia zieht das Mädchen unter ihr Vordach.

»Schon unterwegs?«

»Ich konnte nicht schlafen.«

»Dafür bist du sechzig Jahre zu jung. Willst du etwas trinken, eine Milch?«

»Nein, danke.«

»Zu früh, für alles, ich kenne das. Ist es wegen Linus?«

Leisa nickt, ihr Blick zielt angestrengt auf ihre Füße.

»Dann hat's dich ja schön erwischt.«

»Also … weißt du, ich habe das nicht so richtig geglaubt, wenn man jemanden sogar in der Nacht suchen muss, ist es vielleicht doch nicht so ungefährlich.«

»Du meinst, ich hätte dich zu plump angeschwindelt, gestern.«

»Nein, nein«, protestiert sie.

»Du hast ja recht. Aber ich kann dich erlösen, gerade eben habe ich die Nachricht von Agnes bekommen. Sie haben Linus gefunden und ziehen ihn jetzt gerade aus … aus einem Felsloch, oder wo auch immer er da hineingeraten ist.«

»Hat er sich verletzt?«

»Nein, es geht ihm gut.«

»So ein Depp!«

Lucrezia sieht dem Mädchen die Erleichterung an. Einen Moment lang sitzen beide stumm auf der Veranda und lauschen dem Vogelkonzert, das mit dem Fortschreiten der Morgendämmerung lauter wird.

»Soll ich Linus sagen, dass du die halbe Nacht nicht geschlafen hast wegen ihm?«

»Bitte, nein!«

»Überleg es dir genauer, aus rein taktischen Gründen!«

»Meinst du?«

»Weil die Buben oft ein bisschen Hilfe brauchen.«

»Das stimmt.«

»Und immer mutiger tun, als sie sind.«

»Das auch.«

»Und eine ziemlich lange Leitung haben, manchmal.«

»Extrem.«

»Siehst du.«

»Vielleicht hast du recht. Aber … aber sag ihm nur, dass ich ihn gestern Nacht gesucht habe. Das von heute Morgen nicht.«

»Weiser Entscheid, Leisa, zu sicher soll er sich auch nicht sein.«

»Eben!«

»Dann geh doch jetzt noch ein wenig schlafen. Es wird dauern, bis sie hier unten sind, und dann muss sich unser Held erst ausruhen.«

Die Fahrt über den unterirdischen See, beleuchtet von vereinzelten fahlen Streifen des ersten Tageslichts, bietet Noah faszinierende Einblicke. Rostbraun schillernde Stalaktiten schieben sich in das Licht der Lampe, werden schon von den nächsten abgelöst, vervielfältigen sich in den Spiegelungen im Wasser. Es ist pechschwarz und wird kristallgrün, sobald der Lichtkegel auf die Oberfläche trifft. Kaum ein Laut zu hören, bis auf ein paar hallende Tropfgeräusche und das Glucksen des Paddels beim Eintauchen.

Linus erwartet ihn dort, wo sich das Gewölbe auf den Seespiegel heruntersenkt. Noah rückt an den hinteren Rand des Bootes.

»Ein Glück, dass ihr da seid! Das hält uns aus?«

»Wir werden sehen. Sonst schwimmen wir.«

Vorsichtig stößt Noah vom Land ab. Nach zwei Paddelzügen müssen sie ihr Gewicht neu verteilen, an verschiedenen Stellen dringt Wasser ins Boot. Sie sind offensichtlich zu schwer, aber mit etwas Glück werden sie es hinüberschaffen.

Tatsächlich kann Agnes sie kurz darauf in Empfang nehmen. Linus erstickt in einer Umarmung, Noah zieht das, was vom Boot übrig ist, aus dem Wasser und nutzt die Zeit, die Agnes und Linus für sich brauchen, um die Kanureste zu falten. Dann setzt er sich für einen Augenblick an das Ufer des Sees. Drüben, wo er Linus abgeholt hat, gäbe es die Möglichkeit, einen Felsspalt in der Grottendecke zu erweitern, er könnte ein Leitungsrohr herabstoßen, eine Wasserpumpe in der Höhle installieren, eine dieser neuen Powersolarzellen müsste für den Betrieb genügen. Wenn das Wasser erst einmal angesaugt ist, würde es mittels Syphonprinzip zur Flischschlucht fließen. Später muss er eine Möglichkeit finden, die Höhle von unten her anzubohren, den See unterirdisch mit der Flisch oder gar direkt mit dem Kanalnetz des Resorts zu verbinden. Für keinen sichtbar, der See wird ihr Geheimnis bleiben. Das scheint ihm der richtige Weg zu sein: eine schnelle, provisorische Lösung, bis die Erpressung ausgestanden ist, später die unauffällige, die Eden dauerhaft Wasserreserven verschafft. Wie viel Kubikmeter mag der See fassen? Fünfhunderttausend? Mehr gar? Er nimmt das Rohr, das als Paddel ausgedient hat, fährt es auf zwei Meter Länge aus und watet in den See. Der Boden unter seinen Füßen senkt sich schnell ab. Er tastet mit dem Rohr weiter, verliert aber schnell den Bodenkontakt. Erstaunlich viel Wasser, wenn man bedenkt, wie ausgetrocknet die ganze Gegend ist!

Sein Lampenkegel huscht über die Wände.

»Was suchst du?«, fragt Agnes, die sich wieder gefasst hat.

»Anzeichen für den Wasserstand im Winter. Oder im Frühling. Dann ist die Grotte vollständig geflutet, nehme ich an.«

»Warum hat keiner den See entdeckt, wo er doch so leicht zu finden ist?«, fragt Linus. »Nicht mal Großvater, der danach gesucht hat.«

»Ich bleibe bei meiner Theorie. Wann war das letzte größere Erdbeben hier?«

»Vor acht Jahren. Im Frühling 2033.«

»Vielleicht ist die Höhle erst seit dann begehbar. Man weiß von anderen Höhlensystemen, dass sich durch Erdbeben die Wasserstände stark verändern.«

»Dann wäre der See doch ausgelaufen.«

»Nein, das kommt auf die Zuflussmenge an, und ob Geschiebe die neu entstandenen Ritzen schnell verstopfte. Die Höhlendecke ist vielleicht erst durch das Beben rissig und löchrig geworden. Wie auch immer, bewundert diese Pracht noch einmal, bevor wir gehen!«

Agnes kann ihren Blick kaum abwenden. Das Vermächtnis ihres Vaters! Silvan hat so sehr an diesen See geglaubt, hat ihn in Karten eingezeichnet, ohne ihn je gesehen zu haben …

Sie wischt die Tränen aus den Augen. Die Entspannung nach der ausgestandenen Angst macht sich bemerkbar, zugleich beschleicht sie ein eigenartiges Gefühl der Beklemmung. Etwas stimmt nicht.

Als hätte sie die Kirche einer ihr fremden Religion betreten.

Linus kümmern solche Gedanken nicht, er klettert bereits zu Albin hinauf, um ihm das schlechte Gewissen auszutreiben. Noah zurrt Agnes fest, als das Seil wieder herunterfällt. Während er an einer Schlaufe nestelt, zieht sie ihn sanft an sich, und drückt ihre Lippen lange, aber behutsam auf seine.

»Kurz davor sind wir heute Nacht mal unterbrochen worden. Danke. Ohne dich hätten wir es nicht geschafft.«

»Gern geschehen.«

»Ein wunderbarer Ort, nicht?« Agnes ist in Gedanken bereits weiter. »Nur werden wir dieses Wasser nie anrühren dürfen.«

Noah hält das Seil straff, während sie hochklettert. Ist der Kuss nur ein Dank oder mehr? Und das mit dem Wasser kann unmöglich ihr Ernst sein. Die Anspannung hat Agnes offensichtlich mehr zugesetzt, als sie sich anmerken lässt.

Zu viert nehmen sie den Weg zur Flischschlucht unter die Füße, beschwingt und erschöpft zugleich. Noah überlegt während der Wanderung bereits, wie er das Wasser vom unterirdischen See bis zur Schlucht führen kann. Weshalb nicht mit jenen hölzernen Ersatzkänneln, die auf Vorrat am Schluchtsee lagern? Dann könnten sie ohne Verzögerung mit dem Bau der Leitung beginnen.

TEIL 4

Im Gletscher

Lucrezia weigerte sich, in die Welt zurückzukehren. Sie lag neben Severin, das eine Bein angewinkelt auf ihm, ihr Kopf auf seiner Schulter, unfähig, einen klaren Gedanken zu fassen. Glücklicherweise, so kümmerte sie sich nicht darum, welche Folgen diese Stunde hier haben würde. Auf der anderen Seite der Wasserwand wartete die Normalität. Ihre zwei so verschiedenen Leben. Das von Severin konzentrierte sich auf Noah und auf seine Arbeit. Sie hingegen … sie lebte aushilfsweise, hütete ein Kind und eine Hotelrezeption, bei beiden Tätigkeiten war sie nur Lückenbüßerin, auch wenn sie es dank Lena nicht so empfand.

Früher hatte sie kunstvolle Füllfedern und andere Schreibartikel hergestellt. Nicht die große Künstlerinnen-Karriere, von der sie als Zwanzigjährige geträumt hatte, aber ein eigenes Leben.

Sie konnte sich hier wieder eines aufbauen, alten Träumen nachgehen, nichts hinderte sie daran.

»Hast du das gehört?«

»Leider.«

Silvans Stimme drang durch das Rauschen des Wasserfalls.

»Klingt dringend, vielleicht sucht dich Noah.«

»Wir müssen wohl antworten«, erwiderte Severin.

Lucrezia schlüpfte in ihren Bikini. Severin zog die Badehose an, das Frottiertuch warf er sich über die Schulter.

»Bereit?«

Lucrezia küsste ihn, bevor sie zum Spalt zwischen Wasserfall und Fels kletterten. Silvan wollte eben die nächste Stufe der Schlucht erklimmen, zum Glück hatte er ihnen den

Rücken zugekehrt, als sie aus dem Versteck kamen. Lucrezia machte sich bemerkbar.

»Da seid ihr ja!«

Die Dringlichkeit in Silvans Stimme ließ Lucrezia stutzen.

»Wir waren auf der Rückseite des Wasserfalls«, erklärte Severin.

Auf der Rückseite des Mondes!, fügte Lucrezia in Gedanken hinzu.

»Ihr müsst raus aus der Schlucht, der Gletschersee läuft ab.«

Severin merkte, dass es Silvan nicht zum Scherzen war. »Gefährlich?«

»Wir wissen nicht, ob und wo das Wasser wieder zutage tritt.«

»Wo ist Noah?«

»Mit Lena und Agnes auf dem Weg zum Resort, ich denke, wir sollten Eden vorsichtshalber räumen.«

»Und du?«

»Ich gehe hinauf zu Albin.«

»Gut. Wir helfen Lena unten.«

»Sagt ihr, ich überlege mir das mit der Evakuierung nochmals, ich will erst mit Albin telefonieren. Das Wasser hier ist klar wie immer.« Er verstummte. Einen Moment lang blickte er ratlos zum Gletscher hinauf. »Allerdings – wenn die Flisch sich erst mal verfärbt, ist es zu spät, dann dauert es nur Augenblicke, bis die Flut kommt! Also raus hier.«

Kaum hatten sie die Schlucht verlassen, strebte Silvan mit ausgreifenden Schritten bergwärts, das Handy am Ohr. Severin und Lucrezia hasteten durch den Föhrenwald hinab Richtung Eden.

Albin beobachtete leicht enttäuscht das unspektakuläre Naturschauspiel vor ihm. Im Abstand von zehn Minuten machte er seine Fotos. Der Spiegel des Gletschersees senkte sich mit regelmäßiger Geschwindigkeit, doch so enorm die unterirdisch abfließenden Wassermassen sein mochten, so wenig war davon zu sehen. 600 000 Kubikmeter hatte Primo berechnet, eine Mengenangabe, unter der sich Albin nicht viel vorstellen konnte. Die Oberfläche blieb ruhig, sie spiegelte wie gewohnt die umliegenden Bergspitzen und vereinzelte weiße Wolken. Was hatte er erwartet? Einen gurgelnden Syphon, der alles in sich hineinsog und verschlang, während die Schreie der befreiten Armen Seelen von den Berghängen widerhallten? Nichts dergleichen, hätte er nicht ständig fotografiert, wäre der See vor seinen Augen verschwunden, ohne dass er es richtig realisiert hätte. Albin verstand die Aufregung seines Vaters nicht. Als hätten seine Gedanken es provoziert, brummte sein Handy.

»Etwas Neues, Albin?«

»Nichts. Das Wasser läuft ab, das ist alles. Eine Badewanne zu leeren wäre aufregender.«

»Das täuscht. Überleg dir mal, welcher Sog in dieser Badewanne entsteht, bei diesem Abfluss! Wie viel Wasser ist schon weg? Die Hälfte?«

Albin verglich den derzeitigen Wasserstand mit dem ursprünglichen. »Vier Fünftel, würde ich sagen.«

»Schon? Dann … lassen wir das mit der Evakuierung von Eden. Ich stehe jetzt über der Schlucht und sehe noch keine Veränderung. Es scheint, als verschwinde das Wasser unterirdisch.«

»Und was soll ich machen?«

»Dasselbe wie bisher. Ich gebe unten eine erste Entwarnung und steige zu dir hinauf. Fotografiere regelmäßig weiter. Wenn wir wieder im Eden sind, musst du sie mir alle auf den Computer übertragen und so zusammenstellen, dass wir Primo und den Geologen der Universität den genauen Ablauf zeigen können. Die werden staunen!«

»Ist gut.«

Silvan hoffte, dass er seinen Sohn neu motiviert hatte, jetzt wusste Albin zumindest, wie wichtig die Bilder waren. Silvan kappte die Verbindung und wählte Lenas Nummer. Sie meldete sich sofort.

»Eine Evakuierung scheint mir übertrieben. Bist du schon unten?«

»Ja, du musst dich jetzt entscheiden.«

»Wir lassen es.«

»Gut. So einfach, wie wir sie uns vorgestellt haben, wäre eine Räumung nicht. Wir müssen uns für die Zukunft einige grundsätzliche Gedanken machen.«

»Werden wir. Ich bin gleich bei Albin.«

»Seid vorsichtig.«

»Behalt das Handy bei dir.«

»Logisch. Ich liebe dich.«

Lena bezweifelte, dass Silvan ihren letzten Satz noch gehört hatte. Sie betrat das Haupthaus. Lucrezia war eben mit Severin aus der Schlucht zurückgekehrt. Lena zog sie mit sich nach hinten ins Büro.

»Keine Evakuierung, es scheint, als hätten wir Glück. Das Wasser verschwindet im Nirgendwo und lässt uns hoffentlich unbehelligt.«

»Gut. Was soll ich jetzt tun?«

»Erzählen.«

»Was?«

»Man sieht es dir an der Nasenspitze an. Schon gut, ich frage ja nicht weiter.« Lena wurde sofort wieder nachdenklich. »Heute sind wir wohl davongekommen, aber wir brauchen einen richtigen Evakuierungsplan. Eine Alarmsirene, wie die oben beim Damm. Stell dir vor, wir müssten in diesem Moment, innerhalb von Sekunden, alle Gäste des Resorts zusammentrommeln und wegführen!«

»Unmöglich.«

»Es hat eben nicht nur Vorteile, wenn man eine solche Anlage mitten in den Flischwald stellt. Lös du Martha ab, ich nehme Agnes. Oder umgekehrt?«

»Ich gehe an die Rezeption.«

»Wo ist Severin?«

»Er will mit Noah den Flischwald erkunden, darf er schon?«

»Sag ihm, er soll über das Plonbrückchen in den unteren Teil des Waldes, auf der anderen Seite des Flusses ist er sicher. Weißt du was?«

»Nein?«

»Er gefällt mir, dein Severin! Vor allem seine Wirkung auf dich.«

Mit jedem weiteren Schritt durch den unberührten Wald wuchs Severins Begeisterung. Der Name des Eden-Resorts war nicht übertrieben, die hatten das Paradies tatsächlich hier im Flischwald bei Plon versteckt! Der weiche Boden ließ ihn und Noah geradezu schweben, als bewegten sie sich auf federnden Luftpolstern, die jedes Geräusch schluckten. Sie hatten die Plon überquert und folgten nun einem ihrer Seitenarme, der sich immer verwegener durch den Auenwald schlängelte. Noah entdeckte staunend Tiere, die er sonst nur aus Büchern kannte: Frösche, Kröten und Lurche, Wasserläufer und Libellen, seltene Vögel, einen giftgelb gefleckten Feuersalamander … Severin wusste ihm längst nicht alle Tiere zu benennen. Dafür konnte er Noah die Bauten der Biber genauer erklären, ihre Burgen aus kunstvoll aufgetürmten Ästen und Zweigen, die Biberdämme, die zugleich anderen Tieren neue Lebensräume schufen, unzählige durchgenagte Baumstämme, und als Höhepunkt für Noah die Biberrutschen: schmale Schlammrinnen, in denen die Biber bei Gefahr blitzschnell ins Wasser gleiten konnten.

Noah setzte sich sofort hin. Er wolle zuschauen, wie die Biber Rutschbahn fuhren.

»Geht nicht«, erklärte ihm Severin. »Die Biber werden erst in der Nacht aktiv. Vielleicht können wir uns mal bei Vollmond anschleichen. Komm weiter!«

Er zog Noah hoch. An manchen Stellen wurde das Gestrüpp nun so dicht, dass Severin ihnen einen Weg bahnen musste, im nächsten Augenblick verbreiterte sich der Wasserlauf zu einem Teich von stattlicher Größe, tiefgrün gefärbt durch die Algen auf dem Grund, eingerahmt von gelbem Schilf, dessen flaumige Bärte sanft im Wind wogten. Die Spiegelung des Wassers verdoppelte die Idylle.

Severin war zum zweiten Mal an diesem Tag überwältigt. Erst die Augenblicke mit Lucrezia, erregender als in seinen Träumen, jetzt der Streifzug mit seinem Sohn durch die unberührte Natur – als wären sie die einzigen Menschen weit und breit! Sie entfernten sich von Eden und von der Plon, der Boden wurde trockener, der Auenwald wich wieder den Föhren, grasbewachsene Lichtungen öffneten sich einladend. Noah gefiel eine so gut, dass er sogleich ihr Picknick auspackte.

»Aber setz dich nicht in einen Ameisenhaufen!«

Noah war für einige Minuten beschäftigt, das gab Severin die Gelegenheit, einen Gedanken weiterzuverfolgen, der sich während der kurzen Wanderung festgesetzt hatte: Wenn sie die beiden Piemonter Wölfe, die ihnen die Italiener zur Übernahme angeboten hatten, hier im Flischwald ansiedeln würden? Genügend Nahrung war vorhanden, vermutete er. Hirsche, Rehe, Kaninchen, Mäuse, weiter oben Gemsen. Zur Not fraßen Wölfe auch Vögel, Lurche und Beeren, davon gab es im Flischwald ohnehin genug. Je länger Severin darüber nachdachte, umso verführerischer wurde seine Idee. Er machte sich deswegen nichts vor. Entsprungen war sie bloß dem Wunsch, mehr Zeit mit Lucrezia zu verbringen. In Zürich hielt ihn nichts. Den Schreibtischteil seiner Arbeit konnte er ebenso gut im Wallis machen, er musste nur die Spezialisten beim Bundesamt und seine Vorgesetzten in der Wolfsstiftung davon überzeugen. Die italienischen Wölfe würden sonst zum Abschuss freigegeben, weshalb sollten sie nicht hier eine neue Heimat finden?

»Stell dir vor, Noah, hier gäbe es Wölfe!« Severin dachte laut weiter, um Noah, der bereits nach einer nächsten Beschäftigung verlangte, bei Laune zu halten. »Dort, drüben, der graue Schatten zwischen den Bäumen, siehst du ihn? Hörst du, wie die Zweige unter seinen Pfoten knacken, jetzt ist er da, jetzt dort!«

Hinter seinem Rücken zerbrach Severin einen Ast, das Knacken ließ Noah zusammenzucken.

»Wird er uns angreifen?«, fragte er, etwas ängstlich, aber begierig auf das neue Spiel.

»Er hat Angst vor uns, er ist scheu wie alle Wölfe, er wird sich hüten. Aber er ist neugierig wie du. Er würde höchstens herbeihuschen und: Schwupp!«

Mit einer schnellen Handbewegung hatte Severin Noah den Rest seines Sandwiches weggeschnappt. Der erholte sich sogleich von seinem Schrecken, umkreiste Severin, fauchte ihn einige Male an, dann sprang er ihm in die Arme. Severin ließ sich nach hinten ins Gras fallen, sie balgten sich und tollten auf der Wiese herum, bis Severin erschöpft um Gnade bat.

Auf dem Rückweg suchte sich jeder seinen eigenen Weg. Sie waren Wölfe auf der Suche nach Beute.

Bis Noah übereifrig in einen Bach fiel.

Schweratmend erreichte Silvan Albins Beobachtungsposten, den Rucksack mit seiner Kletterausrüstung ließ er neben sich ins Gras fallen. In der Schlusssteigung war ihm aufgegangen, dass er seit dem letzten Rundgang Primos Seile und Steigeisen mitschleppte. Beeindruckt starrte er zum See hinab.

»Weg. Einfach weg!«

»Ja. Dieser Tümpel ist alles, was übrig geblieben ist.«

Silvan war fassungslos. »Überleg dir mal, wie viel Wasser das war!«

»Und wie viel weiterhin abfließt«, ergänzte Albin, der bereits weitergedacht hatte. »Der Gletscher produziert doch immer mehr Schmelzwasser, je heißer der Sommer wird.«

Silvan trocknete den Schweiß auf Gesicht und Stirn. Sein Sohn hatte recht, das unterirdisch abfließende Schmelzwasser ging dem Eden-Resort verloren. Das war jetzt nicht so wichtig, konnte aber für die Zukunft bedeutsam werden. Vielleicht sollten sie das Experiment, von dem Primo fortwährend sprach, doch durchführen. Sein Freund wollte Farbe in den Gletschersee schütten, in der Hoffnung, das gefärbte Wasser trete irgendwo wieder ans Tageslicht und verrate so seinen Weg durch den Gletscher und durch den Fels. Es konnte auch nicht schaden, wenn sie den letzten Rest des Sees, die grünbraune Pfütze im Geröll auf dem Gletschereis, aus der Nähe betrachteten. Die Gefahr war ja vorerst gebannt.

»Wir gehen runter.«

»Dahin?«

»Ja, jetzt ist es ungefährlich.«

Widerstrebend folgte Albin seinem Vater. Er konnte ihm schlecht sagen, weshalb er dem See und dem Gletscher lieber fernblieb. Mit ihren Geistersagen hatte Selma Albin einige nachhaltige Albträume beschert. Der schlimmste, der bis heute wiederkehrte, war die Auferstehung der unerlösten Seelen aus dem Eis, während Albin auf einer Traumwanderung den Gletscher querte. In der harmloseren Variante jammerten und zischelten ihm die Unerlösten nur aus den

Spalten im Eis zu, er solle sie befreien, er müsse ihnen helfen, er brauche nur herabzuschauen, dann seien sie errettet. In den schweren Träumen, oft durch Fieber verursacht, schlichen die Geister in Gestalt von Nebelschwaden plötzlich aus den Spalten, waberten in immer schnelleren Kreisen um ihn herum, bis er die Orientierung verlor und hinfiel und spürte, wie sich die Nebelschleier eiskalt um seine Füße schlangen, ihn zur nächsten Spalte zerrten, wo er ins Leere fiel, endlos, einem schwarzen Loch entgegen. Er war nie dort angekommen, weil er immer kurz davor erwachte, schweißgebadet, zitternd, mit rasendem Herzschlag.

Das alles konnte er dem Vater nicht erzählen. Er war sechzehn.

»Ziemlich schmutzig, das Restwasser!«, rief Silvan vor ihm.

Ich könnte dir schon erklären, weshalb!, dachte Albin.

»Wahrscheinlich vom Geschiebe auf dem Grund.«

»Die Tränen der Armen Seelen sind rostbraun, hat Selma immer gesagt.«

Silvan blieb stehen. Er drehte sich um, und zum ersten Mal seit Monaten lachte er, während er von Selma sprach: »Die Tränen der Armen Seelen, Albin, hatten immer jene Farbe, die gerade am besten in Selmas Geschichte passte, das weißt du doch!«

»Schon.« Albin klang wenig überzeugt.

»Das eine Mal sah sie die Tränen im Harz der Föhren, ein andermal in der Milch des Löwenzahns. Was ihr auch immer in den Sinn kam, baute sie in ihre *Graatzug*-Geschichten ein, das war ihr großes Talent. Und du hast es geerbt. Du hast ihre Fantasie. Nimm nur deinen Zombiefilm über den *Graatzug*. Brauchst dich nicht zu wundern, wenn du dich mit diesen Dingen dann selber erschreckst, du Held!«

Sie standen nun da, wo am Morgen noch der See gewesen

war, und kletterten das letzte Stück in die riesige Gletschermühle hinunter, eine Art Schlund, der sich seitlich zum Fels hin etwas öffnete, bergwärts und talwärts war er vom schmutzig grauen Gletschereis meterhoch eingeschlossen. Das letzte Wasser, das zwischen einigen Eishügeln dümpelte, war hellbraun, der Abfluss darunter nicht zu sehen, es musste ein Kanal im Eis sein, der heute Morgen freigeschmolzen war. Silvan hoffte, dass sich der See nicht neu bildete, dann wäre er diese Sorge bis nächsten Sommer los. Er schaute sich um. Das Wasser war auch talwärts von Eis umgeben und nicht, wie er gedacht hatte, durch die Endmoräne gestaut worden. Er prägte sich die Szenerie ein. Ein dunkler Schatten am Fuß der oberen Eiswand erregte seine Aufmerksamkeit, er sah aus wie ein weiteres Gletschertor! Silvan machte Albin ein Zeichen, ihm zu folgen. Seine Vermutung bestätigte sich: Halb verdeckt von einem bizarr geformten Eispfeiler entdeckte er den Beginn einer Gletscherhöhle. Rund drei Meter hoch und zwei Meter breit, man konnte ein ganzes Stück weit in den blauen Kanal hineinblicken, er führte steil abwärts in den Gletscher hinein. Neben dem Schmelzwasserbach, der die Höhle geformt hatte, gab es überall Simse. Bei guter Sicherung …

Kurz entschlossen streifte er den Rucksack ab und stellte ihn auf den Kopf.

»Was wird das?«, fragte Albin.

»Mit etwas Glück haben wir alles dabei, was wir brauchen.«

Primo sei Dank!, fügte er in Gedanken hinzu, als er das zweite Paar Steigeisen, Eis- und Felshaken, genügend Seil und eine zweite Lampe auf dem Boden auslegte.

»Zieh deine Regenkleider an, und dann los!«

»In den Gletscher hinein? Bist du verrückt?«

»Wir werden vorsichtig sein. Du bist ja schneeweiß, Albin!«

»Die Hitze, wahrscheinlich. Hörst du das nicht?«

»Was?«

Sie lauschten, bis Silvan auflachte.

»Du meinst das Zischeln der Armen Seelen? Wieder Selma, nicht wahr? Das Zischeln ist bloß das Geräusch des Schmelzwassers, das über die Eisoberfläche rinnt. Im Sommer sucht es sich tagsüber seinen Weg über den Gletscher. Soll ich dir sagen, was das wirklich Gefährliche daran ist? Früher haben die Armen Seelen nur am Tag geschwitzt und gesäuselt, jetzt ist die Null-Grad-Grenze so hoch, dass sie auch nachts nicht zur Ruhe kommen. Das Gletschereis schmilzt auch ohne Sonne.«

Silvan legte seinem Sohn den Arm um die Schultern. »Ich erinnere mich sehr wohl an deine Albträume, Albin, ich bin dein Vater. Du erinnerst dich: Der Typ, der jeweils die ganze Nacht neben deinem Bett gesessen hat. Es ist höchste Zeit, dass du etwas gegen deine Angstvorstellungen tust. Wir ziehen jetzt die Steigeisen an und erforschen den Anfang der Gletscherspalte, du wirst sehen, da gibt es nur Eis und Wasser. Ein Canyon-System, das in wenigen Stunden einen riesigen See entleeren kann, darüber will ich mehr wissen.«

Er schnallte sich das erste Eisen an den Wanderschuh. Ein bisschen wunderte ihn Albins Verzagtheit schon, noch vor ein, zwei Jahren hätte er ihn bei einem solchen Unternehmen an die Leine legen müssen, weil sein Sohn blindlings ins Verderben gestürmt wäre. Von der Abenteuerlust des kleinen Jungen war wenig geblieben, dabei kam er erst jetzt in das Alter der großen Dummheiten! Silvan kontrollierte den Sitz des Sicherungsgurtes und hakte das Seil ein. Vielleicht hatte Albins Verunsicherung mit Selma zu tun, mit der erschreckenden Erkenntnis, wie sehr das Leben an Gerechtigkeit sparte und jede innige Beziehung unausweichlich zum schmerzlichen Verlust führte.

Was sie am Wasserfall getan hatte, erstaunte Lucrezia noch immer. Wie leicht es ihr letztendlich gefallen war, entgegen allen Befürchtungen. Die Arbeit an der Rezeption erledigte sie automatisch, ihre Gedanken blieben bei Severin. War sie frei für ihn? Was würde Peider ihr sagen, nachts, wenn sie nicht schlief, wie so oft? In einem Moment wie diesem beneidete sie Lena um ihren fast kindlichen Glauben, sie hielt ihren Dialog mit Selma stets aufrecht. Doch wie Lena mit ihrer eigenen Trauer umzugehen war für Lucrezia unmöglich. Schlicht unvorstellbar gar in jenen ersten Monaten der kompletten Erstarrung, an die sie kaum mehr Erinnerungen hatte.

Manchmal konnte sie nicht nachvollziehen, was in ihrer Freundin wirklich vorging, ob ein Teil der Leichtigkeit, mit der sie alles nahm, nicht gespielt war. Lena war ja auch nie eines jener Glückskinder gewesen, denen alles in den Schoß fiel, sie hatte immer ihre ganze Persönlichkeit in die Waagschale werfen müssen, damit diese sich ein Stückchen zu ihren Gunsten gesenkt hatte.

Wie auch immer, Lenas Art war nicht ihre, sie konnte mit Peider nicht über Severin verhandeln. Sie würde ihren Mann nicht vergessen, aber sie musste ihn wenigstens zeitweise aus ihren Gedanken bannen, sich von ihm lösen. Dasselbe galt absurderweise auch für Severin. Sie durfte sich nicht von ihm vereinnahmen lassen. Bloß keine neuen Abhängigkeiten, in Zukunft würde sie sich selbst wieder mehr Aufmerksamkeit schenken. Ihre Arbeit im Resort war nicht zu verachten, aber sie würde dafür niemals ihr ganzes Herzblut geben. Sie musste kreativ werden, eigene Projekte vorantreiben! Ein schöneres Atelier als ihren Bungalow hier fand sie nicht.

Die plötzliche Erkenntnis euphorisierte sie und nervte sie zugleich ein wenig. Hatte sie dafür wirklich einen Mann gebraucht? Was so ein bisschen Erotik und sieben Minuten des Glücks ausmachten! Das unbestimmte Sehnen, das sie schon lange spürte, fand eine Form, erste Risse in ihrem Panzer aus freundlicher Gleichgültigkeit, der sie so lange geschützt hatte, öffneten sich. Endlich erkannte sie, dass der Aufbruch nach Plon nur Mittel zum Zweck gewesen war, noch lange nicht der Neuanfang, für den sie ihren Umzug gehalten hatte. Neu begann sie heute, mit dem Entschluss, den sie eben gefasst hatte: Eden durfte ihr nicht genügen. Lena würde sie verstehen. Sie hatte eine Tochter, auch ihr wäre die Hotelarbeit allein nicht genug.

Lucrezia nutzte ihren momentanen Mutwillen und lief nach hinten ins Büro, wo Lena gerade Agnes stillte. Lucrezia wollte unverrichteter Dinge hinausschleichen, Lena winkte sie hinein.

»Bleib hier. Du störst doch nicht.«

»Ich habe mir gerade Gedanken gemacht.«

»Wegen Severin?«

»Nein, eigentlich geht es mehr um mich.«

»Erzähl. Übrigens hat Silvan komplette Entwarnung gegeben, aber das hast du dir ja schon ausrechnen können. Also?«

»Ich möchte wieder etwas anfangen. Kunst machen, neben der Arbeit.«

»Endlich! Das hättest du schon lange tun sollen! Wir werden uns hier einfach ein bisschen neu organisieren müssen. Du bleibst doch bei uns?«

»Wenn ich darf. Solange Agnes so ruhig ist, kann ich das auch nebenbei …«

»Auf keinen Fall. Ich weiß, wie das ist, Agnes hält dich von allem ab. Wir werden in den nächsten Tagen prüfen, ob wir uns eine zweite Praktikantin leisten können, das habe ich mir ohnehin überlegt.«

»Können wir das finanziell riskieren?«

»Wenn uns nicht plötzlich der halbe Berg auf den Kopf

stürzt … Ich habe gerade einen Brief vom kantonalen Amt für Umweltschutz geöffnet. Sie geben uns die Erlaubnis für den Winterbetrieb des Resorts. Mit strengen Auflagen natürlich, die Schneeräumung beispielsweise müssen wir selber besorgen. Aber ist dir klar, was das heißt? Eden könnte zu einer Goldgrube werden! Zumindest solange es genügend Schnee gibt für den Wintertourismus.«

»Wunderbar! Und ich werde mir überlegen, wie ich mich in meinem Bungalow neu einrichten kann. Darf ich?«

»Überleg nicht, mach einfach.«

»Gut. Und du, bist du weitergekommen mit deinem Alarmierungskonzept?«

Agnes verlor die Brust und protestierte lauthals. Lena setzte sie lachend neu an.

»Meinst du diesen Alarm? Nein, ich besprech das zuerst mit Silvan. Der Graben in der Flischschlucht ist nun plötzlich wieder das größere Problem, dafür scheint der Gletschersee nicht so gefährlich zu sein wie angenommen. Wer soll da noch durchblicken!«

Silvans Worte gingen im Tosen des Schmelzwassers unter. Er bedeutete Albin zu warten. Wenigstens hatte sein Sohn wieder eine normale Gesichtsfarbe. Der Eingang in die Spalte war auch alles andere als furchteinflößend, im Gegenteil, sie hatten eine verwunschene Welt betreten. Der letzte Rest Tageslicht ließ die Eiswände hinter ihnen in einem sanften Hellblau erstrahlen, vor ihnen hingegen reflektierte das Eis nur noch das künstliche Licht der Lampen und nahm die Farbe von Elfenbein an. Silvans Lichtkegel geisterte durch den Canyon. Er führte in mannshohen Stufen abwärts, ähnlich der Flischschlucht, in seiner Sohle führte er große Mengen von Schmelzwasser, das sich übereifrig die Fälle hinunterstürzte. Silvan hätte sich nie vorgestellt, dass es hier unten, mitten im Gletscher, reißende Bäche gab. Er drehte einen Sicherungshaken ins Eis, hängte mit einem Karabiner das Seil ein, dann rief er Albin zu, er klettere zum nächsten Absatz und würde dort erneut sichern, Albin dürfe erst dann nachkommen. Albin nickte. Seine Angst hielt sich wider Erwarten in Grenzen. Das Gletscherinnere hatte nichts mit dem schwarzen Loch seiner Träume zu tun. Er sah keine Totenschleier, im Gegenteil, er spürte inmitten der bizarren Rundungen und Bögen gar etwas von jener Geborgenheit, die er lange vermisst hatte.

Silvan kletterte die erste Stufe hinab. Die größte Gefahr war das kalte Wasser, er durfte auf keinen Fall hineinstürzen, nicht auszudenken, wenn es ihn in den Eiscanyon hinabspülen würde ... Der Gletscher war mindestens dreihundert Meter dick, alles sprach dafür, dass Wasserläufe wie dieser sich einen Weg bis zuunterst zum Fels freischmolzen. Keine angenehme Art zu sterben ... Silvan verdrängte den Gedanken, wuchtig rammte er bei jedem Tritt die Zacken der Steigeisen ins Eis. Dessen Qualität erleichterte das Klettern, es war hart und elastisch zugleich. Gefährliches Brucheis wie manchmal im Fels gab es hier nicht, das beruhigte ihn. Dank der Seilsicherung war das Risiko tragbar. Nein, er machte sich etwas vor. Er hatte seinen Sohn dabei, aber niemanden von der Expedition unterrichtet, höchst fahrlässig war das, umso konzentrierter würde er klettern. Er erreichte einen breiteren Sims, drehte den nächsten Haken ein. Mit der Lampe gab er Albin das Zeichen, dass er folgen konnte. Kurz darauf stand der neben ihm.

»Na?«

»Wahnsinn.«

Silvan lachte. Albins Beschreibung war so kurz wie treffend.

»Wir klettern noch ein Stück. Diese drei Stufen, danach

schauen wir weiter, es sieht so aus, als ob die Schlucht dort steiler abfällt.«

»Gut.«

Silvan kletterte voran. Die Schönheit der Eiswelt verschlug ihm den Atem, die Vorstellung, dass er ins Herz des Gletschers hinabstieg, auf Wegen, die noch kein Mensch vor ihm begangen hatte, ließ ihn erschauern. Das Eis um ihn herum lebte, er fühlte es hier noch deutlicher als bei all jenen Zeitraffer-Aufnahmen, mit denen Wissenschaftler das Fließen von Gletschern sichtbar machten. Über die Wände strömte pausenlos Schmelzwasser, als transportiere es Nährstoffe durch die Adern des Eisriesens.

»Äs isch Gott versüecht!«, hätte Selma gesagt.

War es Gott versucht? Die Berge den Lebenden, die Gletscher den Toten, so wollte es der alte Aberglauben. Unsinn. Gletscher waren bloß gespeichertes Wasser, es musste rechtzeitig den Lebenden erschlossen werden, was die Armen Seelen dazu meinten, würde sich weisen. Silvan lächelte unwillkürlich, bis jetzt zumindest hatte er keine gesehen. Energisch kletterte er weiter. Wo er mit den Wänden in Berührung kam, setzte er sich Sturzbächen aus. Sie beide waren für eine solche Expedition falsch angezogen, Silvan hatte bereits durchnässte Schultern, Arme und Knie, doch er stand schon bald auf jener gewölbten Eisschulter, die er zuvor als Ziel anvisiert hatte. Vor ihm tat sich ein Abgrund auf. Er leuchtete neugierig dem Wasser hinterher, das unter seinen Füßen fast senkrecht abstürzte, der Strahl verlor sich nach gut zwanzig Metern im Dunkeln. Silvan wurde plötzlich schwindlig, vorsichtshalber wich er zurück, dabei lösten sich die Zacken seines linken Eisens für Sekundenbruchteile, das reichte, Silvan verlor sofort das Gleichgewicht und fiel.

Albin sah im Augenwinkel, wie sein Vater verschwand. Er schrie auf, zugleich rammte er seine Eisen ins Eis, in Erwartung des Ruckes, den er halten musste. Der Schmerz in seiner Hüfte war schneidend, er hielt dem Zug stand. Sein Herz raste, stolperte, setzte aus.

»Keine Panik!«, stammelte er. »Bleib ruhig. Du hältst ihn!«

Vater würde gleich wieder hochkraxeln, nein, er war nicht verletzt, er durfte es nicht sein, sie waren doch allein!

Undurchdringliche Dunkelheit umgab Silvan. Still ist es hier plötzlich! Jetzt schwebt er durch einen neuen Eistunnel. Seltsam, diese rundlichen Rinnen, die ihn umschließen, sie erinnern ihn an Aufnahmen aus einem menschlichen Körper! Jetzt weiten sich die weißen Adern, alles Schmelzwasser kommt hier zur Ruhe. Das Herz des Gletschers ist schwarz. Das Eis hingegen glüht in einem so intensiven Blau, dass seine Augen schmerzen. Er möchte in ein Boot steigen, diesen See erkunden, aber ein Boot ist nicht nötig, er schwebt weiter, gleitet in immer höherem Tempo über die Wasserfläche hinweg, bis er den Kopf etwas zu tief hält und das Wasser grabeskalt aufspritzt.

Er kam zu sich, pendelte hilflos im Seil, der Rücken schmerzte unerträglich.

Ein Lichtstrahl durchschnitt die Dunkelheit. Silvan merkte, dass er kopfüber hing.

»Paps!«

»Leuchte hierher.«

Silvan hing halb im fallenden Eiswasser, seine Finger waren bereits gefährlich taub. Der Rücken war nicht ernsthaft verletzt, alle Glieder funktionierten noch. Er drehte sich in Kletterposition, vergeblich rammte er das linke Eisen ins Eis. Er versuchte es mit dem rechten Fuß und fand Halt. Er packte das Seil hoch über sich, zog das verbliebene Fußeisen heraus, rutschte aber ab, bevor er es neu einschlagen konnte.

»Ich kann nur ein Bein brauchen!«, schrie er hinauf. »Hilf mir. Fünf Sekunden ziehen, fünf Sekunden halten.«

Hoffentlich zahlten sich jetzt ihre gemeinsamen Kletterstunden im Fels aus.

Albin hatte ihn verstanden. Er kroch an die Wand zurück, stemmte den Rücken dagegen, hämmerte seine Fersen ins Eis. Er durfte keinen halben Meter rutschen, sonst wären sie beide verloren und würden in die Schwärze seiner Albträume hinabstürzen. Bereits fühlte er die Kälte seine Beine hochsteigen. Mit aller Macht verweigerte Albin sich der Angst. Der Vater brauchte ihn. Das war nur Wasser, diese Kälte, das waren keine Nebelschlieren, das war nicht der Traum, er war wach, er konnte sich wehren, verflucht, er würde sich wehren! Eilig verknotete er das Seil, so dass er keinen Zentimeter vom Sicherungshaken wegrutschen konnte. Dann brüllte er ins Brausen des Wassers: »Zug!« Im selben Moment riss er mit aller Macht am Seil. Silvan spürte die Bewegung, er nutzte den Schwung, um in die Senkrechte zu kommen.

»Halten!«

Das Seil blieb straff. Albin hörte ihn also trotz des Tosens des Wassers. Silvan versuchte, seinen Puls zu beruhigen, dann schwang er den Fuß mit dem Steigeisen höher. Glück gehabt, die Zacken blieben hängen. Dank des nächsten Zugs kam er wieder in die Senkrechte. Er hatte gerade mal einen Meter an Höhe gewonnen, die Kräfte verließen ihn bereits, und noch gut zwei Meter fehlten bis zur Kante, auf der Albin saß. Nur nicht schwächeln, er hatte sich das alles selbst eingebrockt. Silvan rammte das Eisen neu ein, wollte sich hochziehen, schaffte es nicht mehr, als er plötzlich doch hochschwebte, ohne sein Zutun. Woher nahm Albin diese Kraft? Der Strahl seiner Lampe war bereits näher gerückt. Silvan bündelte seine verbliebenen Energien, doch auch bei diesem Mal schien es, als besorge Albin die ganze Arbeit allein. Kurz darauf schwang Silvan das Bein über die Kante, ließ sich ganz hochzerren und blieb neben Albin auf dem Sims liegen.

»Danke«, stammelte er.

Danke nicht mir. Eher Selma oder wem auch immer, dachte Albin.

Sie rangen nach Luft. Silvan schaute auf seine Schuhe. Das linke Steigeisen war weg, die Lampe, die er um sein Handgelenk gebunden hatte, ebenfalls. Seine Kleider waren klatschnass, seine Finger gefroren, er konnte sie bereits nicht mehr bewegen. Albin beobachtete ihn und fragte sich, wie sie wieder aus dem Gletscher hinauskommen sollten.

TEIL 5

20. Juli

Noah begutachtet jene zwei Kilometer des Eden-Zaunes, die bereits mit dem Brandschutzsystem ausgerüstet sind. Seit Linus' Rettung sind vier Tage vergangen, die Arbeiter sind gut vorangekommen, trotzdem wird die Zeit bis zum Ablauf des Ultimatums knapp. Nur noch fünf Tage. Wenn nichts Unvorhergesehenes geschieht, könnte es reichen. Noah erreicht die Stelle, wo gerade gearbeitet wird, zwei Monteure stehen auf Leitern und befestigen mit Stahlschellen ein Sprührohr, zwei Handlanger bereiten das nächste vor. Noah schaut ihnen eine Weile lang zu. Zumindest verfügt *Pure Water* über verlässliche Arbeiter, das muss Noah Alberto widerwillig zugestehen.

Alberto ist Agnes' Exmann.

Er verliebt sich eben in sie.

Nicht die Art von Beziehung, die er sonst zu seinen Kunden pflegt. Alberto wird er deswegen nicht anders behandeln, der mag ein verantwortungsloser Vater und Ehemann sein, doch für Noah zählt nur, ob Alberto seine Arbeit pflichtbewusst erledigt, ob er die versprochene Geschwindigkeitsprämie wirklich anstrebt. Das tut er – so wie Noah Alberto erlebt hat, strebt dieser eine Karriere bei *Pure Water* an.

Noah umrundet den unteren Bogen des Eden-Zaunes, überquert den gerodeten Streifen und schlägt sich in die Büsche. Früher ist er hier mitten in der Auenlandschaft gestanden, hat sich einst vielleicht an denselben Baum wie jetzt gestellt, den Blick damals auf unzählige sich verästelnde Wasserläufe. Übrig geblieben sind nur einige trockene Gräben.

Nachdem er sich erleichtert hat, dringt er tiefer in den Wald hinein. Der alte Zauber wirkt sofort. Als wäre er wieder das Kind auf Entdeckungsreise. Mit dem Vater sei er hier noch herumgestreift. Lucrezia hat es ihm erzählt, er selbst erinnert sich nicht mehr.

Er fühlt sich einfach geborgen hier, das unterscheidet diesen Ort von allen anderen.

Weit vor ihm verschwindet ein Schatten zwischen zwei Büschen. Ein Tier? Oder einer der Erpresser, der das Resort beobachtet? Vorsichtig schleicht er weiter, nach fünfzig Metern bleibt er wie angewurzelt stehen. Also gibt es doch Wölfe im Flischwald! Das Tier starrt ihn unverwandt an. Noah erkennt an seiner Körperhaltung, dass der Wolf weder aggressiv noch verängstigt ist, als begegne er öfter Menschen. Noah lässt sich langsam auf die Knie nieder, begibt sich auf Augenhöhe mit dem Tier. Ein Männchen, nach Noahs Gefühl noch jung, sein Fell spielt ins Schwarze. Jetzt, da Noah auf dieselbe Größe geschrumpft ist, wendet der Wolf sich ihm zu. Ihre Blicke treffen sich, Noah ist von den goldgelben Augen fasziniert, dennoch wendet er sich seitlich ab, zeigt dem Wolf nicht zu viel Interesse. Er nähert sich prompt, wie Noah aus den Augenwinkeln beobachtet, tänzelt auf ihn zu, scharrt mit den vorderen Pfoten auf dem Boden, weicht wieder zurück, wiederholt den Tanz, als fordere er Noah zum Spiel auf. Dieser reagiert nicht. Der Wolf beäugt ihn aufmerksam, dann setzt auch er sich auf seine Hinterläufe. Minutenlang bleiben sie so, geräuschlos, ruhig, jeder gespannt auf die nächste Aktion des andern.

Das Tier erinnert Noah an seinen Vater.

Oder sieht er bloß das eigene Spiegelbild?

Zieh mich aus dem Bach, Vater, ich ertrinke!

Er erinnert sich nur an Vaters Hand. Nicht an das Gesicht.

Nein, bleib hier, bleib noch ein bisschen!

Zu spät. Der Wolf hat sich umgedreht, Augenblicke später ist er zwischen den Bäumen verschwunden.

Leisas Blick bleibt argwöhnisch.

»Und du hast wirklich keine Angst gehabt, nachts allein in der Höhle?«

Linus kann ihr die Skepsis nicht verübeln, in jeder anderen vergleichbaren Situation hätte er sich zu Tode gefürchtet. Der Grund für seine Ruhe ist die fast feierliche Stimmung in der Höhle gewesen, die Kühle, die Stille, das diffuse Licht, wie in einem Tempel. Kann er das Leisa erklären? Zu gefühlig. Linus ärgert sich ohnehin über seinen dummen Versprecher eben, vier Tage lang hat er dichtgehalten, wie die Mutter und Noah ihm geraten haben, er hat Leisa nichts von der Felsgrotte erzählt, stattdessen die Ausrede von einer kniffligen Wand bemüht, in der er hängen geblieben sei. Schändlich genug! Ihre Anteilnahme ist ihm trotzdem sicher gewesen, das hat ihm Lucrezia gleich nach der Rettung brühwarm erzählt. Er solle aber demütig bleiben und Leisas offensichtliche Zuneigung nicht gleich wieder aufs Spiel setzen. Linus hat sich daran gehalten, bis zu dieser Unachtsamkeit eben.

»Aber du erzählst niemandem davon, nicht mal deinen Eltern, ich habe geschworen, dass keiner davon erfährt.«

»Du sagst mir dafür alles über diese Erpresser!«

»Welche Erpresser?«

»Ich bin nicht blöd!« Leisa berichtet ihm vom Zettel, den sie am Tor gefunden und Lucrezia abgegeben hat. Schon steckt Linus im zweiten Dilemma.

»Auch davon darf ich …«

»… nichts verraten. Ach, komm, ich lebe doch praktisch in Eden.«

»Zum Glück.«

»Höre ich da ein Kompliment heraus? Zu wessen Glück genau?« Sie ist dicht vor ihm stehen geblieben. Linus wird vorsichtiger.

»Na – zu … unserem Glück.«

»Unser? Dann bin ich also ein Glück für … sagen wir … Lucrezia?«

»Sie findet dich unterhaltsam.«

»Natürlich. Und was ist mit dir?«

Ihr Finger landet auf seiner Brust und bleibt dort. Festgenagelt. Was die Mädchen auch immer hören wollen! Und wo ist Lucrezia, wenn man ihren Rat wirklich braucht? Soll er Leisa sagen, was er fühlt? Wird sie dann schnippisch oder so?

Im Grund weiß er, was Lucrezia raten würde: Sag es ihr, aber nicht zu deutlich. So dass sie sich freut, aber trotzdem noch mehr hören will?

»Weil ich …«, sagt Leisa ihm den Anfang des Satzes vor.

»Weil … es hier ohne dich ganz schön langweilig wäre.« Reicht das?

»Nur deswegen?«

Reicht nicht.

»Gesellschaft findest du auch in Plon«, sagt sie eingeschnappt. »Dafür brauchst du mich nicht.«

»Aber nicht so … hübsche.«

Das gefällt ihr, sehr sogar.

»Dein erstes Kompliment!« Sie legt einen übertriebenen indianischen Freudentanz hin, nur um sich gleich wieder vor ihm aufzubauen.

»Hat doch nicht wehgetan!« Der Finger landet wieder auf seiner Brust, diesmal etwas weniger forsch, fast zärtlich.

»Heißt das zum Beispiel auch, dass du mich gern … küssen würdest?«

»Schon.«

»Mach mal.«

Er drückt seine Lippen auf ihre, nicht zu ungeschickt, hofft er. Nach genau vier Sekunden löst er sich wieder.

Bevor er weiß, wie ihm geschieht, spürt er ihre Hand in seinem Nacken, ihre Lippen auf seinen, sie teilen sich, ihre Zunge dringt in seinen Mund, sucht seine, die erst nur zögerlich antwortet, verwundert ob der ebenso ungewohnten wie zarten Berührung, bald aber munterer wird. Andere seiner Körperteile auch.

Wie er damit umgehen soll, kann er schlecht Lucrezia fragen.

Er ist fast dankbar, dass Leisa sich wieder von ihm löst.

Sie schaut ihn durch ihre Haarsträhnen hindurch schelmisch an. »Heißt das kurz zusammengefasst, du möchtest mit mir gehen?«

»Wenn möglich.«

Sie lacht, ihre Lippen stehen ein bisschen offen und glänzen einladend.

»Doch, doch, ich glaub, das ist möglich. Komm!« Sie schlüpft unter seinem Arm hindurch, legt ihn sich auf die Schultern und schlingt ihren um seine Hüfte. Eng aneinandergeschmiegt spazieren sie an Lucrezias Bungalow vorbei.

Die sitzt am Computer und hat sich eben beim Arzt zur Visite eingeloggt, die Blutdruckmanschette sendet ihre Daten an den Computer. Sie lächelt. Die Liebe in Eden treibt seltsame Blüten, bei Agnes und Noah im Verborgenen und etwas verdrängt, bei den zwei Jungen für alle sichtbar. Sie versagt sich einen Seufzer. Eine verrückte Welt, die da um sie herum zerfällt. Mit dem Arzt spricht sie mittlerweile per Skype 204; eben hat WebNews die neuen Zahlen zum Meeresanstieg bekannt gegeben, eine Korrektur nach oben, neunzig Zentimeter seit dem Nulljahr 2010, bye-bye Washington, Lower Manhattan und Miami; aber hier, in ihrem kleinen

Paradies und überall, wo noch ein Mädchen und ein Junge auf einem Spaziergang erste Gemeinsamkeiten und körperliche Unterschiede entdecken, ist es, wie es immer gewesen ist: Die Welt ein einziges buntes Karussell, in ihrer Mitte eine Zuckerwattekugel, kein Platz für Dritte. Die bleiben draußen, unsichtbar, so wie ihr Doktor, der eben die Dosierung ihres Blutdruckmittels erhöht und den Verdacht vom letzten Mal bestätigt, ihre Zuckerwerte seien auch diesmal leicht erhöht, es werde als erster Schritt wohl notwendig, ihre Ernährung anzupassen. Während er ihr dies eröffnet, schaut er neben seiner Webcam vorbei, als beobachte er dahinter den Bauchtanz seiner Praxishilfe. Haben Ärzte heute noch Gehilfinnen? Oder nur Informatikassistenten? Roboter?

Womit auch der letzte Frauenberuf Geschichte wäre.

Lucrezia wettert vor sich hin, als sie die Verbindung endlich gekappt hat. Das heißt, dass sie sich weiterhin mit diesem verhassten Gerätchen den Daumen blutig löchern muss. Man wird nicht ungestraft siebenundsiebzig Jahre alt. Zu alt, um die Ernährung noch umzustellen, Herr Doktor! Trotz und Mutlosigkeit halten sich die Waage. Sie stemmt sich aus ihrem Sessel hoch, begleitet vom obligaten Seufzer, und geht zum Herd, denn Agnes hat sich zum Essen angemeldet, worauf Lucrezia sie auch dazu eingeladen hat.

Zwei Stunden später schiebt Agnes den Teller beiseite. »Wunderbar, Lucrezia! Wenn du deine Capuns nicht ins Wallis importiert hättest, wär ich deswegen ins Bündnerland ausgewandert.«

»Sei froh, dass Mangold zu jenen Pflanzen gehört, die Feuchtigkeit und Hitze im Übermaß ertragen.«

Lucrezia räumt ab, ihr Blick misstrauisch.

»Und weil du Capuns so magst, isst du nur einen halben Teller?«

»Ich bin nicht mehr die Jüngste, ich muss langsam auf mich schauen.«

Was aber gar nichts mit Noah zu tun hat!, denkt Lucrezia, während sie die Teller zur Kochnische trägt.

»Kaffee?«

»Gern.«

»Koffeinfrei wahrscheinlich, in deinem Alter, Agnes!«

»Witzig! Hast du etwas über das grüne Licht herausgefunden?«

Die seltsame nächtliche Luftspiegelung lässt Agnes nicht mehr los. Sie hofft, dass Lucrezia in der Zwischenzeit fündig geworden ist. Wenn jemand, dann sie, sie verwaltet das Archiv von Selma Bohrer, die einst alle alten Sagen und Geistergeschichten gesammelt und etliche davon veröffentlicht hat. In Lucrezias Bungalow lagern zudem jene Geschichten, die nach Selmas Tod unveröffentlicht geblieben sind.

Lucrezia hantiert an der Kaffeemaschine.

»Liegt es an meinem Gerät, oder gab es in letzter Zeit Klagen über die Leistung der neuen Sonnenkollektoren?«

»Nein, im Gegenteil.«

»Dann ist es die Maschine, die nicht … doch, jetzt läuft sie! Vielleicht hätte ich sie von Anfang an einschalten sollen.«

Lucrezia kichert in sich hinein, Agnes schmunzelt. Ihr Blick fällt auf die unvollendete Steinskulptur neben der Tür. Erstaunlich, wie viel Humor Lucrezia behalten hat.

Sie bringt die Tassen zum Tisch.

»Dann nimmst du auch keinen Zucker mehr in den Kaffee, nehm ich an.«

Agnes stöhnt innerlich auf. »Daran habe ich gar nicht gedacht, wäre wohl sinnvoll.«

»Der Arzt hat's mir eben auch verboten.«

»Deshalb nimmst du nur zwei Stück?«

»Ich bin zu alt für Ratschläge. Aber du musst halt erst Noah fragen!«

Diese Hexe! »Hast du mit ihm über uns gesprochen?«

»Seit wann sprechen Männer über so was?«

»Warum weißt du dann Bescheid?«

Lucrezia schüttelt bloß den Kopf. »Warum? Weil du plötzlich abnehmen willst, während wir von Erpressern und Geisterlichtern umgeben sind; weil deine Augen leuchten, als hättest du plötzlich die Vorzüge monatelanger Trockenperioden für unser Resort entdeckt; weil die Kleider, die du trägst, zum ersten Mal seit dem Untergang von Amsterdam zueinanderpassen; oder weil ich zum ersten Mal, seit Linus auf der Welt ist, Schminke in deinem Gesicht sehe.«

»So offensichtlich?«

»Ja. Außer für blinde Taubstumme und Verliebte, Noah hat es wahrscheinlich nicht gemerkt.«

»Und was sagst du dazu, *Gotta?*«

»Ich weiß es nicht.«

»Du kennst uns beide seit der Kindheit.«

Gerade deswegen, was soll sie schon sagen? Agnes ist wie eine Tochter für sie, Noah das Patenkind. Sie hat Severin geliebt, und Noah hat viel von seinem Vater geerbt. Abgesehen davon kennt sie ihn nicht wirklich, Noah ist ein Blatt im Wind, und der hat ihn in den letzten zehn, zwanzig Jahren meist von ihr weggetragen. Woher soll sie also wissen, ob die beiden zusammenpassen. Dagegen spricht allerdings auch nichts.

»Findet es heraus, würde ich vorschlagen.«

»Das ist alles?« Agnes hat sich eine klarere Antwort erhofft. »Ist kein schlechter Rat. Ob er dich mag, wirst du dann schon sehen.«

»Ich weiß nicht.«

»Lass dir keine Chance entgehen. Das meine ich ernst, Agnes, schau mich an. Nach Peider und Severin hätte ich es nochmals versuchen müssen, egal, wie sehr mir das Leben mitgespielt hat. Ich habe niemanden mehr gefunden. Wenn du den richtigen Moment verpasst, vergeht die Zeit schneller, als du wahrnimmst.«

»Sag ihm das, Noah ist ein Nomade, der wird nie sesshaft! Das scheint bald für alle die neue Lebensform zu werden, aber mir sagt sie nicht zu.«

»Sprich mit ihm. Auf mich wirkt er nicht wie einer, den es schnell wieder wegzieht.«

»Könntest du nicht etwas nachhelfen?«

»Agnes! In solche Dinge mische ich mich nicht ein. Nie.« Lucrezia verkneift sich ein Lächeln.

»Und sonst, hast du schon was herausgefunden?«

»Ach, wegen dieses grünen Lichts … Es kommt vor in Selmas Papieren, aber nie als eigenständiges Element einer Geschichte. Nur als Begleiterscheinung, du weißt das ja selbst. All diese *Graatzüge* werden begleitet von einem grünen Schimmer, vielleicht, weil solche Phänomene meist in Vollmondnächten angesiedelt wurden.«

»Ein Polarlicht, wie wir es beschrieben haben, hat Selma nie erwähnt?«

»Nein. Grünes Licht gibt es abgesehen von den Geister- und Totengeschichten nur noch im Zusammenhang mit Kristallen, denen oft auch Zauberkräfte zugeschrieben werden. Aber der Vergleich mit dem Polarlicht ist auch nicht so verkehrt, womöglich habt ihr ein neues Naturphänomen entdeckt, für das es eine physikalische Erklärung gibt. Oder eine hausbackene, wie meine: Weshalb sollte sich nicht sogar das Polarlicht an den Polen aus dem Staub machen, wo doch selbst die Eiskappen schmelzen und die letzten Fließgletscher bald im Meer ersaufen?«

»Ich hatte übrigens heute Morgen einen Streit mit Albin. Einen heftigen.«

»Weswegen.«

»Er will Eden verkaufen.«

»Überrascht dich das?«

»Dich nicht? Ich solle es mir ernsthaft überlegen, er will zumindest seine Hälfte veräußern, und er hat nicht den Eindruck gemacht, als begnüge er sich mit dem bisschen Geld, mit dem ich ihn abfinden könnte. Hätten wir nicht per *Toolbook* gestritten, wär ich ihm an die Gurgel, das kannst du mir glauben! Was bildet der Herr Superstar sich ein? Jettet das halbe Leben durch die Welt, während ich mich hier zu Tode schufte und er keinen Finger krumm macht. Aber jetzt will er sich seine letzten Jahre vergolden, dieser verwöhnte, rückgratlose Proforma-Künstler, der doch nicht mal …«

»Immer ruhig, er ist dein Bruder.«

»Halbbruder. Hat er dir etwas davon gesagt?«

»Nein. Ich hätte es ihm auch nicht geglaubt.«

»Was?«

»Dass er wirklich verkaufen will. Er steht bloß am letzten Wendepunkt und prüft die Optionen, die ihm geblieben sind.«

Zwei Tassen später verabschiedet sich Agnes. Nachdenklich geht sie auf dem Rundweg zurück. Um Albins Verrat wird sie sich frühestens kümmern, wenn dieser vom See zurück ist. Sie unterdrückt ihre aufflackernde Wut, zwingt die Gedanken in eine andere Richtung. Nichts von dem, was Lucrezia in Selmas Geschichten gefunden hat, ist ihr neu. Das grüne Licht bleibt unerklärlich. Im Grund braucht Agnes gar keine Deutung, sie ahnt, dass alles miteinander zusammenhängt. Ihre Träume, das Licht, das Vermächtnis ihres Vaters … Es ist kein Zufall, dass die Lichtsäulen aus einem Punkt über dem See hochgestiegen sind. Als hätte ihr jemand zeigen wollen, wo Linus war.

Haben wir eure Ruhe gestört, Selma?

Was sie nicht in den Griff bekommt, sind ihre Ängste. Jede Nacht landet sie in derselben Traumlandschaft, eine Art Talkessel, unsichtbare Fesseln halten sie fest, sie kann sich nur im Kreis bewegen, die Flucht vor den dunklen Schatten, die von allen Seiten auf sie zukommen, ist unmöglich. Die Zahl ihrer Bedroher versetzt sie in solche Panik, dass sie keuchend, manchmal gar schreiend erwacht, noch bevor die ersten Hände nach ihr greifen. Das eine Mal ist sie nicht erwacht, die Gestalten haben einen Findling zur Seite geschoben, und aus dem Abgrund, der sich darunter aufgetan hat, sind neue Gestalten gekrochen.

Nie ist Albin seinem Vater so nahe und so fremd zugleich gewesen. Als führe er weiter, was Silvan und die Bohrers vor ihm begonnen haben! Er, im Gegensatz zu allen anderen, widerwillig. Das schwarze Schaf eben. Wütend schwingt er den Pickel in die Höhe und donnert ihn in die trockene Erde; zum hundertsten Mal, mit demselben mickrigen Resultat. Seine Wut auf Agnes klingt nur langsam ab. Es muss doch erlaubt sein, das eine oder andere in Frage zu stellen! Sosehr er das Resort und die Arbeit seiner Schwester bewundert, so suspekt wird ihm Eden allmählich. Die Kluft zwischen der ursprünglichen Idee seiner Eltern und dem, was daraus entstanden ist, verbreitert sich. Eden ist auch bloß eine weitere Luxusinsel, von denen es in Europa viele gibt. Er macht Agnes deswegen keine Vorwürfe, die Entwicklung ist unumgänglich gewesen. Natürlich ist Eden für sie etwas Spezielles, aber deswegen den Verkauf an einen der globalen Resort-Konzerne ausschließen? Die könnten Eden mit ganz anderen Mitteln schützen als er mit seinem jämmerlichen Pickel.

Seine erste körperliche Arbeit seit Jahrzehnten nervt ihn, zugleich kann er sich ihrem Reiz nicht verschließen. Sie gibt ihm eine Vorstellung davon, was Agnes wirklich verkaufen müsste. Jeder Kännel, den er hier verlegt, führt ihm vor Augen, was seine Vorfahren im Gesamten geschaffen haben, die kurze Wasserleitung, die er baut, ist im Vergleich zu deren Werken nicht der Rede wert. Er verwendet die Ersatzkanäle, die für Reparaturen an der Eden-Bewässerung vorgesehen sind, allerdings ohne die eingelegten Spezialleitungen wie unten im Resort. Sie entsprechen jenen Holzkänneln, die im Wallis schon vor hundert Jahren durch Metall- und später Kunststoffleitungen abgelöst worden sind. Es kommt ihm mittlerweile vor, als arbeite er in einer Zeitkapsel. Zwei Tage nach Linus' Rettung ist er hier heraufgezogen, seither übernachtet er in einem von Noahs Instant-Zelten, damit er jeweils in den frühen Morgenstunden arbeiten kann, solange die Temperaturen erträglich sind. Trotzdem fordert die Arbeit seinem untrainierten Körper alles ab. Die Leitung führt von der Hufeisenwiese unter dem Bärentritt über Geröllfelder und Alpsteppen zur Schulter der Flischschlucht, wo das Wasser des unterirdischen Sees in die Flisch und letztendlich in den Schluchtsee gelangen soll. Normalerweise hilft ihm Noah, heute ist er unten im Resort und kontrolliert die Arbeit am Bewässerungssystem. Albin ist einsames Arbeiten nicht gewohnt, das pure Gegenteil zu seinem Job! Filmsets sind wie Pfadfinderlager, in einer Zeit, in der es längst keine Pfadfinder mehr gibt. Albin wirft den Pickel beiseite, mit dem er den Graben für den nächsten, bereitliegenden Kännel gezogen hat. Er hat mit Noah die Arbeit für diesen Tag so vorbereitet, dass er allein zurechtkommt. Nun wuchtet er zuerst das obere Ende des Kännels in den Graben, dann das untere. An die Außenseite schraubt er das Verbindungsstück zum nächsten Kännel. Leise stöhnend richtet er sich auf, seinem Rücken bekommen die Arbeit und die Nächte hier oben noch weniger gut als seinem Kopf. Er legt den

Solarbohrer beiseite, holt die Trinkflasche und leert sie, ohne abzusetzen. Sein Blick verfolgt die imaginäre Linie zwischen Bärentritt und Schlucht, die er gemeinsam mit Noah festgelegt hat. Ein Drittel der Leitung ist gelegt, in drei Tagen muss sie bereit sein, rechtzeitig vor Ablauf des Ultimatums. Danach muss die Leitung unsichtbar werden. Seit Jahrzehnten hat in der Schweiz kein Privater mehr das Recht, neue Wasservorkommen für sich selber zu nutzen. Üblicherweise werden auch keine Reserven mehr gefunden, umso begehrter ist dieses Seewasser für jeden, der die Hand darauf legen kann. *Pure Water* hätte eine weitere Quelle, um ihr famoses Flaschenwasser abzufüllen und dort zu verscherbeln, wo gerade wieder ein neuer Markt entsteht, in Osteuropa etwa, dieser neuesten der Dritten Welten.

Der See macht das Resort fast unbezahlbar, das ist Agnes zu wenig klar. Sie könnten die Bedingungen diktieren, in den Verträgen beispielsweise festlegen, wie das Resort weitergeführt würde, mit Agnes, wenn sie dies möchte. Alles bloß Verhandlungssache! Eden bestünde weiter wie bisher, doch bei einer Bedrohung wie jetzt würde ein Anruf genügen, und eine der mobilen Privatarmeen wie jene von *Pure Water* wäre zur Stelle.

Oder ein Bautrupp, der ihm die Arbeit hier abnehmen würde.

Sobald die Notsituation ausgestanden ist, wird seine schöne Leitung ohnehin verschwinden. Er hält überrascht inne. Weshalb schmerzt ihn diese Vorstellung jetzt plötzlich? Empfindet er doch Freude an seiner Arbeit? Albin schüttelt den Kopf, all seine Gedanken und Empfindungen laufen heute auseinander. Weitere Anzeichen dafür, dass er sein Leben ordnen sollte. Was bringt ihm ein weiterer Film, der gerade mal einige Tage, im besten Fall Wochen im Web Bestand hat? Seine Filme bieten dem Publikum bestenfalls einige Momente der Zerstreuung, und ihm selbst den Lohn und den Status, damit er weitere Monate in Saus und Braus leben kann.

Will er das, oder hat doch Agnes recht? Er könne hier viel bewegen, indem er mithelfe, Eden durch einen weiteren unerträglichen Sommer zu bringen, neue Wasserreserven zu erschließen. Wozu denn?, hat er gefragt, und die Antwort von Agnes hat ihren Streit erst richtig ausgelöst.

»Für Linus!«, hat sie gesagt. »Für Leisa. Für all die Kinder, deren Zukunft wir zerstört haben, unsere Generation und die vorherige.«

Er nimmt den Pickel vom Boden auf, gräbt das Bett für den nächsten Kännel. So gleicht er die Unebenheiten des Geländes aus, die Kännel werden zugleich verankert, damit sie der Wasserdruck später nicht auseinanderreißt. Der Schweiß läuft Albin in Strömen über das Gesicht, bald wird er sich in den Schatten zurückziehen müssen.

Und was soll er mit seiner neuesten Eroberung anstellen? Wenn er ehrlich ist, wurde sein Interesse an der Schauspielerin erst durch ihren unverblümten Wunsch nach Kindern geweckt, nach einem Partner, der diese Sehnsucht teile, wobei sie ihm klargemacht hat, dass sie ihn für den einzig Richtigen hielt. Er, der sich zeitlebens nicht mal für eine sexuelle Präferenz hat entscheiden können, für einen fixen Wohnort, einen festen Freundeskreis! Unbeständigkeit ist das einzig Konstante in seinem Leben. Das Gegenteil von dem, was Kinder brauchen. Er setzt sich auf einen Holzkännel. Albin Bohrer und Kinder!

Agnes traut ihren Augen nicht, als sie das Haupthaus betritt.

»Was ist das, *Herrgottstüfel?*«

Noah packt sie an der Hand und um die Taille, ungeachtet des Astronautenhelms auf dem Kopf, der Sauerstoffmaske und der zugehörigen Flasche, die er auf dem Rücken trägt, wirbelt er sie im Kreis herum. Weshalb, weiß er selber nicht.

Mit Rücksicht auf das ältere Paar aus Bungalow 3, das zwei Tage zuvor seine eiserne Hochzeit gefeiert hat, bricht er den absurden Tanz ab. Er zieht Agnes ins Bürozimmer hinter der Rezeption.

»Unsere letzte Versicherung, hätte ich fast vergessen.«

»Und wann brauchen wir die?« Agnes fällt auf, dass seine Hand noch immer auf ihrer Hüfte liegt, behält es aber für sich.

»Wenn rundherum der Wald brennt, wird der Rauch tödlich und der Sauerstoff knapp. Vor allem, wenn du weiterhin darauf bestehst, das Seewasser nicht anzurühren.«

Jetzt zieht er die Hand doch weg, stellt Agnes bedauernd fest. Weil er ihre Entscheidung nicht nachvollziehen kann? Wie soll sie ihm auch erklären, was sie selber nur ahnt.

Sie stößt ihn spielerisch weiter von sich weg.

»Es gibt Gelegenheiten, die sollte man nutzen, sobald sie sich bieten, mein Lieber. Und dann gibt es jene Dinge, die unbegrenzt verfügbar scheinen, mit denen man aber gerade deswegen zurückhaltend umgehen sollte.«

»Klingt fast wie ein Rätsel!« Er nähert sich ihr wieder. »Ich nehme mal an, den See zählst du zu jenen Dingen, die Zurückhaltung verlangen.«

»Ich bewundere deine logischen Fähigkeiten.« Seine Hand hat sie wiedergefunden, diesmal berührt sie ihren Arm.

»Dann bleiben noch die Gelegenheiten, die man nutzen sollte.«

»Richtig kombiniert.«

»Und eine solche Gelegenheit bietet sich … jetzt gerade?«

»Vielleicht. Übrigens brauchen wir zwei.«

»Zwei was?«

Sie schraubt den Sauerstoffschlauch aus seiner Maske und

setzt ihn an ihre Lippen. »Ich lass dich doch nicht allein im brennenden Wald.«

»Doch.«

»Warum?«

»Du hast ein Kind.«

Noah denkt weiter als sie. »Trotzdem, ich möchte dich …« Sie verstummt.

»Was?«

»Zieh endlich dieses Ding vom Kopf.«

»Warum?«

»Weil so kein Mensch vernünftig küssen kann.«

Fünf Minuten später fällt die Tür seines Bungalows hinter ihnen ins Schloss. Zehn Minuten später verklingt bereits ihr erster Höhepunkt. Sie lehnt mit dem Rücken an der Wand, seine Lippen auf ihren, seine Hand noch zwischen ihren Beinen. Sie will die Initiative an sich reißen, doch bevor sie weiß, wie ihr geschieht, hat er sie um ihre eigene Achse gedreht, ihr das Top ausgezogen, das er nun mit einer fließenden Handbewegung um ihren Kopf schlingt.

Der dunkle Stoff legt sich weich über ihre Augen.

Seine Hände öffnen flink ihren Büstenhalter, sie steht halbnackt vor ihm, die Hände gegen die Wand gestemmt. Er entfernt sich von ihr. Was tut er bloß, sie will ihn spüren, jetzt, sofort, sie hat lange genug gewartet! Sie ist ungeduldig, doch zu ihrer Überraschung merkt sie, wie die Verzögerung ihre Lust noch steigert. Wenn sie die Geräusche richtig deutet, zieht er sich aus. Sie hat das unbestimmte Gefühl, sie sollte ihm verbieten, was er als Nächstes vorhat, zugleich will sie wissen und fühlen, was es ist. Seine Hände kehren zurück, erkunden auf unverschämt verspielte Weise ihren Körper, als sie schwach protestiert, hebt er sie hoch, trägt sie ein Stück weit, sie landet sanft auf dem Bett. Er öffnet den schmalen Gürtel, der ihren Wickelrock auf der Taille hält, dann hört sie, wie er eine Schublade öffnet. Sie tastet nach Noah, ihre Hand gleitet über seine nackte Brust hinab, bevor sie vorwitzig werden kann, entzieht er sich ihr, seltsame Schnüre berühren plötzlich ihre Handgelenke, weich, unnachgiebig. Er bindet ihre Hände über ihrem Kopf zusammen und macht sie dann irgendwo am Bett fest.

Ihre plötzliche Wehrlosigkeit erschreckt und erregt sie zugleich.

»Das war aber nicht abgesprochen«, flüstert sie.

»Hätte ich um Erlaubnis fragen sollen … Chefin?«

»Ja. Hast du die Fesseln immer dabei?«

»Das sind doch keine Fesseln! Und die Chefin bist du nur bei der Arbeit.«

Sie überlegt, ob sie ihre Beine wie eine Schwingerin um ihn schlingen soll. Das brächte ihn nur darauf, dass es an ihr noch mehr zu fesseln gäbe …

»Ich nehm dir nur für einige Minuten die Verantwortung ab«, flüstert er ihr ins Ohr. »Meinst du, das hältst du aus?«

»Schau zu, dass du es selbst aushältst.«

»Gegen alles geimpft?«

»Ja. Aber keine Pille.«

»Ich schon.«

Hat sie von ihrem Nomaden etwas anderes erwartet? Vom mobilen Katastrophenhelfer, der stets schon die nächste Destination anpeilt? Vergiss die Eifersucht, Agnes, du hast kein Recht auf seine Treue. Noch nicht.

Er zieht ihr den Slip aus, seine Finger wagen sich weit vor. Sie verdrängt alle Bedenken, lässt sich fallen, bereut es Sekunden später wieder, weil fast nicht auszuhalten ist, was er mit ihr tut. Seine Zunge ist überall. Doch ist es wirklich nur die Zunge, die sie an den überraschendsten Orten reizt, manchmal federleicht streichelt, mal mit Nachdruck massiert? Nur um sie sogleich zappeln zu lassen, er berührt sie so lange nicht, bis sie nicht mehr weiß, wohin mit sich. Ihre Hände zerren an den Fesseln, sie schneiden tief in ihre Haut, obwohl sie zu Beginn doch fast elastisch gewirkt haben. Sie kann sich selber nicht mehr befreien, ist Noah ausgeliefert, sie kann nicht mal die Augenbinde abstreifen, sieht nur seine Silhouette und stellt sich stattdessen vor, welches Bild sie ihm jetzt bietet, ihr Körper seinen Blicken, seinen Berührungen ausgeliefert. Es macht ihr erstaunlicherweise nichts aus, im Gegenteil, sie windet sich in fieberhafter Erwartung seiner nächsten Annäherung entgegen.

Die kommt prompt dort, wo sie es nicht erwartet.

Er treibt das Spiel weiter und sie an den Rand des Erträglichen, ihr Stöhnen ist laut genug, um das ganze Resort zu alarmieren, denkt sie, wenigstens sind ihre Beine frei geblieben. Im selben Moment umklammern seine Hände ihre Fußgelenke, Noah gleitet Mal für Mal über sie hinweg, seine Zunge wird zielstrebiger, endlich konzentriert er sich auf die eine, empfindlichste Stelle.

Sie kann plötzlich ihre Hände herunternehmen, auch wenn sie noch aneinandergebunden sind.

»Beiß hinein!«

»Was?«

»In die Fessel!«

Sie tut es, widerwillig erst, doch kaum berühren ihre Zähne die Schnüre, gesellt sich sein Mund dazu, seine Zunge trifft ihre und befeuchtet zugleich das Material, das verführerisch nach Honig schmeckt, wie sie jetzt feststellt, und auseinanderfasert, kaum dringt die Feuchtigkeit in die Schnüre ein.

»Ein Mitbringsel aus Marokko.«

»Schmeckt süß … die Freiheit.«

Kaum hat sie es gesagt, sprengt sie die letzten Schnüre, ihre Fingernägel ziehen sogleich Furchen in seinen Rücken, dann rächt sie sich an seinem Hintern und dreht ihn endlich unter sich, sie hat ihn überrumpelt, streift blitzschnell ihre Augenbinde ab und schlingt sie um seine Handgelenke.

»Du solltest wissen, dass ich die letzte Verantwortung nie abgebe!«

Sie hat sich auf ihn gesetzt, er wehrt sich halbherzig, sie schnürt seine Hände an den Bettrahmen. In Zukunft wird er diese Fesseln nur noch mit ihr verwenden, dafür wird sie sorgen! Ihre kreisenden Bewegungen werden schneller, ihr Atem geht hart, passt sich seinen ungestümen Stößen an. Er hält das Tempo nicht lange mit, seine Zuckungen verraten, wie weit er ist, sie lächelt, lässt ihn für einige Momente hängen, so wie er sie zuvor, und erhöht den Rhythmus genau dann, als er es nicht mehr erwartet. Er weicht ihr halb aus, sie lässt es nicht zu, ihre Oberschenkel klammern ihn fest, doch nun manipuliert sie ihn nur noch mit sanften Bewegungen ihrer Beckenmuskeln, jede einzelne entlockt ihm ein widerwilliges Stöhnen, bis er jede Beherrschung verliert.

Etwas später legt sie ihre Lippen sanft an sein Ohr. »Du darfst noch einmal Chef spielen, wenn das Blut wieder in deine Hände zurückgekehrt ist.«

Noah ist unter der Dusche, als das Klopfen Agnes aus dem Halbschlaf weckt. Ein Zettel wird unter der Tür hindurchgeschoben.

Mit einem Satz ist Agnes bei der Tür. Nur Lucrezia kann wissen, dass sie bei Noah ist. Sie ahnt schon, worum es geht, bevor sie den Zettel auseinanderfaltet.

Verehrte Besitzer des Eden-Resorts

Sie erscheinen uns fast rührend, Ihre Bemühungen, das Resort vor Feuer zu schützen. Die Rodungen sind schnell vorangeschritten, wie wir sehen, und Ihr Löschsystem entlockt uns ein Schmunzeln.

Warum nicht Tropfen auf heiße Steine sprühen …

Vergessen Sie ob all Ihrer Anstrengungen nicht: Schleuse auf, Punkt 24 Uhr, in der Nacht vom 25. auf den 26. Juli. Bis dahin bleiben fünf Tage.

Das Wasser gegen den Wald. Ein faires Geschäft, will uns scheinen.

Freundlich grüßt von unbekannter Seite

Keine Unterschrift, wie immer.

21. Juli

Agnes verlässt das Haupthaus, die Bergschuhe an den Füßen, der Rucksack mit Proviant gefüllt. Ihr Sohn und ihr Geliebter sitzen einträchtig auf der Treppe. Irritiert und berührt zugleich bleibt sie stehen.

»Und das soll funktionieren?« Linus deutet skeptisch auf die Rohre, die sie gleich zum Bärentritt hochbuckeln werden.

»Schon mal vom Prinzip der archimedischen Schraube gehört? In dieser geschlossenen Röhre verbirgt sich die Spiralschraube, sie wird von einem kleinen Solarmotor angetrieben, die breiten Gewindeflächen hier heben das Wasser dann aus der Höhle in die Kännel.«

»Diese Pumpe ist stark genug?«

»In Holland treiben sie damit sogar Mühlen an; oder sie benutzen die Schrauben zur Entwässerung, wenn das Meer ein Deichsystem überflutet hat. Es müsste also auch bei uns funktionieren.«

»Müsste?« Agnes tritt endlich hinzu.

»Es wird.«

Wieder fragt sich Agnes, ob sie Noahs Vorhaben verbieten soll. Wird sie die Kraft haben, auf das Wasser zu verzichten, wenn es erschlossen und damit verfügbar ist?

»Ich hole noch ein paar Gurte, um die Dinger zusammenzuschnüren. Hat sich Albin schon genügend erholt, um mitzukommen?«

»Er muss«, versetzt Agnes ungnädig.

»Er will«, vermittelt Linus.

»Gut. Wir brauchen jeden Träger.«

Noah geht und Linus will ihm hinterher, Agnes hält ihn

zurück. Kein günstiger Zeitpunkt für ein Mutter-Sohn-Gespräch, aber vielleicht der letztmögliche für längere Zeit. »Wir sollten etwas besprechen.«

»O nein.«

»Doch.«

»Wir müssen Noah helfen!« Linus ist nicht auf ein Gespräch erpicht, stellt Agnes fest. Hat er schon mitbekommen, was sich zwischen ihr und Noah entwickelt? Ist es ihm peinlich, oder hat er selbst etwas ausgefressen? Die Chance besteht jederzeit. Sie lässt einen Testballon steigen: »Müsstest du mir nicht etwas erzählen?«

»Ich? Warum ich?«

Weil ich von mir ablenken will, deshalb! Agnes rutscht unruhig auf der Steinstufe hin und her. Linus' Gesichtsausdruck spricht Bände, sein schlechtes Gewissen ist unübersehbar.

»Also?«

»Was soll das, Mutter, ich bin vierzehn!«

»Und?«, sagt sie, wie jedes Mal, wenn ihr Sohn mit dieser Floskel ein Gespräch verhindern will.

»Und sie ist fünfzehn. Wir passen schon auf.«

Agnes starrt ihren Sohn entgeistert an. Das ist so ungefähr das Gegenteil von dem, was sie besprechen will. Sie? Fünfzehn? Schnell stützt sie das Kinn in die Faust, um ihr Lächeln zu verbergen. Leisa, natürlich! Es hat also gefunkt zwischen den beiden, und wie, wenn er schon von »aufpassen« spricht! So weit ist es also schon … Schau ihn dir an, Lena, deinen Enkel, was sagst du nun? Die Sehnsucht nach ihren Eltern trifft Agnes unerwartet. Vier Jahre alt ist Linus bei Lenas Tod gewesen, *mi Purrliggäägger,* wie ihn die Großmutter damals genannt hat, sie, die dem urigen Ploner Dialekt sonst nur Fluchwörter entlehnte. Heute, fast unmerklich später, so scheint es Agnes, hat er sich verliebt, ihr kleiner, großer Sohn.

Stolz und Wehmut verklumpen zu einem Kloß in ihrem Hals, sie beherrscht sich, fehlt noch, dass sie zu weinen beginnt!

»Was jetzt?« Linus findet das lange Schweigen seiner Mutter unerträglich.

»Leisa also? Gut.«

»Was gut!« Linus versteht nichts mehr.

»Deine Wahl. Ich habe Leisa gern. Und ja, ihr solltet aufpassen, wie, muss ich dir ja nicht erklären.«

»Nein, danke!«

»Eben.«

»Ist das alles?« Linus schielt zur Mutter hinüber, deren Blick sich im schwefelgelben Himmel verliert.

»Fast.«

Hat er es doch gewusst, hinterher kommt die Predigt! Linus lehnt sich mit einem Seufzer zurück.

»Ich muss dir auch etwas beichten: Mir geht es genauso!«

»Wie bitte?« Verdutzt schaut Linus sie an.

»Ich bin auch verliebt?«

»Du? Aber du bist …«

»… zu alt, meinst du? Hast du nichts gemerkt? Wir beide waren in den letzten Tagen etwas sehr auf uns selbst konzentriert.«

»Ja, aber … Noah?!«

»Genau.«

»Und was soll ich dazu sagen?«

»Mir Glück wünschen, so wie ich dir mit Leisa. Was ist, hast du gedacht, ich bleibe für den Rest meines Lebens allein?« Logisch, ich ja auch, unterbricht sich Agnes in Gedanken, bevor sie den Faden wiederaufnimmt. »Mach dir keine Sorgen, es geht nicht darum, dass du einen neuen Vater kriegst, es geht nur um mich. Ich will einen neuen Mann. Diesen Mann!«

Noah tritt eben wieder aus dem Haupthaus und blickt zu ihnen herüber.

Linus erwidert den Blick, das Gesicht ein wenig verkrampft. Agnes knufft ihn in die Seite. »Na? Gibst du uns deinen Segen?«

»Ja, ja.«

Sie schaut ihm hinterher, als er davontrottet, mehr Begeisterung hat sie wohl nicht erwarten dürfen.

Lucrezia hat die Szene von der Rezeption her beobachtet. Als Albin herunterkommt, wischt sie sich schnell über die Augen.

»Hast du etwas im Auge?«, fragt Albin.

»Nein, aber es könnte ins Auge gehen, das Getue um das Seewasser.«

»Seit wann so pessimistisch?«

Seit meine Männer gestorben sind! Einen Augenblick lang ist sie versucht, die Wahrheit zu sagen, sie entscheidet sich für die schalkhafte Variante, obwohl sie weiß, dass ihr Schalk seit geraumer Zeit nur noch gespielt ist. Sie wird täglich ein bisschen müder, aber sie muss sich zusammenreißen, bis diese Sache hier ausgestanden ist, das ist nicht der Moment, zu schwächeln. Statt ihre eigene tätschelt sie beruhigend Albins Schulter.

»Schon mit siebzig habe ich eurem jugendlichen Optimismus abgeschworen.«

»War das nicht etwas verfrüht?«

»Frag dich am besten selber. Sie tickt!«

»Was?«

»Deine Uhr.«

»Ach, komm, schau mich an!«

»Eben. Die Uhr lässt sich nicht so leicht neu aufziehen wie dein Gesicht.«

»Das war unter der Gürtellinie.«

»Da beweg ich mich nicht mehr.«

»Im Gegensatz zu mir, meinst du?«

»Hier ist die Bestätigung. Ich hab immer gedacht, du beginnst spätestens im Alter mit dem Kopf zu denken!«

Er nimmt ihr die Notiz aus der Hand. »Versteh ich nicht, sie muss meine Nachricht falsch verstanden haben.«

»Hat wahrscheinlich zu viel jugendlichen Optimismus, deine Schauspielerin.«

»Sie will ein Kind.«

»Dann hat sie zwei für eins, wenn sie dich nimmt. Ich habe ihr gesagt, ich könne ihr die Reservation erst am sechsundzwanzigsten bestätigen.«

»Heute bist du unmöglich, ich gebe es auf.«

»Ich sag ja immer …«

»… ich habe keinen Biss, ich weiß. Ich muss mit den andern los.«

»Nur das noch, Albin: Was soll diese Geschichte mit dem Verkauf von Eden?«

»Ist doch eine Überlegung wert!«

»Du hast Agnes sehr verletzt.«

»Irgendwer muss hier doch mal an die Zukunft denken.«

»Ausgerechnet du?«

»Ja. Komm, wir besprechen das, wenn wir zurück sind.«

»Von mir aus. Aber ich erwarte, dass du dir den Verkauf bis dann aus dem Kopf geschlagen hast.«

»Erst muss ich mal die Wanderung überleben.«

»Gut so, du arbeitest auch schon daran.«

»Woran.«

»Am Alterspessimismus.«

»Oder Realismus?«

»Im Volksmund Weisheit genannt. Und damit wir uns richtig verstehen: Wir haben keine freien Zimmer mehr in nächster Zeit.«

Gleich zu Beginn des Anstiegs merken die vier, welche Tortur ihnen bevorsteht. Selbst im schattigen Flischwald kratzen die Temperaturen bereits an der Fünfunddreißig-Grad-Grenze. Auf dem letzten Stück zum Bärentritt werden sie der Sonne ausgeliefert sein. Alle sind mit Rohren und Werkzeugen bepackt, Noah trägt am schwersten, er verflucht seine Packung bereits. Zur Ablenkung von seinen Rückenschmerzen scannt er den Wald sorgfältig auf Dürreschäden. Das Moos entlang des Wanderwegs ist braun geworden, wenn seine Schuhspitzen dagegenstoßen, löst es sich vom Boden und zerfällt unter den Sohlen zu Staub; die Föhren tragen mehr braune als grüne Nadeln, ein bisschen Wind und Funkenflug, und das befürchtete Feuer wird munter von Baum zu Baum springen, der Wald in den Flammen förmlich explodieren. Noah trocknet den Schweiß, nimmt einen Schluck Wasser. Nur noch diesen Job, Eden ist das Ziel der langen Odyssee. Wenn das Resort überlebt. Er wird seine letzten Kräfte dafür mobilisieren.

Sie treten aus dem Schatten des Waldes, überqueren beim Entsander unterhalb des Schluchtsees den Eden-Kännel und warten, bis Agnes das obere Tor im Schutzzaun aufgeschlossen hat. Noahs Blick folgt den Bewässerungsrohren auf der Zaunspitze. Der Kreislauf des Löschsystems ist hier bereits geschlossen.

»Schaut mal, ist das Alberto?«

Linus' Worte alarmieren Noah. Erkennt man den Zweck ihres Ausflugs? Zeig einem von *Pure Water* eine Wasserpumpe, und er beginnt unter deinen Füßen zu graben! Linus und Albin tragen Teile der Schraube, Agnes die verhältnismäßig leichte Solarpumpe, bei ihm ragen nur normale Plastikrohre aus dem Rucksack.

»Los, weg mit euch, bevor er sieht, was ihr hier herumtragt! Moment: Wir flicken die Fassung der Eden-Quelle, werde ich ihm sagen, geht also zuerst den Quellenpfad hinauf!«

Sie tun es schnell und ohne weitere Fragen. Noah geht Alberto ein Stück am Zaun entlang entgegen, als inspiziere er die Löschrohre.

»Na!«

»Morgen, Alberto. Sieht gut aus hier, es scheint, als kommt ihr zeitlich durch!«

»Auftrag ist Auftrag und *Pure Water* ein Synonym für Zuverlässigkeit. Aber sag mal, was soll denn eure Prozession?« Neugierig schaut Alberto den drei andern hinterher, dann richtet er seinen Blick auf Noahs Rucksack.

»Bastelt ihr euch eine neue Wasserleitung?«

Noah lächelt innerlich. Da spazieren die Exfrau und der Sohn vorbei, doch Alberto interessiert sich bloß für die Wasserrohre, die sie in ihren Rucksäcken mitschleppen. Wirklich ein Musterangestellter von *Pure Water.*

»Wir müssen hinauf zur Eden-Quelle, die Wasserfassung flicken.«

»Ach, deswegen. Wann machen wir den Drucktest und die Schlussabnahme der Bewässerungsanlage?«

»Übermorgen. Dann bleibt uns noch Zeit für Verbesserungen, bevor ich abreise. Was tust du eigentlich hier oben?«

»Was wohl, ich kontrolliere, ob meine Leute gut gearbeitet haben.«

»Natürlich, ja. Was sonst.«

»Eben. Schönen Aufstieg noch!«

Noahs Blick bleibt an den Arbeitshandschuhen hängen, die in Albertos Gurt stecken.

»Sag mal, könntest du mir nicht einen Gefallen tun?«

Noahs leise Verlegenheit ist so gut gespielt, dass Alberto neugierig wird.

»Kommt darauf an …«

»Ich habe meine Handschuhe unten vergessen, bräuchte

aber dringend ein Paar oben an der Quelle, wenn ich die Plastikrohre zurechtschneide.«

»Nimm sie nur, es sind ohnehin meine ältesten!« Alberto streckt ihm die löchrigen Handschuhe hin.

Hauptsache, du hast sie getragen!, denkt Noah. Laut sagt er nur: »Danke, du kriegst sie zurück.«

»Nicht nötig!«, wehrt Alberto ab. »Bis bald also.«

Noah verabschiedet sich mit einem lässigen Handzeichen. Sobald Alberto außer Sichtweite ist, verstaut er die Handschuhe sorgfältig zuunterst in seinem Rucksack.

Lucrezias Laune ist schlecht, sie ist die Erste, die es zugibt. Gründe dafür gibt es genügend, wie meist. Die auszehrende Hitze reicht für einen verdorbenen Tag aus. Sie wird ihn an der Rezeption und im Büro verbringen. Noahs Auftrag ist unmissverständlich, aber wie soll sie für alle Eden-Gäste so kurzfristig Ersatzzimmer in Plon finden, für eine einzige Nacht? Die Entscheidung ist richtig, zweifellos, sie sollten Eden zum Ablauf des Ultimatums räumen, aber wie soll sie das den anderen Hotelbesitzern gegenüber erklären? Am besten hält sie sich an den spontanen Einfall von Agnes, sie müssten kurzfristig eine große Gesellschaft unterbringen. Klingt plausibel, im Gegensatz zu jenen Begründungen, die sie sich seither überlegt hat.

»Die sauren Äpfel sollen ja die gesunden sein«, murmelt sie. Eine Stunde später hat sie vierzig von zweiundfünfzig notwendigen Zimmerzusagen. Sie gönnt sich eine Pause, bevor sie sich wieder ins Ploner Hotelweb einklinkt und den Rest ihrer »großen Gesellschaft« einquartiert. Es geht leichter als gedacht. Beim nächsten Schritt wird sie überzeugender schwindeln müssen: Was sagt sie den Gästen?

Und wohin soll sie selber flüchten?

Sie hat Eden seit dem letzten Krankenhausbesuch nicht

mehr verlassen, zwölf Jahre dürften seither vergangen sein. Aber sie kann nicht hierbleiben, selbst sie muss einsehen, dass sie im Ernstfall hier nichts verloren hätte …

Muss sie das?

Sie will gar nicht gehen, ungeachtet der Gefahr. Sie wird in ihrem Bungalow bleiben, abwarten, was geschieht, und gewisse Entscheidungen anderen Mächten überlassen.

Wieder der Gedanke, der sie nicht mehr loslässt, seit der Sommer nur noch heißer wird: Es ist Zeit, sie hat genug.

Der Drucker stößt die Liste mit den reservierten Zimmern in Plon und im Plontal aus. Die Einteilung, wer wohin kommt, wird Lucrezia später streng nach Sympathie vornehmen.

Als sie vom Drucker an die Rezeption zurückkommt, steht Leisa am Tresen.

»Alles klar, Leisa?«

»Bestens. Musst du arbeiten?«

»Habe ich gerade, jetzt ist Pause. Trinkst du einen Holundersirup mit mir?«

»Gern.«

»Setz dich auf das Bänkchen im Schatten, ich bring die Gläser rüber.«

Kurz darauf nippen sie am eisgekühlten Sirup.

»Eigentlich versteh ich gar nicht, weshalb überhaupt noch Wasser durch die Kännel fließt, bei der Trockenheit.« Leisa deutet mit dem Kinn auf den leise gurgelnden Eden-Bach zu ihren Füßen.

»Der Schluchtsee ist unser Reservoir.«

»Und weshalb trocknet der nicht aus?«

»Da fragst du mich was! Letzthin war der Forstaufseher vom Flischwald hier, der schätzt, ein Wassertropfen brauche ungefähr fünf Jahre, bis er von der Plonspitze zur Eden-Quelle gesickert ist. Du kannst dir also vorstellen, wie viel Wasser noch im Berg unterwegs ist.«

»Oder drinbleibt!«

Lucrezia mustert Leisa streng, sie schaut ertappt zu Boden.

»Scheint mir, Linus habe mit seinen Abenteuern angegeben?«

»Nein, er hat sich verplappert, unabsichtlich, wirklich!«

Lucrezia ist mit den Gedanken schon wieder weit weg.

»Behalt es einfach für dich«, murmelt sie abwesend.

»So wie den Zettel mit diesem Ultimatum?«

»Stimmt, den hast du ja auch gesehen. Und … falls ihr mal eine Nacht ausquartiert werdet, könnte ja sein, dann schweig erst recht.«

»Ausquartiert?«

»Es soll bald ein gefährlicher Wind aufkommen, sagen die Wetterdienste, die Waldbrandgefahr wird größer. Vielleicht müssen wir dann Vorsichtsmaßnahmen treffen …«

»Scheißmist.«

»Genau. Aber es wird schon gut ausgehen, glaub mir. Erzähl mir lieber von euch!«

Mit einem verschmitzten Lächeln hört Lucrezia Leisas neueste Berichte ab. Sie genießt das Vertrauen des Mädchens, ihr erzählt sie wahrscheinlich mehr als ihrer Mutter, dankbar dafür, dass sie die erste große Verliebtheit mit jemandem teilen kann, der in gewissen Dingen eher neutral ist. Vor allem in heiklen Fragen, denkt Lucrezia mit plötzlichem Unbehagen, weil deutlicher wird, wohin Leisa steuert.

»Ich hab schon so ein bisschen Erfahrung, aber nicht wirklich bis zum Letzten, wenn du weißt, was ich meine. Drum habe ich Bammel, und gleichzeitig möchte ich schon, und er sowieso, du weißt schon!«

Dieser Gesichtsausdruck! Schau dir das Mädchen an, Lucrezia, ihre Erwartungsfreude, ihre Ungeduld auf das Leben, das sie doch früh genug am Wickel packen wird. Schau sie dir an, und vergleich sie mit dir selbst! An deine Stelle werden andere treten, sie müssen stärker sein als du, benötigen Leisas strahlende Zuversicht, weil in dieser Gegend der Welt alles in Flammen aufgeht. In anderen ersaufen sie.

So wie wir damals, als der Himmel brach, Abend für Abend, und Severin nicht zurückkam.

Vierzig Jahre später sitzt sie am selben Ort, Eden besteht noch, doch die Welt ist eine andere geworden, jeder schlägt sich durch, wie er kann, um zu überleben. Wir sitzen auf den letzten Wasservorräten, was können wir einem Flüchtling vorwerfen, der einen Becher davon abhaben will? Wieder betrachtet sie Leisa. Wie haben wir ihnen das nur antun können? Die Erde ist ruiniert, während sie doch nur ein Leben beginnen wollen, mit allem, worauf sie Anspruch haben. Wie die erste Liebesnacht, der Leisa aufgeregt und ängstlich entgegenblickt. Lucrezia zwingt ihre Aufmerksamkeit auf Leisas halb ausgesprochene Fragen. Kann sie in dieser Beziehung wirklich Ratschläge erteilen?

»Wie war es denn bei dir?«, hakt Leisa nach.

Nur schwach erinnert sie sich an jenen unglückseligen Abend im Ferienlager für sozial Bedürftige im Toggenburg. 1979, im längst vergessenen letzten Jahrhundert. Trotz ihrer Drogen- und Straßenkarriere in der Großstadt war sie mit sechzehn noch unschuldig gewesen, hatte das Letzte immer verhindern können, hatte es sich aufbewahrt für einen magischen Moment. Er hatte sich dort, am idyllischen Schwendisee, den ganzen Tag über schon angebahnt. In der Nacht würde es passieren. Mit einem Jungen aus Basserstorf, weniger verkommen als sie, und zu schüchtern fast für das, was sie vorhatte. Sie wollte es, ihrer eigenen Angst zum Trotz. Entsprechend zugeknallt war sie irgendwann unter ihm gelegen, hatte von seinen ungeschickten Versuchen zuerst gar nichts mitbekommen, und bevor so was wie Leidenschaft sie ausgenüchtert hätte, war es schon vorbei gewesen, geblieben nur die übliche Sorge einen Monat lang, und vierundzwanzig Mückenstiche, auf die sie mit allergischem Fieber reagiert hatte.

»Scheißmist!«, sagt Leisa mitfühlend.

Es ist erstaunlich, wie viele Facetten sie diesem Wort abringen kann, fällt Lucrezia auf.

»Also nimm dir kein Beispiel an mir!«

»Ich lass die Drogen sein.«

»Nimm dafür Mückenspray.«

»Es gibt eigentlich keine Mücken mehr«, widerspricht Leisa zaghaft. »Zu trocken.«

»Ich gebe dir einen Tipp, der euch beiden weiterhelfen kann. Linus wird mehr Angst haben, drum zeig ihm deutlich, was er tun soll. Und dann gibt es noch das übliche Problem der Männer … Du weißt schon.«

»Nein.«

»Sie kommen zu früh. In diesem Alter mit Garantie.«

»Und was mache ich dagegen?«

»Du hilfst nach, dass es ihm sofort passiert, gleich zu Beginn. Ein erstes Mal. Dann zeigst du ihm, wofür er Finger hat.«

»Schon kapiert.«

»Wie genau, weißt du ja am …«

»Schon kapiert, Lucrezia!«

»Hast du, ja, und der Rest ergibt sich dann beim zweiten Anlauf.«

Fünf Minuten später sitzt Lucrezia wieder an der Rezeption und fragt sich, was Agnes von diesem Gespräch gehalten hätte. Mütter müssen nicht alles wissen, beruhigt sie sich, sonst überleben sie die Pubertät ihrer Kinder nie.

Alle vier kauen langsamer als üblich. Zu heiß ist es auf der Schulter der Flischschlucht, obwohl sie einen Rastplatz im Schatten gesucht haben.

»Als Junge«, erinnert sich Albin plötzlich, »habe ich da oben einen Adler beobachtet. Beim Gletschersee. Immer wenn er auftauchte, ging das Pfeifen der Murmeltiere los. Heute wirkt alles wie ausgestorben.«

»Bis auf die Wölfe?«

»Wölfe? Spinnst du?« Albin schaut Noah verständnislos an.

»Kein Witz! Ich bin einem begegnet, unten im Flischwald, nicht mal weit von Eden entfernt.«

»Wahnsinn! Hat er dich angegriffen?«

»Nein. Er hat mich beobachtet, ich habe mich klein gemacht und nicht gerührt. Als es ihm zu langweilig wurde, ist er davongetrottet.«

»Klein gemacht? Du willst uns verarschen!« Albin glaubt ihm kein Wort.

»Du musst es nicht glauben.«

Albin sucht Hilfe bei Linus, doch der zuckt nur mit den Schultern.

»Na ja, kann im Prinzip sein«, lenkt Albin ein. »Vielleicht Nachkommen von italienischen Wölfen.«

»Oder ein Scheinwolf!«, sagt Agnes unvermittelt.

»Entschuldigung?«

»So wie in der Wolfssage von Mutter.«

»Welche Wolfssage?«

»Welche wohl! Die, die sie uns immer erzählt hat, sie oder Selma.« Agnes' Gesicht erhellt sich bei der Erinnerung daran.

Noah fragt sich, woher die Spannungen zwischen Agnes und Albin plötzlich kommen, gerade jetzt, wo sie aufeinander angewiesen wären.

»Geistergeschichten!«, brummt auch Linus verächtlich, der schon genügend davon gehört hat.

»Komm, jetzt erzähl schon«, vermittelt Noah.

»Vor Jahrhunderten, in einem trockenen Sommer wie

diesem, kamen die Wölfe nach Plon. Ein Rudel prächtiger, feingliedriger Tiere. Sie strichen um die Häuser, in geringem Abstand, kamen nicht in die Gassen hinein, sorgten aber dafür, dass keiner das Dorf verlassen konnte. Die Bauern mussten ihre Felder im Stich lassen, die Taglöhner blieben wie die paar wenigen Ploner Händler zu Hause. Das ganze Dorf rätselte, was die Wölfe wollten, denn dass sie etwas wollten, war offensichtlich! Der Dorfschmied, ein praktisch veranlagter Mann, der nicht an Geister glaubte, verlor als Erster die Nerven. Die Wölfe – das habe ich vergessen zu erzählen – lösten sich bei jeder Abenddämmerung auf und verblassten vor den Augen der Ploner. Daher ihr Name: Scheinwölfe. Ihr Geheul war die ganze Nacht über weiter zu hören. Obwohl ihm alle abrieten, stellte der Schmied eine Liste jener Dinge zusammen, die dem Dorf am schmerzlichsten fehlten. Es wurde dunkel, die Wölfe verschwanden wie jeden Abend, er steckte zwei große Fackeln an. Begleitet von den Gebeten der Frauen ging er hinaus in den Wald, seine Silhouette verschwamm bald, seine Fackeln blieben deutlich sichtbar. Bis das Wolfsgeheul plötzlich anschwoll und das Licht schlagartig erlosch. Es war das Letzte, was man vom Schmied je gesehen hat.«

»Schade, dass ich mich nie an die Geschichte erinnert habe«, sagt Albin. »Riecht nach einem Horrorfilm!«

»Ich wüsste einen Titel: Quatembermist!«, lästert Linus.

»Hast du gesagt.« Albin grinst.

»Es kommt noch besser.« Agnes, die weiß, weshalb sie die Geschichte erzählt, fährt ungerührt fort: »Im selben Moment, in dem die Fackeln erloschen, verstummten die Merkhämmer von Plon. Die Dorfbewohner mussten im Licht ihrer Öllampen zusehen, wie die Gletscherwasser in den Känneln und in den Dorfbrunnen versiegten. Die Lage wurde verzweifelt, die Wasserreste mussten sofort rationiert werden.

Weitere zwei Tage später, die kleinen Kinder schrien bereits vor Durst und die ersten Alten hatten Halluzinationen, stand plötzlich ein Fremder am Dorfeingang. Die Ploner stürzten sich auf ihn. Wie er hergekommen sei, weshalb ihn die Wölfe nicht angegriffen hätten?

›Wölfe?‹, fragte der Bettler, der verwundert die verzweifelten Menschen um sich herum musterte.

›Da! Dort! Und dort!‹

So stellte sich heraus, dass nur die Ploner die lauernden Wölfe sahen, nicht aber der Bettler. Er fragte nach einem Schluck Wasser. Es sei doch keines da, wurde ihm geantwortet.

›Kein Wasser in Plon? Deshalb die stummen Merkhämmer. Merkwürdig. Das Dorf mit den kunstvollsten Suonen im ganzen Wallis ohne Wasser, dafür umgeben von Scheinwölfen! Ich werde nachdenken.‹

Beobachtet von den Plonern, spazierte der Bettler durch das Dorf, betrachtete jedes Haus eingehend, wanderte ein Stück weit dem Hauptkännel entlang bergwärts, kehrte endlich zurück, und setzte sich auf den Rand des ausgetrockneten Dorfbrunnens.

›Bringt mir ein Glas Wasser!‹ Diesmal war es ein Befehl, keine Bitte. Der Schullehrer, der die letzten Vorräte verwaltete, brachte es ihm, seltsamerweise ohne dass jemand protestierte.

Er wisse nun, was zu tun sei, sagte der Bettler. Die Scheinwölfe würden verschwinden, sobald ihnen Gerechtigkeit widerfahre: Die Ploner müssten ihnen am Dorfrand ein Haus bauen. Wenn es bereitstehe, mit allem, was dazugehöre, würden die Wölfe verschwinden und die Merkhämmer wieder schlagen. Nach diesem seltsamen Ratschlag stand der Bettler auf und marschierte aus dem Dorf. Die Ploner schauten ihm gespannt nach. Von den Wölfen unbehelligt, wanderte er

Richtung Plonebene und verschwand schließlich im Flischwald.«

»Und damit begann das große Hämmern!«, kommentiert Albin ironisch.

»Nie sei in Plon schneller ein Haus gebaut worden«, bestätigt Agnes unbeirrt. »Am unteren Dorfrand, ein bisschen abseits der anderen Häuser. Alle halfen mit, alle gaben, was sie entbehren konnten, und schon nach einem Tag wurden die letzten Schiefersteine auf dem Dach verlegt und die Tür eingehängt. Doch die Wölfe verschwanden nicht! Die Ploner waren ratlos. Hatten sie etwas vergessen? Das Einsegnen etwa? Der Pfarrer lebte im unteren Plontal und würde dieses heidnische Treiben nicht unterstützen. Gut, im Geheimen tat er solche Dinge schon mal, aber jetzt konnten sie ihn nicht holen. Neue Verzweiflung brach aus, es war nur eine Frage der Zeit, wann das erste Kind oder die schwächste Alte sterben würde.

›Was hat der Bettler gesagt?‹, fragte der Lehrer plötzlich. ›Ein Haus mit allem, was dazugehört? Mit allem – das ist der Schlüssel! Frauen, füllt das Haus mit Vorräten, mit Broten, mit Käse, hängt Schinken unters Dach, und wir Männer, wir bauen einen Holzkännel und einen Brunnen.‹ Einige murrten, das sei ein ausgemachter Blödsinn, aber niemand wollte laut aussprechen, wie unsinnig eine stumpfe Leitung zu einem leerstehenden Haus sei. Widerwillig machten sie sich an die Arbeit. Stunden später fixierte der Lehrer mit heftigen Hammerschlägen den letzten Holzkännel, er ging zur Abzweigung von der ausgetrockneten Hauptleitung hoch und öffnete unter dem Kopfschütteln der anderen die Schleuse zur neuen Leitung, ohne dass ein Tropfen Wasser fließen konnte. Erwartungsvoll blickte er zum Dorfrand.

›Da! Schaut da!‹

Ein Kind deutete auf die Wölfe: Sie verblassten langsam,

genau wie sonst in der Abenddämmerung, diesmal am hellichten Tag. Auch ihr Geheul verstummte, während unversehens ein anderes Geräusch durch das Tal hallte: Die Merkhämmer oben in den Feldern schlugen wieder. Minuten später schäumten die Wasser durch die Dorfkännel.«

Agnes verstummt.

»Gibt es das Haus noch?«, fragt Noah.

»Das Wolfshaus? So wurde es nämlich in meiner Kindheit genannt, du müsstest dich noch daran erinnern, Albin! Zuzeiten hatte es als Armenhaus gedient, später wurde es zum Asylantenheim, bis die Stauseegesellschaft der Gemeinde das Land abkaufte und eine Relaisstation daraus machte.«

»Passt ja fast zu schön!«, sagt Albin.

»Wie die Faust aufs Auge.«

Noah hat während der Geschichte mit dem *Toolbook* Eden angeflogen. Auf den Satellitenaufnahmen ist deutlich zu sehen, dass Albertos Arbeiter den Kreis des Löschsystems fast geschlossen haben. Noah steckt das Gerät weg.

»Du hast uns die Geschichte nicht grundlos heute erzählt«, meint er.

»Selma schrieb in ihren Anmerkungen zur Sage, sie sei vor rund zweihundert Jahren entstanden, als im Ploner Nachbarsdorf Bietsch die einzige Quelle versiegte. Die Bietscher mussten sich damals eine neue Heimat suchen, weil ihnen die Ploner eine Beteiligung an ihren Suonen verwehrten.«

»Ich rieche schon, worauf du hinauswillst, Schwesterherz.«

»Halbschwester, Albin, Halbschwester!«

Noah stemmt sich hoch. Unter dem bemüht neutralen Blick von Linus drückt er Agnes einen Kuss auf die Lippen.

»Zumindest haben wir Stoff zum Nachdenken, bis wir am Bärentritt sind.«

23. Juli

Linus drückt auf den Knopf des *Remotepads,* die Bremse seines Solarboards löst sich. Er kann Leisa kaum folgen, nie zuvor hat er ein Mädchen getroffen, das so krud fährt wie sie, er hat größte Mühe, ihr Tempo mitzuhalten, während sie die alte, für den Freizeitverkehr reservierte Straße ins Plontal hinunterrast. Sie bremst nicht, das Tempo kontrolliert sie ausschließlich durch die Wahl ihrer Linie. Es darf doch nicht sein, dass Leisa alles besser beherrscht als er! Gut, ihr Solarboard ist von der neuesten Generation, schon in den Steigungen ist ihm ihr Radantrieb ein wenig kräftiger vorgekommen als seiner, wahrscheinlich hat sie auch eine raffiniertere Federung, die ihr in der Abfahrt hilft. Die nächste Haarnadelkurve schießt auf ihn zu, die Felsen nähern sich bedrohlich schnell, er schiebt alle Eitelkeit beiseite, und die elektronische Bremse greift so heftig, dass es ihn fast vom Brett schlenzt.

Er taucht in den Schatten der alten Steinschlaggalerien ein. Die talseitigen Öffnungen stanzen Quadrate aus Sonnenlicht und werfen sie ihm vor das Board. Plötzlich holt er Leisa ein, sie hat auf ihn gewartet.

»Fahr du vor, es hat mich fast abgeworfen!«, ruft sie ihm zu.

Er streckt ihr die Hand hinüber, als sie die Galerie hinter sich haben, sie ergreift sie, Seite an Seite gleiten sie weiter talwärts, nun so langsam, dass sie parallel Bogen an Bogen reihen können.

Als sie unten bei der Fahrschule ankommen, küssen sie sich, bis Leisa die Luft wegbleibt.

»Pause, Pause! Ich glaub fast, du lernst ein bisschen zu schnell!«

Was er sogleich bestätigt, ihre halbherzigen Proteste mit seinen Lippen erstickend.

Agnes betrachtet jeden Kontrollschirm der Ballonkameras eingehend. Noah schreckt sie auf, als er seinen Stuhl mit einem genervten Stöhnen vom Computertisch wegstößt.

Agnes legt ihm eine Hand auf die Schulter.

»Was?«

»Da, die Prognose! Die künden Niederschläge an, aber erst in ein paar Tagen. Eine ganze verdammte Woche zu spät! Für morgen dagegen prognostizieren sie Glutwinde. Unser Löschsystem bleibt die einzige Sicherung.«

Agnes hat sich auf Noahs Schoß gesetzt, sie zieht seinen Kopf an ihre Brust. »Mir scheint, du rechnest fest mit einem Brand? Aber wir wollen die Forderungen der Erpresser doch erfüllen!«

»Vielleicht werden sie den Wald trotzdem anzünden.«

»Du traust denen nicht?«

»Du etwa?«

»Nein.«

»Du bleibst die Chefin hier, Agnes, du wirst die letzten Entscheidungen treffen.«

»Auch ohne Fesseln?« Sie drückt ihn neckisch an sich. »Im Ernst: Ich bin froh, dass du mir die eine oder andere abnimmst. Ein ganz neues Gefühl.«

»Keine Ursache. Komm, Alberto wird jeden Moment hier sein.«

»Den könnte ich auf den Mond schießen, zusammen mit Albin.«

»Was ist eigentlich in euch beide gefahren?«

»Hat er dir nichts gesagt? Er will Eden verkaufen.«

»Den Eindruck hatte ich nie.«

»Egal. Ich bin bloß enttäuscht, vergiss es. Wir sprechen darüber, wenn diese Geschichte ausgestanden ist.«

»Hilft das hier beim Vergessen?«

Agnes geht bereitwillig auf sein Zungenspiel ein.

Als sie aus dem Haupthaus treten, quittiert Alberto ihre viertelstündige Verspätung mit einem ausgiebigen Blick auf seine Uhr. Noah nimmt ihm den Wind aus den Segeln.

»Gratuliere, ihr habt das System in der vereinbarten Zeit geschafft!«

»Wir sind so bei *Pure Water:* zuverlässig und schnell. Hallo, Agnes.«

»Der Funktionstest wird dich hoffentlich bestätigen.« Noah schlägt den Eden-Pfad zum unteren Ende des Resorts ein.

»Den braucht es doch nicht«, erwidert Alberto. »Willst du das Wasser nicht sparen?«

»Ich habe die Wettervorhersagen studiert. Wir werden den gerodeten Gürtel heute und morgen wässern.«

»Das … braucht Unmengen Wasser. Könnt ihr es entbehren?«

Noah geht nur halb auf Albertos verwunderte Frage ein. »Das Brandrisiko steigt stündlich.«

Agnes folgt den beiden mit etwas Abstand. Jetzt, da sie beide vor sich sieht, kann sie fast nicht anders, als ihren Exmann an Noah zu messen. Das Körperliche ist nicht mal einen Vergleich wert, ihre letzte Erregung ist noch nicht abgeflaut, während Alberto sie kaum je in ähnliche Höhen getragen hat, mit Ausnahme der ersten Monate verliebter Blindheit vielleicht. Ist sie jetzt wieder im selben Stadium? Erblinden wird sie wohl nicht mehr, es fällt ihr schon schwer, die Liebe zu genießen, sie hat das Loslassen verlernt. Agnes wirft den Eichenzweig, den sie schon eine Weile in der Hand dreht, unwillig in die Büsche. Ihre ganze Existenz steht auf dem Spiel, die entscheidende Nacht rückt näher, sie wird nervöser. Kein Wunder, beschränkt sich ihre Beziehung zu Noah auf das Körperliche, der Sex bietet die einzige Entspannungsmöglichkeit, für romantische Stunden und endlose Zukunftsgespräche fehlt die Muße.

Im Kontrollraum eben hat sie sich von den letzten Illusionen verabschiedet, sie sollte sich auf das Schlimmste vorbereiten. Der Wald würde sich von einem Brand erholen. Irgendwann. Aber es dürfen keine Menschen verletzt werden. Noah hat diese Priorität lange vor ihr gesetzt. Jetzt muss sie ihm nur noch klarmachen, dass er die ewigen Wasser nicht anrühren darf.

Und hoffen, dass ihre Albträume nicht wahr werden.

Noahs Ziel ist der unterste Punkt des Eden-Zaunes. Kaum haben sie ihn erreicht, setzt er sich auf einen Baumstrunk, den Zaun, die Löschrohre und den gerodeten Waldgürtel im Auge. Er weist Alberto an, fünfzig Meter weiter den Übergang der Rohre im Auge zu behalten, dort, wo sich der ganze Kreislauf rund um das Eden-Resort schließt. Sein Augenzwinkern verrät Agnes, dass er ihn bloß auf Distanz halten will. Weshalb, wird ihr klar, als sie sich neben ihn setzt.

»Mach mit deinem *Toolbook* eine Videoverbindung zu Albin am Bärentritt, ich brauche meines für die Kamerabilder vom Schluchtsee.«

»Hier?«, ruft Alberto von weiter unten.

»Genau!«, gibt Noah zurück. »Bleib da, bis wir das Wasser wieder stoppen.«

Er darf nichts von dem sehen, was sie jetzt auf ihre Bildschirme zaubern.

Agnes ist unschlüssig. Wieder eine Gelegenheit, ihren Wunsch zu bekräftigen, doch sie bringt den Mut nicht auf. Vielleicht funktioniert ja die Pumpe an den verborgenen Wassern gar nicht, dann muss sie ihre schwer verständliche Entscheidung gar nicht erst rechtfertigen.

Lucrezia sitzt dösend unter ihrer Sonnenstore. Ein plötzlicher Windstoß streift heiß ihr Gesicht und wirbelt die verblichenen Papiere auf ihrem Schoß durcheinander. Mit einem Kopfschütteln ordnet sie die Seiten wieder so, wie sie Selma Bohrer einst nummeriert hat. Es ist ihre Version der Ploner Wolfssage. Lucrezia hat sie für Agnes heraussuchen müssen und zum ersten Mal seit Jahren wieder gelesen. Jedem Ort in den Schweizer Bergen seine Wolfssage! Jene vom Wolf in der Schattwand, die sie aus ihrer Kindheit kennt, diese hier in Plon, die schon Lena und jetzt auch Agnes ein Leben lang begleitet hat. Eigentlich erstaunlich, die Schweizer Alpen sind nie ein Wolfsgebiet gewesen, weder im letzten noch in diesem Jahrhundert, trotzdem müssen die armen Tiere für Gleichnisse aller Art herhalten; als Symbol für das Fremde, für die Gefahr, die in der schroffen Bergwelt schon eine Schlucht weiter droht, wo nicht mehr jeder Stein vertraut ist.

Unleidlich wirft sie den Papierstapel auf den Tisch zurück und beschwert ihn mit einem Stein. Sie will sich nicht mehr mit solchen Geschichten befassen. Sobald sie etwas von Wölfen hört, hat sie Severin vor Augen. Seine Schilderung, wie er in den Lawinentagen von Gspona von einem Wolf aus dem Schneesturm geführt worden ist. Warum auch nicht? Lucrezia hat es sich abgewöhnt, zwischen Träumen, Gedanken, Erlebnissen und Erinnerungen zu unterscheiden, zu sehr vermengt sich in ihrem alten Hirn alles zu einem einzigen Bilderbrei. Die Wahrheit ist immer nur so wahr, wie die Empfindung dahinter echt ist, echt ist nur, was einer wirklich erlebt hat. Oder das, woran man sich danach noch erinnert? Was oft genug das Gegenteil dessen ist, was man tatsächlich erlebt hat, oder von dem, was andere beim selben Erlebnis empfunden haben …

Kreisförmiges Schrottdenken.

Ein nächster Windstoß zerrt an der Store. Das Glühen

ihres Gesichts erinnert sie an entfernte Beschwerden. Die Wechseljahre liegen schon so weit zurück, dass sie sich kaum daran erinnert, was für ein Geschlecht sie hat. Ein Lächeln verzettelt sich in ihren Fältchen, zum Glück stellt ihr Leisa ab und zu heikle Fragen.

Was nichts wirklich ändert, selbst diese Gedankengänge enden bei Severin, bei ausgefransten Bildern aus den wenigen Tagen des Glücks, bevor die großen Gewitter alles zunichtegemacht haben. Sie quält sich seufzend aus ihrem Schaukelstuhl hoch, fährt mit der Hand langsam über den Specksteinblock neben der Eingangstür, ihr Finger zieht die Kerbe nach, die eine der Flächen zerschneidet …

Agnes hat Lucrezia kürzlich gesagt, sie bewundere, wie sie ohne Bitterkeit zurückblicken könne. Sie hat keine vernünftige Antwort darauf gefunden und nur mit der Schulter gezuckt, aber das Wort hat nachgehallt. Bitterkeit? Hat es natürlich gegeben, nach der Fassungslosigkeit, nach den Jahren der Trauer. Trotzdem hat Agnes ihr eine Freude gemacht, Lucrezia findet selbst, dass sie sich nicht schlecht gehalten hat, alles in allem.

Vielleicht sollte sie Agnes sagen, dass sie vieles ihrer Mutter verdankt. Ohne Lena, ist Lucrezia überzeugt, hätte sie die erste Zeit nach Severins Tod nicht überlebt. Lena hat ihr die Hoffnung eingeredet, dass der Tod nur eine Zwischenstation ist. Ihre Ammenmärchen von *Graatzügen,* ihre steten Diskussionen mit der toten Selma, ihre Überzeugung, man könne jede Grenze überqueren, wenn man nur daran glaube …

Mit der Zeit hat es auf sie abgefärbt. Dann ist Silvan gestorben, Lena auch. Manchmal braucht sie nur die Augen zu schließen, um die beiden zu sehen. Manchmal schläft sie auch ein, ohne Bilder, aber der Unterschied zwischen Leben und Tod ist schon nicht mehr so groß.

»Queren Sie die beiden nächsten Kreuzungen und programmieren Sie Ihren Fahrcomputer bei der dritten auf das innerstädtische Verkehrsleitsystem um!« Der Bordcomputer, der Leisa Anweisungen erteilt und ihre Fehler mit den stets gleichen Floskeln korrigiert, verstummt.

Linus versucht, nicht zu tun, woran er denkt. Weshalb trägt Leisa gerade heute diesen Rock? Ein Mini wirkt dagegen knöchellang. Sie hat doch gewusst, dass sie im Lehrmobil nebeneinander sitzen werden, dass ihr Rock beim Fahren noch etwas höher rutschen wird, und er das Weiß ihres Slips bei jeder neuen Beinbewegung aufblitzen sieht, er muss sich nicht mal wie sonst dafür den Hals verrenken.

»Du machst das gut!«, kommentiert er schließlich, um überhaupt etwas zu sagen.

»Zwölf Fehlerpunkte in zwei Minuten?« Sie blickt schnell zu ihm herüber, er schaut etwas spät von ihren Beinen auf, sie lächelt schief. »Oder sprichst du gar nicht vom Autofahren?«

»Doch.«

»Gleichen Sie Ihre Computerinformationen mit dem innerstädtischen Verkehrsleitbild ab oder schalten Sie auf automatisches Abgleichen.«

»Ja, ja, mach ich ja!«

Leisa tippt auf den Computerscreen im Armaturenbrett und führt den Befehl aus. Bevor ihre Hand wieder ans Steuer greift, streifen ihre Finger seinen Oberschenkel.

»Fühlst du dich sicher, wenn ich fahre?«, fragt sie gespielt treuherzig.

»Na ja … sicher ist ein weiter Begriff!«

Sie trägt auch keinen Büstenhalter heute, fällt Linus auf.

»Du Schuft, du sollst mich unterstützen.«

Wobei?, denkt Linus, während er beobachtet, wie sie sich im Fahrersitz zurechtrückt und ihre Beine etwas anzieht, ihre Oberschenkel spreizen sich leicht, die Muskeln am inneren

Ansatz bilden jene unwiderstehliche sanfte Grube, und Linus sieht schon wieder weiß.

Leisa beobachtet ihn aus den Augenwinkeln, ihre Bewegungen sind nicht mehr zufällig, es erregt sie, zu sehen, wie leicht sie ihn erregen kann.

Seine Hand fährt zaghaft über ihren Oberschenkel, seine Finger wagen sich auf die Innenseite, ein heißer Strahl schießt zwischen ihre Beine und den Körper hoch, lässt sie die Augen schließen, während Linus ein Stück Meer am Himmel sieht.

»Bremsung. Vollbremsung!« Die Computerstimme wird von einem Alarmsignal begleitet.

Leisa reißt die Augen auf und tritt heftig auf das Bremspedal. Zu spät, ihr Solarmobil durchbricht die Leitplanke, es wird abgehoben, kracht eine Ewigkeit später wieder zu Boden, der Schlag nimmt Leisa fast die Luft, sie steht noch immer auf der Bremse, doch das Mobil rast mit unverminderter Geschwindigkeit weiter, frontal in eine Hausmauer.

Nach dem Aufprallschock fällt das Mobil zurück, bleibt endlich liegen. Verdattert schaut Leisa hinunter: Linus' Hand steckt noch immer zwischen ihren Beinen.

»Ihre Fahrstunde ist beendet!«, meldet die Computerstimme.

Sie nimmt seine Hand behutsam weg. »Die Lektion ist vorbei. Mann, die Erschütterung war wie echt!«

Sie schnallen sich los und öffnen die Tür des Fahrsimulators. Auf der Außenseite steckt Leisa ihre Karte in den Leseschlitz. Der Computer analysiert ihre Daten und quittiert sie mit einem Piepsen.

»Scheißmist, ich muss die Lektion wiederholen.«

»Finde ich auch …«

»Spinnst du, das kostet!«

»… dass wir die Lektion wiederholen sollten!«

»Ach das!« Ihre Zungen treffen sich unter den missbilligenden Blicken der Hallenaufsicht.

»Das werden wir«, sagt Leisa endlich und atemlos. »Ich weiß auch schon, wann!«

Hand in Hand passieren sie die lange Reihe der Simulatorenkabinen, die sich auf ihren hydraulischen Beinen wie ein unkoordiniertes Ballett bewegen, bevor sie aus der Lehrfahrhalle ins grelle Sonnenlicht treten.

Noah wickelt seinen Rollbildschirm aus und vernetzt ihn mit seinem *Toolbook.* Er konfiguriert den Videoempfang so, dass er in einem Fenster die Wasserstandsmarkierung am Schluchtsee sieht und in einem zweiten den Austritt des Wassers aus dem Syphonrohr am Bärentritt.

»Behalt du bitte Kontakt mit Albin. Hat er den Wasserstand markiert?«

Albin, der die Frage mitbekommen hat, nickt.

»Gut. Der Höhlensee kommt erst in der zweiten Runde dran. Ich öffne das Ventil für das Löschsystem.«

Er tippt auf das Startsymbol, gespannt sieht er vom Computer auf, zugleich macht er Alberto ein Zeichen, dass es losgeht.

Für den Fall, dass sich Gäste Sorgen machen würden, schickt Agnes eine Kurznachricht an die Rezeption, der Test des Löschsystems beginne eben. Sie legt Noah die Hand auf den Arm.

»Hoffentlich funktioniert es.«

»Wir müssen nur warten, bis der Druck aufgebaut ist. Die Rohre führen das Wasser in die Mitte des Zaunes und erst dann in die Löschrohre mit den Öffnungen.«

In diesem Moment geht es los: Ein metallisches Summen kündigt es an, dann schießen schlagartig Wasserfächer aus dem Eden-Zaun, die einen senkrecht in die Höhe, wie Noah es vorgesehen hat, die anderen waagrecht in den gerodeten Waldgürtel hinaus. Agnes drückt Noah einen Kuss auf die

Wange. Er beobachtet konzentriert, was geschieht. Der erste Eindruck beruhigt ihn, die Höhe der Wasserfächer bleibt konstant, es beweist, dass der Druck gleichmäßig ist.

»Geh doch mal näher und schau, ob das Wasser wirklich die ganze Rodung abdeckt.«

Agnes springt auf, dankbar, dass sie etwas tun kann, sie ist die Rolle der Zuschauerin nicht gewohnt. Mit wenigen Schritten ist sie beim Zaun. Die Rohre sprühen sogar ein Stück weit über die Rodung hinaus. Sie kehrt um, bevor sie in Albertos Nähe kommt.

»Bis einen Meter zu weit!«, meldet sie Noah.

»Gut.«

Gemeinsam betrachten sie, wie die Sonnenstrahlen einen Regenbogen in die Wasserschleier zaubern. Plötzlich tippt Noah auf eine Taste und zieht das Bildschirmkabel aus dem *Toolbook*. Keinen Moment zu früh.

»Hat gut ausgesehen!« Alberto linst interessiert auf Noahs Bildschirm. »Die Fernsteuerung funktioniert?«

»Ja, scheint alles in Ordnung. Ich habe eben gestoppt, mal schauen, wie lange es geht, bis der Druck nachlässt.«

Kaum hat er zu Ende gesprochen, fallen die Wasserfächer in sich zusammen. Alberto kauert sich vor Noah ins Gras.

»Willst du wirklich einen zweiten Test machen?«

»Spricht etwas dagegen?«

»Außer der Wasserverschwendung?«

»Das ist keine Verschwendung, Alberto«, mischt sich Agnes ungeduldig ein. »Wir wässern den Gürtel. Eine Vorsichtsmaßnahme. Abgesehen davon ist das wohl unsere Sache.«

»Natürlich, solange ihr das euch zugesprochene Wasser benutzt!«

»Welches sonst? Was willst du damit sagen?«

»*Pure Water,* die Stauseegesellschaft, Plon, Eden – wir sitzen hier alle im selben Boot, das wisst ihr …«

Agnes verliert die Beherrschung. »Das sagst gerade du? Das muss ich mir von dir nicht anhören, du asoziales Aas, ich werde dir …«

Noah hält sie zurück. Agnes verträgt es sichtlich nicht, mehr als zwei, drei Worte mit Alberto zu wechseln.

»Wir wissen sehr wohl, wie wir mit unserem Wasser umgehen müssen, Alberto. Das hier nennt sich Prävention, wir wässern die Rodung auch morgen nochmals. Die Winde werden die Waldbrandgefahr in den nächsten zwei Tagen ins Unermessliche steigern. Kurz danach soll Regen kommen, also wird sich der Schluchtsee wieder auffüllen, das nur zur Information, falls du zu besorgt um unsere Zukunft wärst.«

»Unsere? Ich denke, du reist ab.«

»So ist es geplant. Gehst du jetzt bitte wieder hinüber, ich möchte den zweiten Test beginnen!«

Der Unterton in Noahs Stimme verbietet jede Widerrede, Alberto geht schulterzuckend los. Agnes und Noah schauen ihm hinterher.

»Vielleicht ist er eifersüchtig!«

»Weshalb denn das?«

»Weil seine Exfrau die begehrenswerteste Frau der Talschaft ist und er es zu spät bemerkt hat.«

Noah verkabelt seinen Bildschirm wieder. »Hol uns Albin rein!«

Agnes findet wieder Worte. »Du wirst nicht wirklich abreisen, oder?«

»Soll ich nicht?«

Agnes vergewissert sich, dass Alberto auch herschaut, als sich ihre Lippen an Noahs Hals festsaugen.

»Also eher nicht«, folgert Noah.

»Untersteh dich. Und danke für dein Kompliment eben … Seltsam, ich kann keine Verbindung zu Albin herstellen.«

»Nicht schon wieder!«

TEIL 6

Rückkehr

Niemand wusste von Severins Rückkehr nach Plon, er wollte Lucrezia überraschen. In den drei Wochen seit den Ferien hat sich wenig verändert, dachte er, als sich das Taxi dem Flischwald näherte. Eine Täuschung, beim näheren Hinsehen entdeckte er überall Anzeichen der ständigen Gewitter in den letzten Tagen, die Wiesen um Plon waren übersättigt und fast unnatürlich grün, überall rannen Bäche über die Straße, braune Streifen von abgelagerter Erde umfächerten sie und machten ihren vorherigen Umfang deutlich. Wenn Severin sich vorstellte, wie er vor Wochen noch mit Noah durch die Auensteppen getollt war! Heute würde sein Sohn wahrscheinlich schon mit den ersten Schritten im Wasser landen. Lucrezia hatte in ihren Mails nur nebenbei von den heftigen Regenfällen geschrieben, ihre Gefühle hatten schwerer gewogen, die alte Verlorenheit habe sie in den ersten Tagen nach Severins Abreise wieder heimgesucht. Nur Severins Ansporn aus der Ferne und Lenas Insistieren hatten sie schließlich davon überzeugt, ihre neugefassten Ziele nicht aufzugeben. Jetzt sei ihr Bungalow schon komplett umgeräumt und fast nicht mehr bewohnbar …

Severin lächelte. Er würde es gleich sehen. Und ihre Verblüffung über sein Auftauchen! Mit seinen Vorgesetzten hatte er sich schnell geeinigt. Das Bedienen von Eitelkeiten half immer, und der Stiftungsrat war scharf auf die große Publizität, die eine Wolfsansiedlung im Flischwald versprach. Severin verzog launig das Gesicht. Publizität würden sie bekommen, mehr noch, sein Vorhaben könnte hier im Wallis einen Sturm der Entrüstung auslösen! Wenn er die Hiesigen nicht davon überzeugte, dass die Wölfe innerhalb des Naturschutzgebiets blieben, weitab von den Weiden und Alpen der Schafzüchter, würde seine Tiere in kürzester Zeit ein mysteriöser Tod ereilen, so wie praktisch alle Wölfe, die sich in den letzten Jahren aus Italien ins Wallis verirrt hatten. Wenn Severin ehrlich war, hegte sogar er Zweifel am eigenen Projekt. Der Grund dafür war erst in zweiter Linie das Wohl der italienischen Tiere, die ein neues Territorium brauchten, viel stärker wog sein Wunsch, Lucrezia nahe zu sein, ohne sie hätte er die ganze Idee nie lanciert. Er legte den Kopf zurück und schloss die Augen. Das Rauschen des Wasserfalls, die Lichtreflexe in den Wasserperlen auf ihrer Haut, ihre Zunge. Sein Körper reagierte sofort, erregt durch die bloße Erinnerung, die sie beide wie Teenager in den vergangenen Tagen wieder und wieder heraufbeschworen hatten, in Gedanken, in ihren Mails, in gewisperten Sätzen am Telefon.

Das Eden-Tor stand weit offen. Vor dem Haupthaus bezahlte Severin den Fahrer. Die Schulferien im Flachland waren vorbei, weniger Autos standen diesmal auf dem Gästeparkplatz, in der Zwischensaison wirkte das Resort noch friedlicher als letzthin. Severin betrat das Gebäude; an der Rezeption drückte er auf die altmodische Glocke, gespannt, wer gleich aus dem dahinterliegenden Büro treten würde. Es war Lena, die bei seinem Anblick strahlte und ihm über den Tresen hinweg drei Küsse verpasste.

»Was für eine Überraschung, Severin! Was tust du hier?«

»Ich bleibe ein Weilchen und arbeite an der Wolfsgeschichte.«

»Nicht dein Ernst! Du willst es dir tatsächlich mit den Wallisern verderben?«

»Ich hab das eine oder andere Argument, das euch Sturschädel überzeugen wird …«

»So viel Geld hast du nie dabei!« Lena betrachtete mit

gespieltem Zweifel sein Köfferchen und lachte. »Ohne Noah diesmal, wie ich sehe. Wo bringen wir dich bloß unter?«

Noah lächelte. »Ich werde erst mal Lucrezia überraschen, vielleicht schickt sie mich ja wieder weg.«

»Vielleicht trägt der Papst ja auch Reizwäsche.« Lena schüttelte den Kopf. »Du findest sie im Bungalow, sie muss mich in zwei Stunden ablösen, oder eher in drei, habe ich jetzt das Gefühl!«

Er genoss die letzten Meter bis zu Lucrezias Bungalow, überdreht sog er alle Eindrücke auf, als wäre er auf Drogen: das Zirpen der Grillen, das sanfte Federn seiner Schuhe auf dem Moos des Waldwegs, die Sprengsel von Sonnenlicht, die durch den Filter der Baumkronen drangen und seltsame Muster auf die Farne am Wegrand zeichneten, der modrige Duft der getränkten Walderde …

Als Lucrezias Bungalow vor ihm auftauchte, befielen ihn unerwartete Zweifel. Vielleicht war es ihr ja gerade recht, wie virtuell und kontrollierbar ihre Beziehung auf Distanz gewesen war. Er ging zögernd weiter. Die Tür zum Bungalow stand halb offen, er drückte sie ganz auf und blieb erstaunt stehen. Tatsächlich sah nichts mehr aus wie beim letzten Mal. Das Bild, das sich ihm bot, warf ihn um Jahre zurück, nach Gspona, in die alte Schmiede, ins Mörderhaus. Aus der wohnlichen Stube des Bungalows war ähnlich wie dort ein Atelier geworden, das einzige Möbelstück ein behelfsmäßiger Arbeitstisch in Form eines großen, grobgehobelten Brettes auf zwei Stützböcken, Schnitz- und Malwerkzeuge zierten ihn, umrahmt von Fundstücken aus dem Wald, Wurzelstöcke mit wild verschlungenen Armen, Föhrenzapfen, Baumrinden, Steine, ja sogar ein großer Haufen von Föhrenflechten, die er selbst zu Kinderzeiten als Wald für sein Spielland benutzt hatte.

Lucrezia saß mit dem Rücken zur Tür, sie schnitzte in sich versunken an einem Holzstück und hatte ihn nicht wahrgenommen.

»Hei du, Künstlerin!«

Sie hielt in der Bewegung inne. »Severin?« Es klang verzagt und hoffnungsvoll zugleich.

Er beugte sich über sie, seine Arme schlangen sich um ihre Taille, seine Lippen suchten ihre Halsbeuge, sie ließ sich rückwärts gegen ihn sinken, der Stechbeutel polterte aus ihrer Hand zu Boden.

Als sie sich endlich wieder voneinander lösten, waren Severins Knie taub.

»Warum hast du mir nichts gesagt, ich hätte … mich geduscht, oder gekämmt, wenigstens.«

»Ich wollte dich überraschen.«

»Ist dir nur halb geglückt, ich habe heute Nacht genau diese Szene geträumt.«

»Tatsächlich?«

»Ja.«

»Und wie ist der Traum ausgegangen?«

Nachdem sie sich ein erstes Mal verloren hatte, war Lucrezias Befangenheit wie weggeblasen.

»Was mach ich jetzt mit dir?«

»Ich klettere hinauf zum Wasserfall und kühle mich dort ab.«

»Wär schade, irgendwie.«

»Dann schaust du mich einfach eine Weile genauso an, das würde auch reichen.«

»Das ist eine Idee! Du schließt die Augen, und sagst mir, wo du meinen Blick spürst. Jetzt zum Beispiel?«

»Auf der rechten Brustwarze!«

»Genau. War zwar die linke, aber gut. Jetzt?«

»Auf den … hier?«

»Was fällt dir ein, da würde ich doch nie hinschauen.«

»Schade.«

»Womöglich später, verschämt zwischen den Fingern hindurch. Ich bin übrigens nicht mehr die Jüngste, vielleicht brauche ich eine Sehhilfe, damit du meinen Blick spürst …«

Ihre Zähne knabberten sanft, dann entschlossener an seinen Brustwarzen, bis es eine Vielzahl von kleinen Bissen waren.

Lucrezia war dankbar, wie leicht ihr jetzt alles fiel. Bis auf einen Moment hatten sie die Geister in Ruhe gelassen, und jetzt, da Severin vor ihr lag, ausgeliefert, auf jede Berührung sofort und heftigst reagierend, genoss sie das Gefühl.

»Hilf mir mal, bis ich dich wieder im Gespür habe. Wo bist du im Moment, zwischen eins und zehn?«

»Acht.«

»Das war ein Stöhnen, keine Zahl.« Einen Moment lang beschleunigte sie die Bewegung ihrer Hand.

»Neun.«

»Ihr Männer seid so berechenbar …«

»Fünf.«

»Oh, das war nicht bös gemeint.«

»Sechs.«

»Aha. Nimmst du das als Entschuldigung?«

»Acht.«

»Acht? Dann wagen wir mal was. Wenn ich dich zum Beispiel hier anfasse …?«

»Neun.«

»Du kannst ja nicht mal deutlich sprechen, ich kümmere mich lieber wieder um den hier.«

»Gleich zehn, gleich zehn!«

»Denkst nur du!« Sekundenlang tat sie gar nichts. »Und jetzt?«

»Sieben.«

»Dann also von sieben auf hundert. In schätzungsweise … zwölf Sekunden?«

»Mach endlich!«

»Gern.«

Später setzte Severins Atmung wieder ein. Sie legte ihr Kinn auf seine Brust und schaute ihn vorwurfsvoll an: »Du hast gar nie zehn gesagt!«

Silvan sortierte die Fotos, die Albin am auslaufenden Gletschersee gemacht hatte. Das schnelle Verschwinden des Wassers erstaunte ihn nicht mehr. Nicht, seit er den Gletscher von innen erlebt hatte und sie im letzten Moment der Eiseskälte entronnen waren. Jener Welt, von der er höchstens geahnt hatte, dass sie existierte, die er sich aber niemals so komplex und organisch zugleich vorgestellt hätte.

Eine Expedition, die er nie mehr wiederholen würde.

Aber seit jenem Tag war die Trauer erträglich geworden.

Nachdenklich legte er die wenigen Aufnahmen auf den Tisch, die er beim Ausstieg aus der Gletscherhöhle noch hatte machen können, Albins Proteste ignorierend, der fluchend und schlotternd vorangeklettert war, nichts halte ihn davon ab, endlich wieder an die Sonne zu kommen! Auch Silvan war nass bis auf die Knochen, blau gefroren, die steifen Finger, mit denen er den Fotoapparat aus dem Rucksack genestelt hatte, nur halb zu gebrauchen, doch er musste die Bilder machen, wollte einen Teil jener magischen Welt mitnehmen, die Ruhe, die er dort unten gefunden hatte, in den Sekunden im Gletscherwasser, die ihm wie eine Ewigkeit vorgekommen waren.

Das Risiko bei der Erkundung war dennoch zu groß gewesen, Silvan wusste es. Unentschuldbar blieb, was er seinem Sohn zugemutet hatte. Nur schon der schwierige Rückweg durch den Eiscanyon ... Er war unterkühlt und erschöpft Albin nachgeklettert, auf einem Fuß nur, der Zug des Seils als Gegengewicht, noch halb unter Schock und verzaubert von den Eisrundungen, die ihn sanft umschlossen, als hangle er sich durch einen elfenbeinfarbenen Kokon. Für Albin musste der Weg zurück eine übermenschliche Anstrengung bedeutet haben. Die Stufen hinauf, ihn am Seil hinterherziehend, mit der steten Angst, in den reißenden Schmelzwasserbach zu stürzen, der sie beide unweigerlich in die Eisschluchten hinabgerissen hätte.

Jetzt war Albin wieder im Flachland. Silvan hoffte bloß, sein Sohn erzählte seiner Mutter nicht die ganze Wahrheit, sonst würde sie Albins Rückkehr in den Flischwald kommende Woche nicht erlauben. Lena war weit weniger furchtsam als seine Exfrau, aber selbst sie hatte Silvan den fahrlässigen Ausflug nicht verziehen, bis heute nicht, drei Wochen danach. Nicht nur wegen Albin. Agnes sei noch kein halbes Jahr alt, und er baue nur Mist!, hatte sie ihm vorgeworfen, wenn das so etwas wie eine Midlife-Crisis wäre, solle er sie besser gleich überspringen, er sei Vater, *hüereverflüechtundheilandsakrament,* für Mutproben habe hier keiner etwas übrig.

Es kam selten vor, aber diesmal lag Lena falsch. Der Abstieg in den Gletscher hatte nichts mit Abenteuerlust zu tun, und schon gar nicht mit dem Drang nach Selbstbestätigung.

Wie sollte er Lena erklären, was er selber nicht verstand?

Durchs Fenster sah er Primo das Haupthaus betreten, Minuten später studierten sie Seite an Seite die Fotos.

»Hier siehst du am besten, weshalb der Gletscher problemlos einen ganzen See schlucken kann.« Silvan deutete auf das eine Foto, das die Ausmaße der Wasseradern im Gletscher erfahrbar machte, weil Albin verschwindend klein darauf zu sehen war.

»Das macht tatsächlich einiges klarer, aber wo verlässt das Wasser den Gletscher wieder?«

Das blieb auch für Silvan ein Rätsel. Alle Glaziologen, die er in den letzten Tagen angefragt hatte, vermuteten, dass das Wasser irgendwann auf den Grund des Gletschers traf und dort zwischen Eis und Fels weiter talwärts floss. In den ersten Tagen nach dem Verschwinden des Sees hatte Silvan den Wasserstand der Flisch und der Plon kontrolliert, ohne dass größere Schwankungen aufgetreten waren. Was nur heißen konnte, dass der Berg Wasser in riesigen Mengen zurückhielt!

»Und wie soll er das tun?«, fragte Primo.

»In Höhlen, in Kavernen, du bist der Spezialist.«

Sie würden es nicht herausfinden. Und den Glaziologen der Schweizer Hochschulen waren die Flischschlucht und der Flischgletscher zu wenig wichtig für genauere Erforschungen. Was hier geschah, passierte überall in den Schweizer Alpen, und an anderen Orten war das Gefahrenpotenzial bedeutend größer, weil ganze Siedlungen gefährdet waren, nicht bloß ein privates Resort.

Silvan starrte auf die Eisfotos. Er war versucht, Primo von seiner Erscheinung zu erzählen, dort unten, kopfüber im Wasserfall hängend. Der Flug über diesen geheimnisvollen schwarzen See im Herzen des Eises, Selma an seiner Seite, die … genau sie hielt ihn davon ab.

Selma war tot und sein Freund Primo ein sachlicher Mensch.

Severin schlief, Lucrezia lag nackt neben ihm, seine Hand lag noch zwischen ihren Beinen, träge beobachtete sie das Schattenspiel der Zweige an der Zimmerwand, horchte erst hinaus in das stete, leise Rauschen des Waldes, dann in sich hinein, langsam ebbte die Erregung ab, das Glühen wich einer warmen Taubheit. Die Überraschung war Severin gelungen. Und sie, nichtsahnend in ihre neueste Arbeit vertieft, hatte diesmal keine Zeit gefunden, sich Gedanken zu machen, hatte sich hingegeben und fallen lassen, die Augen geschlossen.

Keine Geister diesmal.

Die Rückkehr in die Welt war schwieriger. In ein paar Minuten musste sie Lena an der Rezeption ablösen, viel lieber wäre sie hier bei Severin liegen geblieben, oder hätte drüben weitergeschnitzt. Beides ertrug keine Unterbrechung! Die Arbeit an ihren Objekten war spannender als jemals zuvor. Eine Folge der schmerzlichen Jahre ohne Kunst? Jetzt flogen ihr die Ideen zu, sie erkannte bei jedem Wurzelstück sofort das Potenzial, das es barg, noch bevor sie erstmals das Messer ansetzte. Früher hatte sie aus denselben Ausgangsmaterialien ihre Füllfedern und Papeterieartikel gefertigt, durchaus beachtlich und erfolgreich, doch jetzt hatte sie andere Ziele vor Augen, wollte Skulpturen schaffen, reine Kunstobjekte. Was ihr unter die Augen oder in die Hände kam, war Anstoß zu neuen Kreationen, machte sie auf unbekannte Materialien aufmerksam, wie kürzlich, als sie im Gasthaus auf der Furgg fasziniert den uralten Specksteinofen betastet und Silvan sofort mit der Frage bedrängt hatte, woher sie einen Block dieses wundersam weichen Steines bekommen konnte. Jetzt stand er drüben neben der Tür, harrte geduldig des ersten Meißelschlages, den sie sich nicht zutraute.

Der Stein machte ihr Angst.

Lucrezia entzog sich bedauernd Severins Hand. Er erwachte kurz, sie flüsterte, er solle liegen bleiben, sie müsse zur Arbeit. Als sie aufstand, zeichneten die Sonnenstrahlen ein bizarres Bild an die Wand: Ihr Schatten löste sich aus dem gemeinsamen mit Severin, es sah aus, als entweiche die eine Gestalt der anderen, während diese liegen blieb. Sekundenlang starrte Lucrezia erschreckt an die Wand. Der aufrechte

Schatten blieb mit ihr stehen, Severins Abbild lag wie er selbst regungslos still.

»Nur ein Schatten«, murmelte sie. Sie schlüpfte in das leichte gelbe Sommerkleid, warf den Slip, den sie bereits aus der Schublade genommen hatte, trotzig wieder zurück. Zu unförmig, zu altmodisch.

Wie es ihr seit einigen Tagen Gewohnheit war, strich ihre Hand vor dem Hinausgehen sanft über den neuen Specksteinblock neben der Tür.

Ein Versprechen dafür, dass sie sich bald eingehender um ihn kümmern würde, den Sprung wagen wollte, weg vom Holz, das so vieles verzieh, hin zum Stein, der keine Fehler erlaubte, weil alles mit dem ersten Schlag angelegt war.

Etwas neidisch registrierte Lena die Spuren in Lucrezias Gesicht: das Lächeln auf den glänzenden Lippen, die leicht geröteten, strahlenden Augen. Noch nie war ihr die Schönheit ihrer Freundin so aufgefallen wie jetzt, da das Gegenlicht die Umrisse ihres Körpers in das dünne Kleid stanzte, ohne dass ein Slip oder Büstenhalter die Vollkommenheit des Bildes gestört hätte. Für den Bruchteil einer Sekunde nur offenbarte sich die ungewohnte Freizügigkeit, dann trat Lucrezia aus der Sonne in den Schatten. Lena überspielte ihre Verunsicherung burschikos. War sie etwa eifersüchtig auf das Glück der beiden? Sie lächelte säuerlich. Selber schuld, es war ja auch eine dumme Idee gewesen, Silvan mit Erotikentzug für seine Leichtfertigkeit oben beim Gletscher zu bestrafen! Wie es so weit gekommen war, wusste Lena nicht mehr. Er müsse sie jetzt nicht anfassen, dort schon gar nicht, er solle ihr lieber eine Antwort auf ihre Fragen geben! Etwas in dieser Art. Ein Wort hatte das andere ergeben, die eine ablehnende Geste das nächste Aufbegehren provoziert, wie das unter Paaren geschah, bis sie beide, die sich sonst näher als Hake und Öse waren, in vollkommenster Verstocktheit verharrten.

Auch im Streit waren sie unschlagbar.

Er hatte ihr bis heute keinen Grund nennen können, weshalb er in diesen Gletscher hineingeklettert war, *verflüecht-undverflixt!*

Sie wechselte noch einige Worte mit Lucrezia, bevor sie in ihre Wohnung hinaufging. Ein Kontrollblick in Agnes' Zimmer bestätigte, was ihr das Babyphon versichert hatte: Ihre Tochter schlief wie ein Engel. Agnes holte den verpassten Schlaf auf, um für die kommende Nachtattacke wieder frisch und ausgeruht zu sein. Erschöpft ließ sich Lena auf das Sofa fallen. Was war bloß der Grund für ihre gedrückte Stimmung und ihre ungewohnte Reizbarkeit? Der erste Sommer in Eden neigte sich dem Ende entgegen, es hätte alles nicht besser anlaufen können, die Auslastung war gut gewesen, sie hatten alle Herausforderungen bewältigt, das befürchtete Chaos war nie ausgebrochen, selbst der Gletschersee hatte sich ohne große Umstände entleert. Im Herbst würden lediglich Wanderer kommen, nächste Belastungen und Ungewissheiten brachte erst die Wintersaison. Im Grund wäre jetzt die Zeit der Entspannung, doch Silvan pilgerte noch immer jeden zweiten Tag zu diesem Graben hinauf, die neue Gefahr liege dort, die ewigen Gewitterregen richteten Verheerungen an …

Agnes trug das ihre zur Anspannung bei. Wer behauptete, ein Kind mache das Liebesglück vollkommen, hatte keine Ahnung von den Begleiterscheinungen dieser Vollkommenheit.

Geräusche aus dem Kinderzimmer verrieten just in diesem Moment, dass ihre Ruhepause vorbei war. Sie schaute durch den Türspalt. Agnes lag auf der Seite, mit großer Nachdenklichkeit und ungeschickten Fingern untersuchte sie das Bärenmuster der Bettvorhänge. Lena schaute ihr eine Weile zu, dann nahm sie die Kleine auf den Arm.

»Komm, wir gehen in den Wald spazieren. Ich muss mit Selma sprechen. Ja genau, mit der, du auch?«

Den Kinderwagen ließ sie am unteren Ende von Eden stehen, dort, wo die Kanäle zusammenflossen und ein Trampelpfad den Eden-Bach bis zur Plon hinabbegleitete. Auf halbem Weg bog sie seitlich ab und folgte rund fünfzig Meter einem Wildwechsel, er endete in der grünen Höhle, wie sie ihren geheimen Zufluchtsort nannte. Wäre sie ein Kind, sie hätte hier längst ihre Mädchenbande versammelt und eine Hütte aus Ruten und Zweigen gebaut, wie Astrid Lindgrens Kinder aus Bullerbü, deren Abenteuer ihr einst so viele Spielanleitungen geschenkt hatten. Als einigermaßen Erwachsene begnügte sie sich mit einer Wolldecke, die vor Ameisen schützte. Sie setzte sich neben Agnes. Ihre Höhle war im Grund bloß eine Lichtung, die wieder zuwucherte, seltsamerweise nur auf der Höhe der Baumkronen, junge Bäume wuchsen nicht nach, das Blätterdach, gebildet aus den Zweigen zweier sich verschränkender Flaumeichen, schloss sich über dem Wiesenstück.

Lena wischte sich über die Stirn. Wie so oft in den letzten Tagen war es drückend und schwül, wie jeden Abend bauten sich groteske Wolkentürme an den Berggipfeln auf, bereit, sich in heftigen Gewittern zu entladen.

Meinst du, Silvans Sorge ist berechtigt, Selma? Komm schon, red mit mir. Nur weil er und ich Streit haben, musst du ja nicht gleich mitschmollen …

Agnes lag auf dem Rücken, fasziniert starrte sie hinauf in die Baumkrone, ihre Händchen in die Höhe gestreckt, ein sanfter Windstoß schickte eine zittrige Welle durch das Blätterdach. Agnes quittierte das Schauspiel mit einem glucksenden Laut, den Lena als Lacher durchgehen ließ.

Mit ihr spielst du ja auch, Selma! Hör mir also einfach mal zu: Tue ich deinem Sohn wirklich unrecht? Er weicht mir aus, das heißt, nicht mir, eher uns, dem normalen Familienleben, scheint mir. Weshalb hetzt er sonst ständig den Berg hoch, gönnt sich keine Atempause, jetzt, da der goldene Herbst beginnen sollte, und wir mehr Zeit hätten, für uns, für Agnes. Aber er findet keine Ruhe.

Du verstehst das nicht.

Was verstehe ich nicht, Selma?

Er war bei mir im Gletscher und ist wieder hinausgekommen. Mit meiner Hilfe. Dank Albin.

Du meinst …

Bisch ä Tschoola. Er hat seine Lektion gelernt.

Dann tu ich ihm unrecht?

Ein bisschen.

Und sollte diesen Graben da oben so ernst nehmen wie er?

Das wäre klug.

Bist du deshalb so einsilbig heute?

Bin ä Booze, kei Bludra.

Sie sei ein Geist, keine Schwätzerin – die Art, wie Selma ihre Zwiesprache beendete, brachte Lena zum Lachen, Agnes stimmte glucksend ein, ihr Blick unverwandt auf die Blätter über ihr gerichtet.

Lena schloss die Augen. Sie hörte den Flügelschlag eines aufgescheuchten Vogels, weit entfernt das geschäftige Murmeln des Baches, den eigenen Herzschlag, das Rascheln im Blätterdach, ein Tier im Unterholz. Bald würden sogar Severins Wölfe hierherkommen, dachte sie amüsiert. Weshalb nicht, früher waren die auch hier gewesen, die Sage von den Wölfen in Plon bewies es. Sie sog die Waldluft tief ein. Zum Geruch von feuchtem Moos und aufgesplitterter Baumrinde kam ein drittes Aroma.

Höchste Zeit, Agnes die Windeln zu wechseln.

Sie tat es und legte sich wieder hin. Mühelos knüpfte sie an die Gedanken an, die lose in der Luft schwebten.

Sie musste sich bei Silvan entschuldigen. Nur wie?

Severin stellte an Lucrezias Arbeitstisch eine Liste jener Institutionen und Stellen zusammen, die er bereits vorinformiert hatte und nun im persönlichen Gespräch überzeugen wollte. Das Bundesamt für Umwelt, Wald und Landschaft, in letzter Instanz zuständig für die Wolfsansiedlung im Flischer Naturpark, hatte sein Einverständnis signalisiert, sofern die Abklärungen der Spezialisten die Verträglichkeit von Wölfen in diesem Naturschutzgebiet bestätigten. Die größte Hürde war die Walliser Jagdaufsicht, sie wäre ab jenem Zeitpunkt zuständig, in dem die Tiere entgegen seinen Plänen das Naturschutzgebiet verließen. Genau das würden sie tun, früher oder später, Severin machte sich nichts vor. Mit einem leisen Seufzer erhob er sich vom Hocker. Sobald er sich etwas eingehender mit seinem Wolfsprojekt befasste, wuchsen die Zweifel. Hatte er sich liebesblind verrannt?

Vom Tisch nahm er jenen Wurzelstock, an dem Lucrezia arbeitete. Bis jetzt hatte sie bloß die natürlich gewachsenen Konturen stärker herausgearbeitet, es war für Severin noch nicht erkennbar, was Lucrezia anstrebte. Die Form erinnerte ihn an zwei ineinander verschlungene Arme. Passt doch alles!, beruhigte er sich. Endlich nahm er mal ein Risiko auf sich, investierte mehr als üblich, zum ersten Mal seit der Zeit in Gspona. Davor und danach hatte sich sein Liebesleben auf Kürzestbeziehungen beschränkt. Er war der Meister der Unverbindlichkeit, noch heute, mit bald vierzig Jahren. Wenn er das nicht mit Lucrezia änderte, mit wem sonst? Seine bisherige Einstellung, das Leben liege noch vor ihm, war mittlerweile so überholt wie anmaßend. Das größere Stück davon war vorbei.

Er hatte wenig damit angefangen.

Behutsam legte er die Wurzel zurück und trat vor den Bungalow. Dieser Sitzplatz wäre der ideale Ort für ihren Schaukelstuhl aus Gspona! Er hatte die Transportfirma bereits beauftragt. Mehr brauchte er nicht, um sich hier wohl zu fühlen. Das einzige Problem war Noah. Alles Glück, das er mit Lucrezia erlebte, ließ ihn nicht vergessen, welche Folgen ein Umzug hierher hatte. Er war dann weiter weg von Noah, die gemeinsamen Tage mit seinem Sohn würden seltener.

Regen

Peider hatte sie an jenem letzten Morgen nicht geküsst.

Er hatte sie nicht wecken wollen.

Ein Gefühl der Beklemmung schnürte Lucrezia die Luft ab, als sie in der Dämmerung aus dem Bungalow trat. Benommen von einer Nacht mit wenig Schlaf, eilte sie dem sumpfigen Eden-Pfad entlang ihrer Frühschicht entgegen.

Sie hatte sich nach dem Aufwachen minutenlang herumgewälzt, Severin neben ihr, ruhig atmend. Alte Ängste waren aufgebrochen. Lucrezia hatte den Lauf der Dinge in eine neue Bahn zwingen wollen, hatte sich über Severins Lippen gebeugt, doch eine Sekunde zu lang gezögert, denn Severin tat plötzlich, als sei er erst gerade erwacht. Er zog sie zu sich hinab, seine Lippen wischten an ihren vorbei, hinab zu den Brüsten, und weiter, so schnell entkomme sie ihm nicht!

Sie wurde die Schatten der Vergangenheit nicht los.

Die kühle Morgenluft weckte sie, ihre Beobachtungslust gewann Oberhand. Ein Spinnennetz zwischen zwei Heidelbeerbüschen bot einen überwältigenden Anblick, ein perfektes Achteck, das sich gegen innen vervielfachte, zum Zentrum hin, wo zusammengerollt die Spinne saß, als schäme sie sich ein wenig, dass sie ihre tödliche Falle so verführerisch gesponnen hatte. Jeder Faden war in kurzen, willkürlichen Abständen mit Perlen verziert, in den prallen Bäuchen der Wassertropfen brach sich das Licht der aufgehenden Sonne, schillerte in allen Regenbogenfarben. Lucrezia tastete in der Tasche nach dem Skizzenblock, den sie jetzt immer bei sich trug, aber ihr Pflichtgefühl trieb sie weiter. Die neue Praktikantin hatte eben ihre erste Nachtschicht hinter sich, sie würde sich der Ablösung entgegensehnen! Als sie auf dem etwas matschigen Weg weitereilte, fragte sie sich unwillkürlich, wie es im Winter sein würde, wenn sich mit der Nässe und dem Moder die Kälte in den wunderbaren Wald schlich. Vielleicht hatte auch das seinen Reiz, sie musste nur ihren Blick dafür schärfen. Die Regentropfen, die jetzt die Gräser sprenkelten, würden zu rauem Reif, bizarr und malerisch. Sie könnte in ihrem Bungalow an ihren Arbeiten werkeln, am Feuer eines Schwedenofens, den sie als Ersatz für die Gsponer Esse installieren würde. Sie blieb nun doch stehen, skizzierte mit schnellen Bleistiftstrichen das Spinnennetz, nicht als Abbild, eher zur Erinnerung, weil sie spürte, dass sich daraus die Idee für eine Skulptur entwickeln würde.

Mit eiligen Schritten strebte sie danach dem Haupthaus entgegen. Das Wasser im Kännel, dem sie folgte, war braun gefärbt. Wie schon einmal, ging ihr durch den Kopf, damals, bei der Eröffnung des Resorts.

Die Nacht mit Severin hatte ihr ein ungefähres Lächeln auf die Lippen geheftet, es zerfiel, während sich, wie so oft bei ihr, ein Gedanke an den anderen drängte. Sie erinnerte sich an den Abend in Gspona, an dem sie die Dorfsage zum ersten Mal Severin erzählt hatte, gleich darauf sah sie sich wieder am Ort ihrer ersten Liebesnacht, erinnerte sich an die Lawinen, an Peider …

Keine Zwischenfälle!, berichtete die Praktikantin Lucrezia aufgekratzt. Bis auf die gewaltigen Regenfälle in der Nacht, ein solches Rauschen habe sie noch nie gehört, sie sei erwacht und sofort vom Feldbett aufgesprungen, ohne Erklärung zuerst, bis sie unter das Vordach getreten sei und minutenlang nur in die gläserne Wand gestarrt hätte, die aus dem Himmel gefallen war. Lucrezia amüsierte sich über ihre blumige Schilderung, zugleich beunruhigte sie die Häufung heftigster Niederschläge in den letzten Wochen. War das nur bei ihnen in den Bergen so?

Sie schaute als Erstes die Weckliste durch. Der Physikprofessor aus Bungalow 2 Ost stand wie meist zuoberst, er würde in Kürze schon losziehen, die nächste Wanderung in Angriff nehmen, zusammen mit seiner Frau und seinem Sohn. Er war eine verkleinerte Version des Professors, inklusive der eckigen Brillengläser. Der Junge war erst im Kindergartenalter, konnte aber schon virtuos mit Zahlen jonglieren, wenn man ihm eine Rechenaufgabe stellte. An zweiter Stelle der Weckliste stand Bungalow 13, was Lucrezia schon mehr erstaunte. Ein sympathisches Paar aus dem Flachland, er Amerikaner, sie Schweizerin. Sie machten erstmals Ferien mit ihrer kleinen Tochter, Leisa-Lou. Der ungewöhnliche Doppelname war ihr und Lena zuerst aufgefallen, dann hatte sich herausgestellt, dass Leisa-Lou am selben Tag zur Welt gekommen war wie Agnes. Auf der Auscheckliste sah sie, dass heute der Abreisetag der Millers war, deshalb wohl das frühe Wecken. Unwillkürlich fragte sich Lucrezia, ob sich die Wege der beiden Mädchen in der Zukunft jemals wieder kreuzen würden, oder ob der Geburtstag ihre einzige Gemeinsamkeit bleiben würde. Sie zog das Telefon heran und wählte die erste Nummer.

Luzius Anthamatten nervte Severin, ihr Gespräch drehte sich im Kreis. Wie konnte ein engstirniger Betonkopf wie er kantonaler Jagdaufseher werden? Oder war Sturheit eine Grundvoraussetzung für den Job? Zugleich warf Severin sich selbst vor, dass er das Gespräch mit einer falschen Einstellung begonnen hatte. Er wollte etwas, er war der Bittsteller, der Flachländer, der hier mit der goldenen Idee einer Wolfsansiedlung hausierte! Er brauchte sich nicht zu wundern, wenn ihm Skepsis entgegenschlug. Im besten Fall.

»Um es klar auszudrücken«, monologisierte Anthamatten in urtümlichstem Saaserdialekt weiter, »uns reichen die jetzigen Schwierigkeiten vollends. Italienische Wölfe kommen von selbst ins Wallis, weshalb sollen wir uns noch zusätzliche Probleme bescheren? Ich weiß, ihr könnt das durchdrücken, in Bern werden sie euch decken und uns Kuckuckseier ins Nest setzen. Wen wundert's? Wie bei den Menschen, so bei den Tieren. Im Saaser Tal gibt es neuestens ein Asylantenheim. In unserem kleinen Dorf, stellen Sie sich das mal vor! Seither beträgt unser Ausländeranteil fünfundvierzig Prozent.«

»Was hat das mit dem Wolfsprojekt zu tun?«

Anthamatten musterte Severin, als betrachte er eine Fliege in seinem Suppenteller.

»Was das mit den Wölfen zu tun hat, fragt er!« Fassungslos schüttelte er den Kopf.

»Genau!«

»Wir sprechen doch gerade über Wölfe aus Italien, die hier im Wallis angesiedelt werden sollen.«

»Wir sprechen von einer geschützten Tierart. Und Sie sind der Jagdaufseher, der wichtigste Tierschützer im Kanton. Unterscheiden Sie die Tiere nach nationaler Herkunft?«

»Sie unterscheiden doch gerade selbst: Ich bin Walliser Jagdaufseher. Nicht italienischer. Jede weitere Diskussion erübrigt sich.«

»Bis das Bundesamt neue Weisungen erteilt.«

»Wenn das nicht zu verhindern ist …«

»… sehen wir uns wieder.«

»Wohl oder übel.«

»Ich werde Ihr bereitwilliges Gesprächsangebot lobend erwähnen. Zusammen mit Ihrer entgegenkommenden Art.«

»Nur zu, Herr Doktor.«

Herr Doktor! Er hatte Anthamatten kein bisschen einschüchtern können, rekapitulierte Severin auf dem Rückweg aus der Kantonshauptstadt ins Ploner Tal. Kaum etwas von dem, was Anthamatten gesagt hatte, war überraschend, bis auf die Erkenntnis, dass die Wölfe für den Jagdaufseher in erster Linie Ausländer waren. Was Severin noch immer störte, war seine eigene fehlende Begeisterung für das Projekt. Er hätte seinem Kontrahenten ganz anders entgegentreten müssen, leidenschaftlicher, konsequenter.

In den letzten Tagen, besonders nach Gesprächen mit Silvan, hatte sogar ihn die Erkenntnis beschlichen, dass im Moment hier keiner Zeit für seine Ideen hatte. Andere Probleme drängten. Wenn er nur schon die Wiesenhänge beidseits der Straße betrachtete! In regelmäßigen Abständen klafften riesige braune Halbmonde im satten Grün, alles beginnende Erdrutsche, durch die Niederschläge in den letzten Nächten ausgelöst, weil die durchtränkten Wiesen und Weiden kein Wasser mehr aufnehmen konnten. Ein Ende der Gewitterperiode zeichnete sich zu Silvans tiefster Beunruhigung nicht ab. Er arbeitete an stets neuen Notfallplänen. Diesen Nachmittag brauchte er Hilfe beim Installieren einer Alarmanlage, oben am Graben, und Severin hatte sich sofort anerboten. In einer Stunde waren sie an der Waldbarriere des Resorts verabredet. Zu dumm, fiel Severin jetzt ein, dann sah er Lucrezia bis zum Abend nicht mehr! Schon morgens an der Rezeption hatte er sich nicht richtig verabschieden können, weil gleich drei Familien bei ihr auschecken wollten und er schon verspätet gewesen war.

Dafür würde er sie am Abend küssen, hatte er ihr mit Zeichen bedeutet. Bis ihr die Luft ausginge!

Lena brütete über dem Evakuierungsplan. Ihre Aufgabe war auf den ersten Blick nicht schwierig. Wenn die neue Alarmanlage in Betrieb war, blieben ab dem Sirenenton nach Silvans Berechnung rund neun Minuten, bis eine Schlammlawine die Eden-Bungalows erreichte. Denkbar? Sie konnte es sich nicht vorstellen. Aber sie hatte nicht den geschärften Blick von Silvan und Primo, sie hatte zu lange im Flachland gelebt, wo keiner jemals auf eine Naturkatastrophe vorbereitet war. Lena horchte auf. Draußen protestierte Agnes gegen das, was Lucrezia mit ihr vorhatte, aus der Lautstärke schloss sie, dass Lucrezia gleich hereinschauen würde, was prompt geschah.

»Kann es sein, dass sie Hunger hat?«

Lena schaute auf die Uhr und nickte. »Versuchst du es erst mit dem Brei?«

»Sie wird es genießen!«

»Das Verschmieren oder das Runterschmeißen?«

»Du wirst staunen!«

»Na dann, viel Glück und volle Deckung …«, murmelte Lena ihr hinterher. Es erwies sich mit jeder Woche deutlicher, welch ein Starrkopf sich hinter Agnes' unschuldigem Gesichtchen verbarg.

Von wem sie das wohl hat, Selma?

Sie erkannte es an den kleinsten Dingen. Mit Vorliebe schob Agnes die Gegenstände am Spielzeuggestell über ihr hin und her, auf dem Rücken liegend, mit der deutlichen Absicht, die festmontierten Entchen und Schwäne in eine andere Reihenfolge zu bringen. Ein Zornausbruch war unvermeidbar, wenn sie merkte, dass ihr Plan nicht aufging, dann patschte sie mit beiden Händchen gegen das Gehänge, während Lena es sofort aus der Sichtweite der Kleinen bringen musste, wollte sie eine ausgedehnte Schrei- und Trotzphase unterbinden. Lucrezia vermutete zwar, ein ähnliches Verhalten sei bei jedem Kind in diesem Alter zu beobachten, daraus würde sie nicht gleich die Charaktereigenschaften des Mädchens ableiten. Nur wusste Lena, dass sie sich in dieser

Beziehung nicht täuschte. Vom ersten Tag an hatte sie die Eigenheiten ihrer Tochter zu Genüge ergründen dürfen. Sie spiegelten sich in den alltäglichsten Handlungen. Wie Agnes sich verhielt beim Stillen, beim Wickeln, beim Anziehen, bei all ihren Spielen. Am liebsten hätte Lena sich manchmal hingesetzt und eine Charakterprognose geschrieben, die Agnes in dreißig, vierzig Jahren wieder hervornehmen konnte. Wenn sie selbst Mutter sein würde und damit zugänglich für solche Dinge. Würde ihre Tochter sich dereinst im Bild erkennen, das Lena sich heute von ihr machte? Lebte sie dann ihren Drang nach Selbstbestimmung auch noch so resolut aus? Würde sie ihre Ungeduld zügeln lernen oder sich von ihr bestimmen lassen, wie es Lena selbst oft passierte? Ein versonnenes Lächeln spielte über ihr Gesicht. Würde es überhaupt Ähnlichkeiten geben, in ihren beiden Leben? Nach Silvans Meinung war Eden zukunftsweisend, im Gegensatz zu dem, was im ganzen Rest der Welt konstruiert wurde. Wohl etwas überheblich ausgedrückt, aber es gab zweifellos zu wenige Konzepte wie das ihre. Solange die ökologische Konsequenz, die sie und Silvan anstrebten, nicht allgemeines Gedankengut wurde, war nichts erreicht. Aber Lena taugte nicht zur Missionarin, das Predigen der unangenehmen Wahrheiten musste sie begabteren Leuten überlassen, sie konnte nur im Kleinen versuchen, mit der Welt freundlich umzugehen, in der Hoffnung, sie erhalte dafür etwas zurück. Ein Mindestmaß an Sicherheit für ihr Kind beispielsweise. Für Agnes. Und für Albin. Heute war er nach Plon zurückgekommen, gegen den Willen seiner Mutter, wie er angedeutet hatte, jetzt kraxelte er schon zum Graben hinauf, auf den Fersen seines Vaters.

Sie hatte sich noch nicht vollständig mit Silvan versöhnt, sie hatte einen Schritt vorwärts gemacht, er einen zurück, *verflüecht!*

Lucrezias Stimme drang durch die Tür, sie wies draußen Agnes zurecht. Klang so, als wäre eine Löffelladung Karottenbrei eben auf einer weißen Bluse gelandet. Lena schmunzelte, ein Blick zum Fenster hinaus erinnerte sie sogleich wieder an ihre Aufgabe: Schwarze Gewitterwolken rund um die Plonspitze, wie von den Wetterdiensten prophezeit. Die Luft im Büro war trotz der offenen Fenster drückend. Lena schaute zum Gletscher hinauf. Der Schluchtsee sei randvoll, trotz halboffener Schleuse, hatte Silvan ihr von oben gemeldet, er werde noch mehr Wasser ablassen. Das bedeute, dass der See seine Ausgleichsfunktion im Ernstfall nicht lange erfüllen konnte. Lena hatte wirklich keine Zeit zu verlieren, mit neuer Entschlossenheit setzte sie sich an den Computer. Sie würde die Merkblätter für die Hotelgäste gleich ausdrucken und verteilen. Vielleicht war die Alarmanlage morgen schon in Betrieb. Zudem würde sie die Anweisung geben, dass der Gästebus das Gelände ab sofort nicht mehr verlassen durfte, damit er für den Notfall bereitstand, ausgerüstet mit einem Megafon, das ihre Stimme bis zum letzten Bungalow trug. Was in ihr sogleich die nächste, bange Frage aufwarf: Wenn sie hier unten so gefährdet waren, wie viel Risiko barg dann die Arbeit für Silvan und die andern oben am Graben?

»Wir seilen an!« Die Entschlossenheit in Primos Stimme machte klar, dass seine Anweisungen heute nicht diskutiert würden.

»Es gehen nur immer zwei in den Graben, die andern sichern sie bei jedem Schritt. Alles klar?«

»Wenn ihr mir sagt, wie ich mich dabei anstellen muss«, antwortete Severin.

»Zeig ich dir!«, sagte Albin stolz. Für einmal war er nicht der Unerfahrenste in der Truppe.

Silvan drehte sein Gesicht zur Seite, damit Albin sein Lächeln nicht falsch verstand. Es wich sofort aus seinem Gesicht, als er neben Primo an den Rand des Grabens trat. Beide starrten in den steil zur Schlucht abfallenden Graben, der sich seit ihrem letzten Besuch wieder verändert hatte. Die Seitenflanken waren vom vielen Regen ausgewaschen und durchtränkt, die Erde klebte schon in dicken Batzen an ihren Wanderschuhen. Die Sohle des Grabens war mit massiven Felsbrocken übersät, die Größten maßen bis zu fünfzig Zentimeter im Durchmesser. Beleg für die unaufhaltsame Wucht der letzten und der kommenden Erdrutsche.

»Unbegreiflich!«

»Ja.«

So sehen sie aus, die Alpen der Zukunft!, dachte Silvan. Mit dem Rückzug aller alpinen Gletscher und dem Auftauen des Permafrosts entstanden überall diese sich ständig verändernden Landschaften. Geröllhalden, hässlich, faszinierend, unberechenbar. Würde dieser Graben in eine abgelegene Schlucht münden, bräuchten sie keinen Gedanken daran zu verschwenden, so hingegen würde sich eine Flut- und Schlammwelle bis ins Resort wälzen.

»Wir stellen zwei Schranken auf. Die untere bestätigt die Meldung der oberen.«

Primo packte die Verankerungsstangen aus, gleichzeitig erklärte er Severin die Funktionsweise der Überwachungsanlage.

»Wir ziehen zwei Drähte im Abstand von zehn Metern parallel durch den Graben. Sobald der obere Draht durch einen Erdrutsch zerrissen wird, geht unten bei euch der erste Alarm los, wenn mit dem zweiten, höher gespannten dasselbe passiert, wisst ihr, dass etwas Größeres die Schlucht herunterkommt.«

»Und wie weißt du, ob nicht bloß einzelne Steine den Draht zerrissen haben?«, fragte Severin.

»Das könnte ein Problem sein«, gab Primo zu. »Wenn wir etwas mehr Geld hätten, würden wir eine Überwachungskamera installieren. Werden wir vielleicht auch, nicht wahr, Albin?«

»Ich arbeite dran.«

»Verstehst du was davon?«, fragte Severin verwundert.

»Ein bisschen, die Kamera habe ich bereits in eine wettersichere Box eingebaut, die drahtlose Verbindung ist …«

Ein dumpfes Grollen ließ ihn verstummen. Silvan und Primo wechselten einen schnellen Blick. Wortlos reichte Primo ihm das Sicherungsseil und hakte den Karabiner ein. Wenn sie sich nicht beeilten, würde es hier ungemütlich. Silvan trieb Albin und Severin an. Eine weitere Nacht ohne die Alarmanlage wollte er nicht riskieren. Kurz darauf trieb Albin die erste Stange für die obere Schranke in die Sohle des Grabens, sein Vater etwas weiter unten jene für die untere. Primo und Severin sicherten sie. Silvan hatte seine Stange schnell gesetzt, er querte den Graben und begann mit der zweiten. Albin hatte zu Beginn Mühe, der Hammer wog ungewohnt schwer, doch er fand heraus, wie er ihn mit Schwung statt Kraft handhaben musste.

Lucrezia versuchte, Agnes in einen verspäteten Nachmittagsschlaf zu wägeln. Sie umrundete Eden bereits zum zweiten Mal, als sie die Blitze über der Furgg zucken sah.

Nicht schon wieder!

Bei der Weggabelung nahm sie den Pfad zu ihrem Bungalow, Agnes hatte ihre Gegenwehr aufgegeben und war eingeschlafen. Lucrezia stellte den Wagen unter die Solarstore. Sie betrat ihr Atelier, wie sie das Wohnzimmer jetzt nannte. Aus Gewohnheit griff sie zum Holzwerkzeug und richtete sich auf dem Hocker vor dem Wurzelstück ein. Ihre Hand widersetzte sich dem ersten Schlag, ihr Blick schweifte ab, hinüber zum Steinblock neben der Tür. War das der Moment, etwas Neues zu beginnen? Ließen sich so ihre Ängste bannen?

Sie konnte behutsam anfangen, mehr um sich einen Eindruck von der Beschaffenheit des Specksteins zu machen. Lucrezia stellte den einen Hocker neben den Steinblock, legte Meißel, Hammer und eine Feile darauf, setzte sich auf den zweiten Hocker. Behutsam, ängstlich gar, glitten ihre Fingerkuppen über den Stein, der sich tatsächlich anfühlte, als sei er von einem unsichtbaren Fettfilm überzogen. Aufgrund der ersten Berührung hätte man schwören können, dass der Stein hart war, sie brauchte aber bloß die Spitze der Feile kräftig in die Oberfläche zu pressen, schon blieb ein schwacher Abdruck zurück. Mit solchen Markierungen legte Lucrezia die Ausmaße und Merkpunkte des Gesichts fest, denn plötzlich wusste sie, was sie in den Stein meißeln würde.

Ein splitternder Donner, nur Sekundenbruchteile nach dem Blitz, schreckte alle auf, fast gleichzeitig brachen die dunklen Wolken über ihnen.

»Schluss!«, schrie Primo. »Raus aus dem Graben!«

Silvan befolgte seinen Befehl sofort, hangelte sich am straffen Seil zu Primo zurück. Der niederprasselnde Regen verklumpte die Erde im Graben, machte sie glitschig wie Schmierseife, der Matsch hatte das Sohlenprofil seiner Bergschuhe aufgefüllt. Nur dank des Seils kam er vorwärts, ohne wäre er abgerutscht. Endlich erwischte er Primos Hand, der ihn über die Seitenwand des Grabens zog. Sofort drehten sie sich hinauf zu den andern.

»Albin, raus, sofort raus, was tust du da!«

»Sie ist noch nicht drin!«

»Vergiss die Stange, los, los, raus!«

Albin erkannte erst an der gellenden Stimme seines Vaters, wie ernst die Lage war. Er ließ den Hammer fahren, und hastete los, sofort lag er bäuchlings im Dreck. Benommen rappelte er sich wieder auf, die eine Hand jetzt am Sicherungsseil, das Severin spannte. In der Mitte des Grabens vergrößerte sich das Rinnsal zu einem Bach. Albin sprang darüber hinweg, glitt wieder aus, kämpfte sich erneut hoch und erreichte endlich die Seitenwand des Grabens. Severin straffte das Seil mit der einen Hand und hielt die andere Albin hin, dieser sprang an der Wand hoch und erreichte sie. Severin bekam sein ganzes Gewicht zu spüren und war nicht darauf vorbereitet, seine Füße glitten weg, er stürzte in den Graben. Bevor der eine den andern mitriss, klinkte Severin geistesgegenwärtig das Seil aus. Sie bewegten sich vorsichtig, um ja nicht abzurutschen. Silvan und Primo erreichten im selben Moment ihre Höhe. Ein neues Geräusch mischte sich in das Krachen des Donners und das Rauschen des Regens. Ein dumpfes Grollen, das ihnen den Atem nahm, ohne dass sie wussten, weshalb. Nur Primo begriff, was gleich geschehen würde.

»Raus, beide, schnell jetzt!«

Panik verzerrte seine Stimme.

An jener Ecke des Blocks, die sie ohnehin wegmeißeln würde, probierte Lucrezia verschiedene Techniken und Werkzeuge aus, bis ihr klarer wurde, wie viel Widerstand ihr der Stein entgegensetzte und bei welchem Druck er nachgab. Die Zeit zerrann, ohne dass sie es merkte, so vertieft war sie in ihre Arbeit.

Als sie die erste Entdeckungsreise beendet hatte, setzte sie den Meißel wieder an den Scheitelpunkt des gedachten Gesichts. Mit der andern legte sie den Fäustel beiseite, nahm den Klüpfel, holte damit aus und zögerte nun nicht mehr. Im selben Moment, in dem ihr Arm die Ausholbewegung machte, zerriss ein krachender Donner die Stille im Bungalow.

Severin bekam Primos Hand zu fassen, aus den Augenwinkeln sah er, wie Albin jene seines Vaters knapp verfehlte und in den Graben zurückrutschte. Der Boden unter ihnen bebte, erste Steinbrocken rutschten in der Mitte des Grabens zur Schlucht hinunter, der Bach wurde zur dickflüssigen Schlammbrühe. Severin überlegte nicht mehr, er ließ Primos Hand zu dessen Entsetzen los, stemmte seine Füße in den rutschigen Dreck, packte Albin und hob ihn das fehlende Stück hinauf. Jetzt erst bekam Silvan Albins Handgelenke zu fassen, er riss ihn mit der übermenschlichen Kraft, die ihm seine Angst verlieh, aus dem Graben, sie fielen rückwärts zu Boden, Albin landete auf Silvan, der ein Stoßgebet zum Himmel schickte. Die zweite Dummheit in wenigen Wochen, zum zweiten Mal hatte er das Leben seines Sohnes aufs Spiel gesetzt, Herrgott, was war nur mit ihm los? Er verlor seine Besonnenheit, legte sich erst mit Lena an, und jetzt, noch viel gefährlicher, mit dem Berg. Sie hätten schon längst evakuieren müssen!, wurde ihm plötzlich in aller Schärfe klar, während er sich aufrappelte und Albin, der ob des schrecklichen Anblicks erstarrte, zur Seite schob.

Lucrezia erschrak, gleichzeitig traf der Klüpfel den Meißel so heftig und schräg, dass er abrutschte und eine tiefe Kerbe durch das gedachte Gesicht zog. Wie gelähmt betrachtete Lucrezia, was ihr Schlag angerichtet hatte. Der Nachhall des Donners zerrte an ihren Nerven, der Schmerz trieb ihr Tränen in die Augen, die fürchterliche Gewissheit erstickte sie, nicht Severins versprochener Kuss.

Nicht zweimal in einem Leben!

»Hierher!«

Primo lehnte sich weit über die Kante, beide Arme Severin entgegengestreckt, Silvan warf sich auf Primos Beine, um ihm Halt zu geben. Severin blickte noch einmal zu ihnen hin, dann den Graben hinauf, das Gesicht schneeweiß, er nahm einen letzten Anlauf, doch im Augenwinkel sah er schon die Felsbrocken, mannsgroß, Dutzende, dicht aneinander glitten sie auf ihn zu. Eine steinerne Lawine, dachte er noch, als sein Körper, starr vor Entsetzen, bereits von den Felsmassen erfasst wurde.

Lucrezia näherte ihre zum Kuss gespitzten Lippen ganz langsam der Stelle im Stein, wo sie sich den Mund vorgestellt hatte. Sie verharrte sekundenlang dicht davor, dann entfernte sie sich wieder.

TEIL 7

25. Juli. Nacht

Wird es die letzte Nacht von Eden? Beklommen drückt Agnes Lucrezia an sich.

»Wir sehen uns doch morgen wieder«, wehrt Lucrezia leichthin ab.

»Bis morgen also, und vergesst niemanden hier.«

»Ich werde sie mit vorgehaltener Waffe in die Busse zwingen.«

Agnes winkt Linus zu, der neben Leisa am Brunnen sitzt. Sie haben sich schon zuvor verabschiedet, eher einsilbig, Linus ist eingeschnappt, weil er nicht mit ihnen an den Schluchtsee hochgehen darf. Nicht mal das Argument, er müsse für die Sicherheit der evakuierten Gäste sorgen, hat gezogen, Linus schmollt. Vielleicht bringt Leisa ihn zur Vernunft oder lenkt ihn zumindest ab.

Der Wind wirbelt Staubwolken über den Platz vor dem Haupthaus. Die Sonne verschwindet blassgelb hinter den Bergspitzen, es ändert nichts an der Hitze, die das Atmen erschwert, jede Pore verklebt und ihnen die Kraft aus den Gliedern saugt. So wird auch dem Letzten klar, dass eine Evakuierung Sinn macht, selbst ohne ein Ultimatum hätte Agnes eine Nacht wie diese ausschließlich im Kontrollraum verbracht, stets auf den Brandausbruch gefasst, die Hand am Alarmknopf zur nationalen Katastrophenzentrale.

Sie hat die Behörden auch gestern auf die verschärfte Brandgefahr im Flischwald aufmerksam gemacht. Das gelte ja wohl für die ganze Schweiz!, hat man ihr brüsk geantwortet, mehr als das eine Löschflugzeug für die Plonebene und deren Seitentäler stünde nicht zur Verfügung. Die ernüchternde Auskunft hat Agnes nicht gewundert, in den bisherigen Notsituationen hat sie all ihre Illusionen verloren: Wenn es um den Katastrophenschutz geht, ist Eden ein zu vernachlässigender Fleck auf der Schweizer Landkarte, da halfen auch die einflussreichsten Dauermieter nicht weiter. Zu dünn besiedelt, wirtschaftlich zu unbedeutend, letzte Priorität, weitere Anfragen überflüssig! Sie hätte höchstens bei der nationalen Wasseraufsicht anklopfen können, doch genau die will sie nicht hier, seit sie den See entdeckt haben, schon gar nicht.

Noah und Albin warten oberhalb der Bungalows auf sie. Agnes' Blick fällt sofort auf den Pistolenhalfter an Noahs Gurt. Die Waffe verdeutlicht, wie unausweichlich eine Konfrontation ist. Noah sieht ihren Gesichtsausdruck, er zieht Agnes beruhigend an sich.

»Ich habe sie noch nie gebraucht, ich werde sie auch hier nicht brauchen, keine Sorge.«

Agnes macht sich frei. Sie haben sich wegen des verborgenen Sees wieder gestritten.

Im Licht der Abenddämmerung steigen sie am Eden-Kännel entlang hinauf Richtung Schluchtsee. Noah schaut auf die Uhr, noch vier Stunden bis zum Ablauf des Ultimatums. Er legt den Handrücken in die Halsbeuge, kontrolliert seine Körpertemperatur, die Geste macht ihm bewusst, wie sehr er sich in den letzten Wochen verändert hat. Er traut seinem Körper nicht mehr, wird empfindlich und verletzlicher. In Situationen wie heute ein Nachteil, im normalen Leben ein erster Schritt zur Gesundung.

Noah schreitet zügiger aus. Der glutheiße Wind trocknet stetig seinen Schweiß. Wie wird es erst sein, wenn der Brand losbricht? Noah stellt sich darauf ein – die Erpresser werden spätestens nach vollbrachter Tat Feuer legen, um von ihrem Rückzug abzulenken.

Oder gehen sie raffinierter vor, als er es sich in seinen Szenarien ausmalt?

Albin folgt den beiden in kurzem Abstand. Das Atmen fällt ihm schwer, er benutzt den Spray regelmäßig. Während der Wanderung überlegt er, wie das seltsame Resultat des Pegelvergleichs nach dem Löschtest zu deuten ist. Der Spiegel des Höhlensees hat sich im Gegensatz zu jenem des Schluchtsees keinen Millimeter gesenkt, obwohl während fünf Minuten Wasser abgeflossen ist. Mit Sicherheit ist kein neues hinzugekommen. Außer, der See wäre unterirdisch mit einem zweiten in einer anderen Höhle verbunden, der den Wasserstand fortwährend ausgleicht! Plausibel? Gut möglich, dass die Höhle nur Teil eines ganzen Systems ist. Je länger er darüber nachdenkt, umso logischer erscheint ihm seine Erklärung. Soll er den anderen etwas davon sagen? Er lässt es lieber sein. Agnes will von Höhlenseen nichts mehr wissen.

Sie müssten ohne die alten Wasser auskommen.

Was meint sie bloß damit, weshalb waren die neuen Wasser plötzlich die alten?

Auch Noah hat protestieren wollen, da ist sich Albin sicher, um des Friedens willen hat er wohl davon abgesehen, in der Hoffnung, Agnes besinne sich, wenn es diese Nacht zum Schlimmsten käme.

Schon bald kann ihr letztes Refugium in Flammen aufgehen.

The last resort.

Ein Song, den er liebt. Und ein Filmtitel, den er mal verworfen hat.

Es ist ein Wunder, dass Agnes Eden so lange hat am Leben erhalten können, das muss er ihr zugestehen. Er kennt einige der Kompromisse, die sie dafür eingegangen ist, die leerstehenden Luxusbungalows am einen Ende des Resorts sprechen Bände. Sie sind höchstens während zwei, drei Wochen im Jahr belegt. Von jenen paar wichtigen Gästen, die ihre schützende Hand über Eden halten. Wie lange aber funktioniert dieses System noch? Heute werden sie von Flüchtlingen erpresst, morgen vielleicht schon von verzweifelten Landsleuten vertrieben. Wie alle europäischen Demokratien ist auch die Schweiz immer nur eine Naturkatastrophe weit von der Anarchie entfernt. Eine Flüchtlingsinvasion würde als Auslöser genügen, oder ein Sturm, der in einer Nacht ganze Landstriche zerstörte. Der Aufstand der hiesigen Benachteiligten wäre programmiert.

Die Zeit der Selbständigkeit ist vorbei. Auf den Staat zu vertrauen hieße, Selbstmord zu begehen, nicht nur wirtschaftlich. Agnes lebt schon zu lange in Eden, sie hat keine Ahnung, wer heute die Welt beherrscht.

Die Könige des Wassers.

Er wird mit *Pure Water* verhandeln, sobald diese Sache hier ausgestanden ist.

Noah hat auf Albin gewartet und bedeutet ihm, leise zu sein. Sie haben den Schluchtsee erreicht, auf dem Uferweg nähern sie sich vorsichtig dem Damm. Das Licht ist diffus, in den bläulichen Schatten der Flaumeichen könnten sich die Erpresser problemlos verbergen, während sie drei wie auf einem Präsentierteller am See entlanggehen. Noah betritt den Damm als Erster und bleibt wie vom Donner gerührt stehen, als er den Wasseraustritt erblickt. Auch Albin sieht sofort, dass die Erpresser schon vor ihnen hier gewesen sind.

Erschöpft setzt sich Lucrezia auf den Brunnenrand. Langsam entwirrt sich das Durcheinander, alle Gäste wissen mittlerweile, zu welchem Hotelbus sie müssen. Die Diskussionen, wohin die letzten Koffer und Taschen gehören, die noch vor den Bussen stehen, überlässt sie anderen. Ihr Blick fällt auf Leisa und Linus, die etwas abseits stehen, während sich Leisas

Eltern noch immer mit dem Gepäck herumplagen. Lucrezia geht zu ihnen hinüber.

»Wollt ihr nicht einsteigen?«

»Als Letzte«, antwortet Leisa. »Wir haben dem Fahrer gesagt, er soll uns am Waldrand ausladen, wir möchten den Rest der Strecke mit den Boards fahren.«

Lucrezia sieht die unsicheren Blicke zwischen Leisa und Linus, aber sie ist zu müde, um der Sache auf den Grund zu gehen, die beiden versuchen wohl bloß, sich einige Momente aus der Kontrolle der Eltern zu stehlen. Verständlich. Sie geht zurück. Die letzten Gäste entern die Busse, zu Lucrezias Erstaunen bleiben alle ruhig, kaum einer widersetzt sich der Evakuierung, der eine oder andere versteckt sein Unbehagen hinter einem witzigen Spruch. Der Wind macht jedem klar, dass ein einziger kleiner Funke genügen würde. Es ist bei vielen auch nicht die erste Evakuierung aus dem Flischwald, das kommt immer mal wieder vor. Im Sommer drohen Brände, in den Zwischensaisonzeiten plötzliche Flutwellen oder Murgänge, im Winter Lawinen. Die allerdings nur noch, wenn Orkantiefs in einer Nacht meterweise Schnee hertragen, der in den folgenden Tagen sofort schmilzt und das Risiko von Nassschneelawinen, verbunden mit Überschwemmungen, in die Höhe treibt.

Lucrezia beginnt ihre Schlusskontrolle beim vordersten Fahrer. Er bestätigt mit hochgestrecktem Daumen, dass alles in Ordnung ist. Lucrezia gibt ihm das Zeichen zur Abfahrt. Dasselbe Prozedere wiederholt sich mit den nächsten fünf Kleinbussen. Leisa und Linus winken ihr durch eines der Fenster zu, Lucrezia legt ihre Hand kurz an die Scheibe. Linus schaut überrascht zu ihr heraus, dann berührt er die Scheibe an derselben Stelle von der anderen Seite, ihre Blicke halten sich für eine lange Sekunde fest, bevor sich Lucrezia mit einem rätselhaften Lächeln abwendet.

Großgotta?

Linus blickt ihr beunruhigt nach.

Lucrezia geht zum letzten, größeren Bus.

»Vollzählig? Gut. Sie können abfahren, ich folge Ihnen im Solarmobil.«

Der Fahrer nickt arglos und schließt die Tür, Lucrezia winkt hinterher, als das letzte Fahrzeug Eden verlässt, dann geht sie gemächlich an der Rezeption vorbei in den Kontrollraum und schließt per Knopfdruck das Eingangstor, so wie Agnes es ihr gezeigt hat. Das Bild auf dem Monitor bestätigt, dass alles in Ordnung ist.

Still ist es heute!, denkt Lucrezia auf dem Weg zu ihrem Bungalow. Als ließen selbst die Vögel angesichts der aufziehenden Gefahr ihr abendliches Konzert ausfallen. Vielleicht ist es auch nur zu heiß. Der Wind glüht zur Bestätigung durch die eingerollten Blätter der Flaumeichen, die nicht mehr rascheln, sondern hölzern klappern.

Lucrezia zweifelt nicht an ihrer Entscheidung, sie ist zu alt, um davonzulaufen.

Im Bungalow bleibt sie unschlüssig stehen. Was bleibt zu tun? Ihr Blick fällt auf den Steinblock neben der Eingangstür. Seit einigen Wochen holt sie die Erinnerung täglich ein, jedes Mal ein bisschen drängender, und heute, wird ihr schlagartig klar, ist der Moment gekommen. Die alte, lang vermisste, fiebrige Aufregung erfasst sie, als sie im Nebenzimmer ihre Arbeitstruhe öffnet.

Vierzig Jahre ist es her, dass sie Werkzeuge, Pinsel und Farben weggelegt hat. Seit Lena an jenem Gewittertag wachsweiß vor ihr gestanden hat.

Der Schluchtsee springt über, die Flutwelle kommt, wir müssen alle weg, sofort!

Sie erinnert sich an jedes Wort.

Und an die, die unausgesprochen blieben.

Lenas Blick, der ihr bestätigte, was sie schon zuvor gefühlt hatte, als ihre Hand am Steinblock abgerutscht war.

Sie trägt Meißel, Klüpfel, Hammer und das Schnitzwerkzeug in die Stube hinüber. Ins Atelier von einst. Den einen Hocker stellt sie vor den Steinblock, den zweiten in Ermangelung einer Werkbank gleich daneben. Schwach erkennt sie noch die Markierungen, mit der sie vor vierzig Jahren die Größe des Gesichts festgelegt hatte.

Ihre Augen blicken lange und unverwandt auf den Stein, dann füllen sich ihre Augen mit Tränen. Sie erinnert sich nicht mehr an die beiden Gesichter.

Konsterniert betrachten die drei das seltsame Rohr, das gleich unterhalb des Stauseeabflusses im Bett des Flischbachs befestigt ist. Sobald sie die Dammschleuse öffnen, wird das Wasser hineinschießen. Noah steigt hinab. Das vermeintliche Rohr ist ein Schlauch aus einer federleichten, synthetischen Faser, seine Wände sind nur drei, vier Millimeter dick, aber anscheinend so dicht geflochten, dass sie auch größtem Druck standhalten werden. Bei einem Durchmesser von rund fünfzig Zentimetern wird der Schlauch viel Wasser abführen. Noah schaut auf die Uhr. Noch dreieinhalb Stunden bis Mitternacht. Er selbst wird dem Schlauch folgen, das weiß er bereits, doch wie sollen sie sich aufteilen?

Er klettert auf den Damm zurück zu Albin und Agnes.

»Ich folge dem Schlauch talwärts.«

»Und wir?«, fragt Albin.

»Du gehst zum Bärentritt hoch. Da bist du im Brandfall in Sicherheit und kannst den Höhlensee bewachen.«

»Auf keinen Fall verstecke ich mich da oben, ich bleibe hier.«

»Hast du eine Vorstellung, wie viel Rauch in der Luft hängt, wenn der Wald brennt? Du mit deinen Atemproblemen? Jetzt ist die Zeit gekommen, auf mich zu hören, ich habe dir bisher nie etwas vorgeschrieben, aber einer muss hoch, ich habe das untrügliche Gefühl, dass wir auch den unterirdischen See schützen müssen.«

Eine Notlüge. Vielmehr will er sicher sein, dass jemand oben bei der Pumpe ist, sobald sie zusätzliches Wasser brauchen. Nur kann er das nicht laut sagen, wenn Agnes in der Nähe ist.

Albin steht plötzlich dicht vor ihm.

»Dein Vater hat mir damals das Leben gerettet, Noah, und ist deswegen gestorben. Darüber haben wir nie gesprochen! Also werde ich jetzt den Teufel tun und dich im Stich lassen! Schick meinetwegen Agnes hinauf.«

Genau das will Noah verhindern. Er spricht eindringlich und so leise, dass Agnes es nicht hört: »Ich kann nicht sie schicken, wir brauchen dieses Wasser, wir beide wissen das, im Notfall verträgt es kein Zögern! Abgesehen davon haben wir nur zwei Sauerstoffgeräte.«

»Ich habe meinen Spray!«

»Das ist nicht dein Ernst, Albin, und du weißt es. Hier kannst du mir nicht helfen, im Gegenteil, hier wirst du mir gefährlich. Wenn du etwas für meinen Vater tun willst, dann gehst du hoch.«

Noah sieht in Albins Augen, dass er sich durchgesetzt hat.

»Aber wenn ihr in Schwierigkeiten geratet, komme ich sofort runter!«, verspricht Albin.

»*Toolbook* auf Empfang.«

»O. k.«

Sie umarmen sich kurz.

Agnes will sich abwenden.

»Schwesterherz!«

Agnes zögert nur kurz, es ist nicht der Moment für Streitereien. Sie zieht ihren Bruder an sich, drückt ihm einen Kuss auf die Wange.

Albin marschiert los. Noah zieht Agnes mit sich. »Wir holen die Sauerstoffgeräte, danach gehst du zurück in den Überwachungsraum und wartest dort auf mich!«

»Vergiss es, ich komme mit dir, den Überwachungsraum habe ich dabei.« Agnes klopft auf das *Toolbook* in ihrer Gurttasche.

Noah weiß, dass er sich gegen sie nicht durchsetzen wird, er will es im Grund gar nicht. Wenn sie bei ihm ist, hat er weniger Angst um sie, bleibt konzentrierter. Er zieht sie Richtung Steuerungshäuschen, wo er tags zuvor die Sauerstoffgeräte deponiert hat, um ihnen heute den Aufstieg zu erleichtern. Sie werden ihre Kraft noch brauchen. Gegenseitig schnallen sie sich die Flaschen auf den Rücken, die Atemmasken hängen sie an den Gurt.

Angespannt folgen sie dem Wasserschlauch im Bachbett. Nach rund dreihundert Metern führt die Leitung aus dem Tobel hinaus. Sie schlängelt sich zwischen den Bäumen hindurch abwärts.

»Sie verlässt den Flischwald, wie es scheint. Kontrollierst du mal die Überwachungskameras?«

Agnes zieht das *Toolbook* aus der Tasche. Gemeinsam betrachten sie die Bilder aus dem Fesselballon, keine Kamera zeigt Auffälligkeiten. In Kürze werden sie auf Infrarotmodus umschalten, der letzte Rest Tageslicht zerfällt gerade, der Gipfelkranz zeichnet eine grellgelbe Linie in den dunkelblauen Himmel, die beschatteten Hänge färben sich schwarz.

»Weiter«, sagt Noah.

»Ist das gescheit?«

»Ich habe vorgesorgt, wir werden im Notfall rechtzeitig im Resort sein. Gibt dein *Toolbook* Alarm, wenn die Kameras etwas entdecken?«

»Linus hat es eingerichtet, er schwört, es funktioniert.«

»Vertrau ihm, er ist dein Sohn.«

Das erste Lächeln, das er ihr heute abringt.

Noah orientiert sich kurz auf der Satellitenkarte und geht voran. Bald müssen sie ihre Stirnlampen anzünden und werden so für jeden sichtbar. Noah hofft, dass sie das Ende des Schlauches erreichen, bevor es ganz dunkel ist. Etwas ungeduldig treibt er Agnes an und bereut es gleichzeitig. Sie nimmt es ihm nicht übel, klettert so schnell sie kann die moosbewachsenen Böschungen hinunter. Das ungewohnte Gewicht der Sauerstoffflasche bereitet ihr Schwierigkeiten, ihre Rückenmuskulatur verhärtet sich. Sie fragt sich, wohin der Schlauch führt. Schon bald werden sie die Plonebene erreichen, schätzungsweise drei Kilometer unterhalb von Eden. Das würde eine ihrer früheren Theorien stützen: In jenem Gebiet wurde vor Jahrzehnten Kies gewonnen, später musste die Stauseegesellschaft die Landschaft renaturieren. Als Kind hat sie noch in den alten Baggerseen gebadet, heute sind sie ausgetrocknet, könnten den Erpressern aber nützlich sein. Sie will auf der letzten Anhöhe aus dem Wald treten, Noah reißt sie in die Deckung der Flaumeichen zurück.

»Da! Schau dir die Halunken an!«

Agnes braucht einen Moment, bis sie im Zwielicht sieht, was Noahs Reaktion verursacht hat. Ihr Herz setzt aus. Sie kennt dieses Bild: Der Talkessel, die Lichter unten, die dunklen Schatten. Ihr Herz hämmert. Dieselben Fackeln, Hunderte, Tausende, dahinter Menschen, ungezählt, ohne Gesichter. Die Schattenmasse. Sie glaubt zu ersticken. Mit aller Macht zwingt sie sich, die Augen zu öffnen.

»Das gibt's ja nicht!« Noah hat nichts von ihrer Panikattacke mitbekommen. »Die Abblendlichter gehören zu Tanklastern. Sie wollen das Wasser in den alten Baggersee leiten und von dort in die Wagen pumpen. Zwei, vier, sechs – gerade mal acht Stück. Himmel, und deswegen der ganze Aufstand?«

»Sind es viele … Leute?« Agnes' Stimme ist mehr ein Wimmern.

Noah legt seine Hand beruhigend auf ihre Schulter. »Nein. Wir müssen wohl bloß ihren Anführer ausschalten.«

»Sie werden uns umbringen!«

»Hör auf, Agnes, es sind Flüchtlinge, die wollen nur das Wasser.«

Sein Blick klebt auf der Gruppe Männer, die sich im einen Schweinwerferlicht versammelt haben. Ihre Gesichter sind im Dunklen nicht zu erkennen. Sind sie vermummt oder dunkelhäutig? Der eine erteilt Anweisungen an die andern, die kurz darauf zu den Lastern streben. Der Mann, der die Befehle gegeben hat, durchquert die Geländemulde und verschwindet direkt unter ihnen aus Noahs Blickfeld.

»Den hol ich mir!« Er nestelt die Pistole aus der Gurttasche.

»Nein.«

»Doch.«

»Noah, du kannst mich nicht …!«

»Ich kenne solche Situationen, vertrau mir. Ich werde das Risiko kalkulieren, ich bin gleich wieder da. Wenn es geht, mit einem Gast. Versteck dich dort hinter dem großen Felsblock!«

Bevor Agnes noch etwas sagen kann, ist Noah in der Dunkelheit verschwunden.

Das darf er nicht tun! Agnes schließt die Augen. Mit den Händen formt sie einen Korb vor dem Mund, atmet die verbrauchte Luft so lange wieder ein, bis das Kribbeln aufhört, das sich von ihren Zehen bis in die Augenlider ausgebreitet hat.

Es sind keine Schatten, Agnes! Es sind nur Menschen, die Wasser wollen.

Agnes öffnet die Augen, kein Mond, nur schwach zeichnen sich Wolkenschleier ab, der Wind treibt ein halbherziges Spiel mit ihnen. Agnes tastet sich so geräuschlos wie möglich zum Felsen. Auf seiner Rückseite kauert sie sich nieder. Keines der üblichen Tiergeräusche ist zu hören, nur ganz selten durchdringt ein Käuzchenruf das leise Summen des Windes. Agnes' Blick irrt über die Baumkronen, nach Beistand suchend. Vergeblich. Wann bloß hat sie die Fähigkeiten verloren, die ihr die Mutter weitergegeben hat, in all jenen Nächten, in denen sie gemeinsam die Irrlichter verfolgt haben? Ihre Treffen mit Selma. Jeder Wesenszug der Großtante ist Agnes auf diese Weise vertraut geworden. Lena hatte ihr von klein auf Selmas Geschichten erzählt, später hat sie alle selber gelesen, bis zum Tod der Mutter. Es war ihr eigenstes, innigstes Spiel gewesen. Ohne Mutter hat sie keine Irrlichter mehr sehen können, als sei mit ihrem Tod der Draht durchschnitten worden.

Es sind nur Glühwürmchen gewesen, nichts anderes.

Glühwürmchen und Geistergeschichten.

Den Geschichten sei sie entwachsen, die Glühwürmchen waren ausgestorben, hat sie sich eingeredet, bis vor wenigen Tagen das grüne Licht zurückgekehrt ist. Sie hat eine Weile gebraucht, bis sie seine Bedeutung entschlüsselt hat.

Die Lichtschleier entstanden in jenem Moment, als Linus die Höhle entdeckte.

Die Zuflucht der Armen Seelen nach dem Schmelzen der Gletscher.

Die ewigen Wasser. Vor langer Zeit hatte man in Plon ihren Wert noch benannt.

Sie haben kein Recht darauf, nur die Pflicht, sie zu bewahren. Das ist Silvans Erbe, sein Auftrag an sie, deshalb hat er niemandem sonst von der Entdeckung des Sees erzählt.

Sie wird dasselbe tun. Gutmachen, was Generationen davor angerichtet haben. Hätte man vor vierzig Jahren das Öl rationiert …

Die Wasser von Eden würden die Welt nicht retten. Wie hatten die Erpresser es genannt? Ein paar Tropfen auf heiße Steine. Was sonst! Sie haben die Welt schon in diesem Zustand geerbt, sie können nicht mehr tun.

Und wenn Eden brennt und der Schluchtsee geleert ist, was tut sie dann?

Sie fingert das *Toolbook* heraus und kontrolliert die Bilder der Waldkameras. Alles in Ordnung. Ein Rascheln lässt ihr Herz aussetzen.

»Noah?«, wispert sie.

Keine Antwort. Sie drückt sich bebend an den Felsen, verbirgt ihr Gesicht, als könnte sie sich so verstecken. Zu spät, sie sieht die Schatten schon, und der Schrei bleibt ihr im Hals stecken. Sie nähern sich von allen Seiten, fließen in einer schwarzen Masse zusammen, die sich über sie stülpt, Hände überall, Augen, weiß blitzend, sie fühlt die ersten Berührungen von gierigen Fingern, die ihre Handgelenke umschlingen. Agnes lässt sich zu Boden fallen, die Beine angezogen wie ein Embryo, ihr Wimmern wird zum unkontrollierten Schluchzen.

»Agnes?«

Gedämpft dringt Noahs Stimme an ihr Ohr. Sie zwingt sich mit aller Macht, die Augen zu öffnen. Noahs Silhouette ist auszumachen, eine zweite gebeugt und dicht daneben, als halte Noah jemanden im Würgegriff.

»Alles in Ordnung?«

»Ja, ich habe wohl …«

Er drückt den Mann zu Boden.

»Einer der Flüchtlinge. Ich kann seine Sprache nicht verstehen, er unsere wohl umso besser. Ich tippe auf Nordafrika, woher genau, werden wir schon noch aus ihm … verdammt!«

Er zieht sein vibrierendes *Toolbook* aus der Tasche, ohne den Gefangenen aus den Augen zu lassen. Albins aufgeregte Stimme überschlägt sich.

»Die klauen uns das Wasser auch hier oben!«

»Was?«

»Die leiten das Seewasser ab. Ein ähnlicher Schlauch wie unten. Und sie haben die Pumpe manipuliert, ich kann sie nicht abstellen.«

»Versuch es noch mal!«

»Sinnlos.«

»Dann folg der Leitung, Albin. Unternimm etwas, du musst sie um jeden Preis stoppen. Wir melden uns wieder, wenn wir die Lage hier im Griff haben!«

Noah packt seinen Gefangenen am Hemdkragen.

»Hast du das gehört! Was für ein Spiel treibt ihr?«

Ein Piepsen in Agnes' Jacke unterbricht ihn.

»Der Feueralarm!« Agnes öffnet das *Toolbook,* das Infrarotbild der zweiten Kamera ist unmissverständlich.

»Zwei Brände. In den alten Auenwäldern auf der andern Seite der Plon!«

»Jetzt schon?« Noah ist so perplex, dass er für eine Sekunde nicht aufpasst. Der Mann windet sich blitzschnell aus seinem Griff, Noah erwischt bloß noch eine Halskette, die sofort reißt, der Mann taucht in die Dunkelheit. Noah will erst hinterher, lässt es dann sein.

»Die haben das Ultimatum nicht abgewartet! Das macht keinen Sinn. Und woher sollten die etwas vom Höhlensee wissen?«

Agnes schaut ängstlich um sich. Die Schatten verschwimmen nach und nach im Schwarz des Waldes, sie kann bald nichts mehr ausmachen, hört nur noch die Fluchtgeräusche des Anführers.

Ist sie schon so weit, dass sie nicht mehr zwischen Traum und Wirklichkeit unterscheiden kann?

Noah leuchtet mit dem *Toolbook* auf seine Hand.

»Pfui Teufel, was ist das? Eine Tierpfote?«

Er schleudert den Anhänger der Halskette ins Gebüsch.

»Öffne ihnen die Schleuse!«, sagt Agnes plötzlich.

»Bist du wahnsinnig, der Wald brennt bereits!«

»Die letzte Entscheidung liegt bei mir, richtig?«

»Nicht jene, Selbstmord zu begehen!«

»Sie brauchen das Wasser. Ich weiß, was ich tue!«

Noah dreht sie heftig zu sich hin.

»Das weißt du eben nicht, Agnes, du stehst unter Schock! Hast du Albin nicht gehört? Die hier sind nicht mal die Einzigen, die uns ausnehmen wollen! Der Wald brennt, der eigentliche Kampf beginnt erst. Ich werde jetzt das Löschsystem für einige Minuten starten, zum Nässen, weil bald Funken fliegen, dann muss ich es schon wieder stoppen, nur um Wasser zu sparen. Und warten, bis die Flammen Eden erreichen. Der Flischwald ist bereits verloren, Agnes! Wir können keinen einzigen Tropfen entbehren, begreif das doch, du hast keine Ahnung, welches Inferno uns erwartet!«

»Tu, was ich dir gesagt habe, Noah, ich bitte dich.«

Ihre Bitte klingt wie ein Befehl, zugleich hört er ihrer Stimme an, wie nahe sie dem Zusammenbruch ist.

»Nein.«

»Wenn ich den Flüchtlingen das Wasser gebe, werden sie nicht mehr kommen.«

»Nein, Agnes, umgekehrt. Dann kommen in kürzester Zeit die nächsten.«

»Du verstehst nicht, sie existieren gar nicht wirklich, es sind doch nur … Schatten.«

»Agnes! Ich öffne diese Schleuse nicht. Es sei denn, du gibst das Wasser des Höhlensees frei?«

Agnes schweigt. Die ewigen Wasser anrühren?

»Nein.«

»Dann müssen wir nicht mehr diskutieren, spätestens wenn du das Feuer siehst, wirst du meine Entscheidung verstehen.«

»Und du meine akzeptieren, wenn das hier vorbei ist.«

Agnes' Stimme klingt plötzlich eisig. Noah ist für einen Moment wie gelähmt. Endlich besinnt er sich auf seine Aufgabe, schlägt sich ohne Licht durch das Dickicht in Richtung des Flussbetts. Er hört, wie Agnes ihm folgt. Wenigstens das. Ihr Verhalten erschreckt ihn. Sosehr er sie liebt, er hat keine Ahnung, was gerade in ihr vorgeht.

Ist das der Alarm des *Toolbooks* gewesen? Was kümmert es ihn, jetzt, da Leisa ihre Finger mit sanftem Nachdruck auf seine legt, ihm den Weg weist, hinein in diese weiche, feuchte Wärme. Linus merkt, worauf sie ihn gelenkt hat, er umkreist den etwas festeren Knubbel im Rhythmus, den ihm erst ihre Hand, dann die Bewegungen ihrer Hüften vorgeben. Ihr Atem geht so heftig, dass ihm fast bange wird, plötzlich wird ihr ganzer Körper hart wie ein Brett, ihr Becken schießt in die Höhe, die Luft entweicht mit einem leisen Schrei ihrer Brust. Deren Anblick allein hat schon sein Fassungsvermögen überstiegen, nicht zu reden vom … vom anderen, das jetzt gegen den Widerstand seiner Hand klatscht. Als sie ruhiger wird, begreift Linus erst, was er zuwege gebracht hat! Erstmals! Nicht ohne ihre Hilfe, aber immerhin.

Der Anblick der Verzückung in Leisas Gesicht erregt ihn von Neuem.

Sie bemerkt es mit einem Lächeln. Lucrezias Tipps sind goldrichtig gewesen.

Sie will wieder aktiv werden, als das digitale Schrillen

erneut zu hören ist. Diesmal haben sie es beide überdeutlich gehört. Linus setzt sich bolzengerade auf. Leisa merkt, dass etwas nicht stimmt.

»Was ist das?«

»Eine Kamera, die Brandalarm gibt.« Linus springt aus dem Bett. »Womöglich schon die zweite, ich habe vorher schon etwas gehört. Wir hätten doch nicht zurückkommen sollen!«

»Du hast es auch gewollt!«

»Ja. Ich hätte doch nie gedacht, dass es wirklich brennen würde, ich bin bloß sauer gewesen, weil sie mich nicht mitgenommen haben. Aber vielleicht können wir jetzt helfen!«

Er wühlt im Kleiderhaufen vor dem Bett nach seinem *Toolbook,* ein Blick auf das Display zeigt ihm, dass seine Vermutung richtig gewesen ist.

»Zieh dich an, schnell!«

Im Gegensatz zu jenem früheren Zittern in Linus' Stimme macht dieses Leisa jetzt Angst. Ohne Worte schlüpft sie in Büstenhalter und Slip. Linus kann trotz der Angst, die ihn gepackt hat, kein Auge von ihr lassen. Ich danke dir für dieses Wunder, beschere mir noch ein zweites, lieber Gott, lösche dieses verfluchte Feuer!

Hätten sie nur nicht diese Skatetour erfunden, sie hätten doch auch in Plon drüben ein Plätzchen gefunden für das hier! Aber die Aussicht, ein verlassenes Hotel ganz für sich zu haben, die Vorstellung, was dort geschehen würde, hatte ihnen beiden den Verstand geraubt.

Die nächtliche Sparbeleuchtung erhellt die Korridore des Haupthauses schwach, als er mit Leisa die Treppe in den zweiten Stock hinaufrennt. Er öffnet die Tür zum Kontrollraum. Alle Monitore sind in Betrieb, unter zweien blinkt das rote Alarmlicht. Linus stürzt darauf zu.

»Diese Kamera hat das erste Feuer erfasst, jenseits der Plon, und die hier zeigt das Waldgebiet zwischen Eingangstor und Plon.« Linus kontrolliert den Monitor dazwischen. »Verfluchter Mist, haben die das Feuer an zwei Orten entzündet?«

»Was tun wir?«

»Wir versuchen es mit den Boards, aber wir müssen schnell sein, falls der Wind das Feuer Richtung Straße treibt.«

Die Skateboards liegen unten vor dem Eingang. Leisa und Linus erreichen sie gleichzeitig, sie schalten die Solarmotoren auf Antrieb und flitzen mit zusätzlichen, kräftigen Beinstößen Richtung Haupttor. Linus öffnet es mit seinem Schlüssel. Während sie hindurchschlüpfen, sieht er die Pfützen überall. Jetzt arbeitet das Löschsystem nicht mehr, ist es bereits ausgefallen? Er riecht die wassergetränkte Erde, dann den Rauch! Ist das Feuer schon so nahe? Nein, nein, der Wind treibt den Rauch her, beruhigt er sich. Und Funken? Noch kann er nichts erkennen.

»Komm endlich!«

»Wir müssen zusammenbleiben.«

Sie fahren los. Ihre Ernüchterung hat der Nacht jeden romantischen Zauber genommen. Einige hundert Meter weiter sehen sie erste Flammen schräg vor ihnen. Sie stoppen. Ohne den Fahrtwind hören sie ein fernes Knattern und Fauchen, mit keinem Geräusch vergleichbar, das sie kennen.

»Schau mal, wie das Feuer rast. Scheißmist, nach Plon kommen wir nicht mehr!«

»Ich weiß nicht. Warum funktioniert das Löschsystem nicht, verflucht!«

»Ruf deine Mutter an.«

»Niemals.«

»Ruf sie an!«

Linus blickt wie gelähmt auf die Flammen am Horizont. Er sieht keinen anderen Ausweg, gesteht er sich ein. Mit gesenktem Kopf wählt er die Nummer, seine Mutter antwortet schweratmend nach dem achten Rufzeichen.

»Was ist?«

»Das Löschsystem arbeitet nicht.«

»Was erzählst du, Linus – wo bist du?«

»Noch im Wald. Zweihundert Meter vor dem Haupttor. Die Flammen schneiden uns den Rückweg ab.«

»Uns? Linus, was hast du getan!«

»Leisa ist auch hier.«

Es klingt, als schluchze die Mutter am anderen Ende auf. Für einen Moment wird es still, dann sehen sie plötzlich Noahs Gesicht: »Zurück nach Eden, Linus. Sofort!«

»Aber das Löschsystem funktioniert nicht.«

»Ich werde es gleich wieder anstellen. Ihr habt keine andere Wahl, das Feuer erreicht bei diesem Wind mindestens dreißig Stundenkilometer, es ist schneller als ihr. Du tust ab sofort nur noch, was ich sage, Linus! Wartet beim Brunnen auf uns, wir brauchen mindestens noch zwanzig Minuten. Wenn der Rauch zu stark wird, geht ihr in den Keller des Hauptgebäudes, und dichtet alle Ritzen ab, die ihr finden könnt. Verstanden?«

»Ja.«

»Ende.«

Der Stein glänzt unergründlich im Kerzenschein. Lucrezia arbeitet, wie sie es seit Jahrzehnten nicht mehr getan hat. Bedächtig, mit höchster Konzentration, jeder Gedanke und jeder Blick im Dienst ihrer Hand, die mit einem schmalen Meißel vorsichtig erstes Material wegschlägt. Behutsam, fast zärtlich führt sie die Schläge mit dem Klüpfel, bevor sie zur weiteren Ausgestaltung den Meißel mit dem Hohleisen vertauscht. Sie fährt mit dem Eisen schräg über die gedachte Skulptur. Genauso wie damals.

Lena hatte ihr gesagt, sie wisse nicht, was mit den andern sei.

Eine Lüge.

Trotzdem war sie mit ihr durch den Regen zum Haupthaus zurückgerannt, die Bewegungen ihres Körpers losgekoppelt von ihrem Verstand, der stillstand. Reflexartig hatte sie getan, was ihr gesagt wurde. Vor dem Haupthaus die verdatterten Gäste, die Hausschuhe an vielen Füßen verrieten, dass keiner auf eine Evakuierung gefasst gewesen war. Die weinende Agnes landete in ihren Armen. Lena hatte sie bewusst ihr anvertraut, begriff Lucrezia später, damit sie sich der Rettung nicht verweigerte, nicht zurückkehren würde, von Schmerz gemartert, in ihren Bungalow, der am Morgen darauf vom übrigen Resort abgetrennt war, weil die Schlamm- und Wassermassen eine breite Schneise der Zerstörung durch das Resort gefräst hatten. Minuten nur, nachdem alle Gäste evakuiert worden waren.

Keine Todesopfer.

Außer einem.

Der Held wider Willen.

Wen interessierte das schon. Höchstens Lena, die sich mit Selbstvorwürfen zerfleischt hatte, noch monatelang. Sie habe Lucrezia hergelotst, weg von der Schattwand, hierher, wo alles hätte sicherer sein sollen.

»Sicher ist keiner, nirgendwo und nie«, hatte Lucrezia das eine Mal erwidert. Das hatte sie schon die Schattwand gelehrt. Matt und kraftlos waren ihre Worte allerdings geblieben, sie verstand Lenas Schuldgefühle, aber sie konnte ihr nicht helfen, zu sehr war sie in ihrem eigenen Schmerz gefangen. Der Schmerz, der erst später gekommen war, nach der schlimmsten Zeit, der Eiseskälte, der kompletten Lähmung. Als es in der wochenlang tauben Seele zu flimmern begann, als die Gedanken sich langsam wieder in Bewegung setzten, Bilder auslösten, die Gefühle anstießen … erst da hat es wirklich wehgetan.

Die Erkenntnis, dass sie beide verloren hatte. Severin und Peider.

Ohne Abschied, keine Küsse, welch ein Hohn.

Ist es das richtige Wort? Hat das Leben sie verhöhnt? Nicht nur sie, oft sieht sie Bilder im WebTV, von Springfluten, wo einst Yachten angelegt hatten, und von Hungersnöten, wo früher Pauschalurlauber geschlemmt hatten, *all inclusive,* von orangefarbenen Flüssen, in denen sich der Wildlachs vor Kurzem noch flussaufwärts gekämpft hatte. Die Bilder der großen Katastrophen, gespiegelt in den wenigen Gesichtern der Opfer, die jeweils gezeigt werden. Jedes Mal, wenn die Kamera einem Betroffenen nahe kommt, erschrickt Lucrezia. Sie erkennt die Leere in deren Augen wieder. Die Leere jener, die schon in alle Abgründe geblickt haben. Sie ist nicht die Einzige, die verhöhnt wird.

Sie hat genug davon, deshalb ist sie heute in Eden geblieben.

Sie hätte es schon damals tun sollen. Ein Gedanke, den sie vierzig Jahre lang verdrängt hatte. Wie hätte sie ihn sonst aushalten sollen?

Albin hastet am Schlauch entlang durch die Dunkelheit. Einige hundert Meter weiter löst sich das Rätsel: Der Schlauch endet, das Wasser strömt in eine Felsrinne, im Licht des *Toolbooks* erkennt Albin, dass er an einem der alten Zuleitstollen zum Ploner Stausee steht. Vor bald hundert Jahren haben Mineure diese Wasserfassungen in den Fels gesprengt. Das hydrologische System des Ploner Stausees umfasst hundertachtzig Kilometer an Wasserleitungen, sie durchziehen das alte Gletschergebiet, Pumpstationen überwinden die Höhenunterschiede, Stollen unterqueren die einstigen Gletscherzungen, Tunnels durchlöchern alle Bergflanken. Kürzlich am ausgetrockneten Teich ist ihm doch die alte Felsleitung aufgefallen, quer durch die senkrecht abstürzende Salflischer Wand! Genau dort steht er jetzt. Er orientiert sich im schwachen Licht der Sterne, sein Blick gleitet über den Flischwald. Ist das Feuer? Zweifellos. Ein heller Schein mitten im Waldgebiet: Sie haben ihre Drohung wahr gemacht! Verwirrt schaut er auf seine Uhr. Das Ultimatum ist noch gar nicht abgelaufen.

Und hier oben läuft das Wasser des unterirdischen Sees in einen Felskanal?

Er versucht, eine Verbindung mit Noah herzustellen. Erfolglos. Im selben Moment stolpert er vor Schreck rückwärts und fällt hin. Was er sieht, übersteigt jedes Fassungsvermögen: Das Wasser, das aus dem Schlauch in den Kanal schießt, beginnt vor seinen Augen zu leuchten, es nimmt ein fahles Grün an, das sich verdichtet und im Kanal weiterfließt, eine gläserne grüne Linie durchschneidet plötzlich die Dunkelheit. Ihre Spitze eilt quer über die Flanke, hinein in die Salflischer Wand, verschwindet auf der von ihm abgewandten Seite. Im selben Moment schwallt das Wasser grün und kalt über seine Füße. Er zieht sie verängstigt zurück. Der Felskanal hat sich gefüllt und läuft über, das Wasser aus dem Schlauch wird zurückgestaut. Anscheinend kann es nicht ungehindert abfließen. Plötzlich hallen laute Schläge durch die Nacht. Albins zitternde Finger tasten nach dem Atemspray. Grünes Wasser, ein Merkhammer? Der Merkhammer des Todes, wie einst in seinem Film? Es gibt für alles eine Erklärung! Albin rafft sich auf und hört genauer hin. Das Geräusch klingt metallisch, als schlage ein Hammer auf Eisen. Albin verdrängt seine Angst. Er hastet los, den schmalen Sims entlang, den die Mineure einst auf der Talseite des Wasserkanals in den Stein gehauen haben, damit die Leitungswarte sich über die Felswände bewegen konnten. Der Fels wird senkrecht neben ihm abfallen, wenn er der Leitung weiter folgt. Zum Glück sieht er in der Dunkelheit keinen Abgrund. Der grüne Schein des Wassers erhellt nur den schmalen Streifen, auf dem er sich bewegt. Woher kommt dieses Leuchten im Wasser, das kann doch nicht wahr sein! Er nähert sich dem Ursprung des Hämmerns. Der Wasserkanal ist hier fast vollständig in den Fels hineingesprengt, gleicht einem längs halbierten Tunnel. Natürlich, er kennt die Stelle von jugendlichen Erkundungsgängen, damals, als er noch mutig gewesen ist. Unmittelbar nach der Salflischer Wand mündet der Kanal in einen Stollen, der die diesseitigen Wasser durch die Flanke der Plonspitze zum Stausee führte. Der Wasserlauf macht vor ihm eine Biegung, umläuft einen Felsvorsprung. Albin nähert sich ihm vorsichtig, schielt um die Ecke, und sieht endlich, woher das Geräusch kommt: Ein Mann schlägt wie besessen mit einem Hammer auf den großen Metallschieber ein, der das Wasser daran hindert, in den Felsstollen zu fließen. Stattdessen wird es halb gestaut und schwappt bereits über den Gehsims. Die Schleuse ist verklemmt! Albin zieht sich wieder hinter den Felsen zurück. Der Mann ist keine zehn Meter mehr entfernt und offensichtlich allein. Albin hat sein Gesicht nicht sehen können. Einer der Erpresser? Alberto? Seit Albin sieht, wohin das Wasser geführt werden soll, weiß er auch, wer dahintersteckt. Die Stauseegesellschaft gehört *Pure Water,* Alberto arbeitet für *Pure Water,* es braucht wenig Fantasie, um sich auszumalen, was es für Alberto bedeutet, dem Wassergiganten über Nacht 500 000 Kubikmeter Wasser zuzuführen. Eine neue, nicht so schnell versiegende Quelle für das Imperium. Das Direktorium der Stauseegesellschaft werden sie ihm antragen. Oder mehr.

Hat Alberto das Feuer zur Ablenkung gelegt?

Und er wollte mit diesem Verräter verhandeln!

Er hat gedacht, *Pure Water* würde auf eine Anfrage warten, ihnen für Eden etwas bezahlen! In Gedanken entschuldigt er sich bei Agnes. Eden verkaufen und trotzdem dort weiterleben – was für eine naive Vorstellung!

Ist es wirklich Alberto? Wenn er nur schon die Wucht sieht, mit der sein Hammer auf das Metall knallt! Am besten, er geht zurück zum See und versucht noch mal, den Schlauch zu entfernen, die manipulierte Pumpe zu stoppen. In der Hast zuvor hat er es nicht geschafft – vielleicht mit dem Werkzeug, das unten in der Höhle liegt. Wieder blickt er zum Flischwald hinab. So viel Zeit bleibt ihm nicht, das Feuer breitet sich schnell aus. Sie brauchen unten jeden Tropfen Wasser, der hier vergeudet wird.

Am Plonufer angekommen, fällt Agnes erschöpft auf die Knie. Noah macht eine Peilung auf dem *Toolbook*. »Warte hier auf mich!«, befiehlt er dann knapp.

Er verschwindet flussabwärts in der Dunkelheit. Agnes ringt um Luft, die Gedanken bei Linus. Sie wird es sich nicht verzeihen, wenn ihm etwas geschieht! Und ja, Noah hat vielleicht recht. Es ist nicht der Moment, um jahrelanges Unrecht gutzumachen, ihr Gewissen muss sie ein anderes Mal erleichtern, ihre Albträume wird sie nicht in einer einzigen Nacht los. Das leise Surren eines Solarmotors ist plötzlich zu hören, dann Noahs Stimme, zu ihrem Erstaunen auf dem Wasser. Das fluoreszierende Gelb eines Gummiboots schimmert auf.

»Woher?«, fragt sie, als sie sich hineinfallen lässt.

»Gestern deponiert, so wie oben die Sauerstoffflaschen.«

»Du bist auf alles vorbereitet.«

»Nein. Ich habe zwar gedacht, dass wir hier irgendwo landen und ins Resort zurückmüssen, aber ich hätte nie mit einem Zweifrontenkrieg gerechnet, geschweige denn mit Linus und Leisa als zusätzlicher Erschwernis. Nimm das Steuer und behalte die Felsen im Auge, die Plon ist bloß noch ein besseres Rinnsal! Ich muss das Löschsystem am Zaun einschalten.«

Kurz darauf steckt er sein *Toolbook* wieder ein und übernimmt das Steuerruder.

Sekundenlang starren beide in die Dunkelheit, die sich auf der rechten Seite des steinigen Flussbetts orange färbt.

»Dir ist klar, dass wir niemanden mehr aus Eden herausbringen!«

»Ja.«

»Wir brauchen mehr Wasser, als der Schluchtsee fasst.«

Sie richtet sich im Boot auf. »Um Himmels willen!«

Sie haben die Flussschleife hinter sich gelassen, hier stößt das Feuer bis zu den Bäumen am Ufer vor. Die Hitze des Feuers greift ihnen ins Gesicht, sein Fauchen versetzt Agnes in Panik. Ganze Baumkronen explodieren in Feuerbällen, flackernden Schlangen gleich schleichen sich die Flammen am Boden entlang, auf der Suche nach Nahrung, die sie im trockenen Gestrüpp sofort finden.

Noah beobachtet den Funkenflug. Der Wind treibt glühende Holzstückchen über die Plon hinweg. Das Feuer wird das Flussbett gleich überspringen und sich Eden rasend schnell auch von dieser Seite nähern. Wenn nur dieser Wind nachlassen würde! Noah sieht die Positionslichter des Flugzeugs im letzten Moment. Er reißt Agnes die Sauerstoffmaske vor das Gesicht, angelt sich seine eigene, zugleich drückt er ihren Kopf nach unten. Keine Sekunde zu früh, das Gemisch chemischer Löschsubstanzen schlägt mit ungeheurer Wucht auf sie nieder. Noah lässt sich aus dem Boot fallen. Das Wasser ist bloß hüfthoch. Er stößt das Schlauchboot, das mit Löschmittel gefüllt ist, durch die seichten Ufertümpel.

»Wasch dir die Chemie aus dem Gesicht!«, ruft Noah Agnes zu. Er tut dasselbe. »Sie nehmen das Flussbett als Brandschneise, und versuchen sie so künstlich zu verbreitern, ähnlich unserem gerodeten Gürtel.«

»Geht das?«

»Nur wenn die Plon wirklich Wasser führen würde … Nein, nicht mal dann, nicht bei diesem Wind! Sie würden sich gescheiter um Eden kümmern.«

»Das ist nicht ihre Priorität.«

»Würde aber Sinn machen, selbst für sie.«

»Eine Frage der Prinzipien«, sagt Agnes. »Und der Höhe der Bestechungsgelder.«

Vorsichtig zieht Noah das *Toolbook* aus der Tasche und wischt es sauber. Die Schutzhülle hat das Wasser abgewiesen. Er peilt ihren Standort und legt die Marschrichtung fest. Der Weg zum Resort ist nicht mehr lange frei, zeigt ihm ein Blick auf die Überwachungskameras. Während sie durch das Gebüsch hasten, denkt Noah fieberhaft nach. Wie wird er mit diesem Funkenflug fertig? Das Löschsystem kann er mit den Sprengschläuchen, die er gestern mit Linus rund um das Resort ausgelegt hat, punktuell unterstützen, wichtiger aber ist die stete Berieselung des gesamten Resorts, damit innerhalb des Zaunes keine Glutherde entstehen. Er bezweifelt, dass die Wasserverteiler, die an die Hydranten im Resort angeschlossen sind, diese Aufgabe erfüllen werden. Zudem wird das Atmen zum Problem.

Sie haben nur zwei Geräte. Für vier Personen.

Sie erreichen endlich den gerodeten Gürtel, Noah hört das gleichmäßige Rauschen des Wassers, die Blätter der Büsche und Bäume am Rand der Rodung sind nass. So weit, so gut. Mit seiner Zange schneidet Noah einen Durchgang in die Metallmaschen des Zaunes. Glücklicherweise haben sie am Nachmittag den Strom abgestellt. Beide schlüpfen hindurch und hetzen dem Eden-Pfad entlang zum Haupthaus. Linus und Leisa sitzen eng umschlungen auf dem Brunnenrand. Agnes nimmt ihren Sohn in die Arme, Noah legt beruhigend seine Hand auf Leisas Schulter.

Die letzten Bewegungen, erst mit der Feile, dann mit feinkörnigem Schleifpapier, fallen Lucrezia schwer. Sie fühlt sich unendlich müde. Draußen sprüht wieder Wasser aus den Zaunrohren, diesmal schon seit längerer Zeit, sie hört es deutlich.

Noah wird schon wissen, was er tut.

Severins Sohn.

Nicht ihrer, sie hat niemanden gehabt, nur Erinnerungen an ein verpasstes Leben.

Lucrezia poliert den Stein, dann bläst sie die Kerze aus. Nicht nötig, dass sie alles selbst noch in Brand steckt. Sie schnuppert in die Luft. Es riecht bereits nach Rauch. Oder ist es das Aufglühen des Dochtes, bevor er ganz erlischt?

Es macht keinen Unterschied.

Sie setzt sich mit einem Seufzer in den Schaukelstuhl, den sie vor den Steinblock gestellt hat, beginnt sich sachte zu wiegen. Ihre Hände liegen schwer auf dem abgenutzten Holz der Armlehnen. Vor über vierzig Jahren hat Severin den Stuhl restauriert. Severin. Immer häufiger werden die Gedanken an ihn wie eine Beschwörung. Er soll sie holen kommen! Der Regen von einst mischt sich in das Rauschen des Löschsystems, Lucrezias Erschöpfung mündet in der Verzweiflung damals, entkräftet erreicht sie die Eden-Barriere am Rand des Flischwaldes, Sanitätsfahrzeuge stehen bereit, Wolldecken werden um sie gewickelt. Lucrezia weigert sich einzusteigen. Das sei der Schock, hört sie alle um sich herum sagen. Sie besteht darauf, sie will Silvan sehen. Sag mir, was mit Severin passiert ist! Erzähl es mir genau, Silvan! Ich wusste nicht, wie es bei Peider war, also habe ich es mir vorstellen müssen, tausend Mal: Hat er den Stein kommen sehen, hat er den Schmerz noch gespürt, ist ihm Zeit für einen Gedanken geblieben? An mich? Hat er sich zu retten versucht? Für mich? Oder sich dem Schicksal ergeben? Gefasst, angsterfüllt oder verzweifelt? Sagt mir, verdammt noch mal, was Severin zugestoßen ist!

Wirst du es mir gleich selber sagen, Severin?

Du hast Albin helfen wollen, wer hätte das nicht getan.

Die meisten Felsbrocken, die der Bagger aus dem Schluchtsee holt, Wochen nach der steinernen Lawine, sind so groß, dass Lucrezia sie nicht umfassen kann.

Wieder Steine.

Er hatte keine Chance, wir konnten nichts tun.

Ich glaube dir, Silvan.

Er hat nichts mehr gemerkt, er war sofort tot.

Ich hoffe es, Silvan.

Lucrezia kommt zu sich, vollkommene Dunkelheit umgibt sie. Ob sie weiterdenken wird, wenn sie gestorben ist? Wird sie dort, wo sie bald aufwacht, auch zu früh aufwachen, jeden Morgen, wie hier, und sich langweilen, bis der Tag endlich beginnt? Lucrezia lächelt. Kreisförmiges Schrottdenken. Vielleicht ist sie noch nicht so weit, sonst würde sie sich nicht unsinnige Fragen stellen. Eigentlich müsste sie doch Bilder aus ihrem Leben sehen. Jene, die sie jetzt selbst heraufbeschwört: das Restaurant im Kreis vier, die Mutter hinter dem Buffet, die Männer mit den Villiger-Stumpen um sie herum, *Chrummi Hünd,* die Zeichenstifte und die Malblätter vor ihr über den fleckigen, mit Brandlöchern verzierten Wirtshaustisch verteilt, auf den Tischsets die Sapporo-Skihelden, das Rivella, nur rot damals … Oder Peider, bei der ersten Begegnung, als er sie zur alten Schmiede in Gspona hinaufführt, das Feuer in der alten Esse, während sie an ihren Füllfedern schnitzt, Severin auf dem Dach, schaufelnd, bis er heruntersegelt, in den Tiefschnee, in die Ohnmacht, die ihr Zeit gibt, ihn auszuziehen und ihn anzuschauen. Lucrezias Blick bohrt sich durch die offene Tür in die Nacht. Auf der anderen Seite des Zaunes steht der Wolf, regungslos, wie ausgestopft, schwach beleuchtet vom Feuerschein der nahenden Flammen.

Das Tier blickt unverwandt in ihre Richtung.

»Du treibst dich also wirklich da draußen rum.«

Er wartet auf sie und wird zu Stein. Ein Relief, in die Schattwand gemeißelt, dort, wo sie sich von Gspona verabschiedet hat.

In Plon gibt es keine Schattwand. Ihr Steinblock muss genügen.

Die Kronen der Bäume hinter dem Zaun verwandeln sich in riesige lodernde Kerzen, ein Reh setzt über die Rodung hinweg, andere Wildtiere folgen ihm, der Wolf ist verschwunden. Lucrezia schließt die Augen.

Linus nickt, nachdem er den Ausführungen von Noah aufmerksam zugehört hat. Agnes drückt ihn an sich, er erwidert die Umarmung. Zum ersten Mal seit Jahren.

»Ab in den Kontrollraum, wir brauchen da draußen eure Anweisungen!«

Linus und Leisa eilen durch den Haupteingang und hetzen die Treppe hinauf. Alle Monitore arbeiten. Noahs erste Befürchtung, das Feuer erreiche gar den Fesselballon mit den Kameras, hat sich nicht bewahrheitet. Linus lässt sich in den Sessel fallen. Er gibt das Passwort für den Steuerungscomputer ein, in Windeseile setzt er die einzelnen Kameraeinstellungen so zusammen, dass er auf dem Computerschirm eine 360-Grad-Luftansicht vom Flischwald hat.

»Unten kommen uns die Flammen am nächsten. Ist das bei

Lucrezias Bungalow?« Leisa findet sich auf der Karte noch nicht zurecht.

»Nein. Der dunkle Streifen ist die Plon, an diesen zwei Stellen ist das Feuer über den Fluss gesprungen.« Er reicht ihr sein *Toolbook*. »Stell die Verbindung zu Noah her. Ein Audiokanal über Lautsprecher und Mikrofon, und ein Videokanal, der ihm meine Ansicht überträgt.«

Leisa gibt die entsprechenden Daten ein, während Linus bereits wieder auf seinem Keyboard herumhämmert. Kurz darauf überziehen konzentrische rote Kreise das Bild der Karte. Leisa betrachtet sie stirnrunzelnd.

»Was ist das?«

»Ein Raster. So kann Noah für jeden Punkt im Flischwald die Distanz zum Zaun ablesen. Steht die Verbindung?«

»Ja.«

Linus hängt sein *Toolbook* als Sender an den Steuerungscomputer, sogleich hören sie Noahs gepressten Atem über die Raumlautsprecher.

Linus schaltet sein Mikrofon zu: »Das nächste Feuer kommt aus Süd-Südost, noch vierzig Meter zum Zaun.«

»Ich habe dein Bild!«, antwortet Noah. »Gutes Messsystem. Wir gehen zum unteren Hydranten und ziehen beide Schläuche dahin, im Südwesten haben wir noch etwas mehr Zeit.«

Als er sich mit Agnes dem Zaun nähert, erreicht die Feuerwalze den gerodeten Gürtel, die Flammen suchen gierig nach neuer Nahrung. Agnes bleibt stehen. Sie kann nicht anders, kann nur starren, es ist, als öffne die Hölle ein Tor nur für sie. Die Nacht geht in Flammen auf, die Waldfront vor ihr gleicht den riesigen Augustfeuern ihrer Jugend, nur sind es hier Dutzende, Hunderte, ein Inferno, so weit sie sehen kann. Die Hitze schleudert ihnen Glutkugeln ins Gesicht, eine der Föhren explodiert mit furchterregender Wucht und geht prasselnd in einem Feuerball auf, Glutstücke zischen kreuz und quer durch die Luft, der Wind treibt sie ihnen entgegen, sie erlöschen erst in der senkrechten Wasserwand über dem Zaun. Dasselbe passiert auf der gerodeten und genässten Fläche.

»Funktioniert tatsächlich, dein System!«

Der Lärm ist das Schlimmste. Agnes hält sich sekundenlang die Ohren zu, wie sie es bei Filmen tut, die ihr Angst machen. Der Lärm und der Geruch. Der ätzende Atem des Feuers, der ihre Luftröhre angreift. Vor ihren Augen zerbirst der Wald, Tiere flüchten, prallen in den Zaun, suchen panisch einen Ausweg, eines fängt Feuer, ein Kaninchen wahrscheinlich, es rast als Flammenkugel aus ihrem Blickfeld. Der Schweiß rinnt Agnes in Bächen den Körper hinab, ihre Augen tränen, sie atmet den Rauch ein und hustet ihn wieder aus. Das Feuer tobt, knattert, sprotzt, Föhrenzapfen werden zu Knallpetarden, Harzpfropfen pfeifen wie Luftheuler in den Nachthimmel, ein nächster Feuerball flammt in den Himmel. Ihre Augen sind nicht nur vom Rauch tränenblind, sie weint um ihren Wald.

Noah hat den Schlauch senkrecht in die Luft gerichtet, der Wasserstrahl schießt hoch über die nächststehenden Bungalows hinaus. Er nässt systematisch die umliegenden Dächer und jede Baumkrone in seiner Reichweite, so lange, bis er sicher ist, dass die Glut keinen Schaden anrichten kann. Agnes rappelt sich auf, will es ihm gleichtun. Als sie den Hebel umlegt und das Wasser mit Hochdruck aus dem Rohr schießt, verliert sie das Gleichgewicht. Noah hat es kommen sehen und stützt sie mit dem einen, ausgestreckten Arm, bis sie wieder Stand findet. Endlich kann sie mithelfen. Noah zeigt ihr, welches Gebiet sie abdecken muss. Dann zieht er mit seiner freien Hand das *Toolbook* heraus, ohne ihren Wasserstrahl aus den Augen zu lassen.

»Linus?«, schreit er ins Mikrofon.

»Bei euch bleibt das Feuer bei der Rodung stehen. Aber es nähert sich im Südwesten, unten bei Lucrezias Bungalow.«

»Abstand?«

»Dreißig Meter.«

»Wir wechseln gleich hinüber. Zieht kein Rauch zu euch hin?«

»Nein, sonst gehen wir in den Keller.«

»Mit eurem Atemgerät!«

»Ja.«

Noah steckt das *Toolbook* ein. Er legt den Verschlusshebel um, sein Wasserstrahl versiegt.

»Mach noch fünf Minuten weiter, dann komm runter zu Lucrezias Bungalow!«

»Ja.«

»Nimm das! Sobald du dich schwindlig oder schwach fühlst, benutzt du die Maske.«

Er ignoriert ihre Proteste und hängt ihr die Sauerstoffflasche an den Rücken. So schnell er kann, rennt er am Zaunpfad entlang, immer wieder verhakt sich der Schlauch, er macht ihn frei, ein ums andere Mal, jagt weiter. Der Schweiß macht ihn blind, er zwingt sich dazu, kurz stehen zu bleiben, und leert seine Wasserflasche in einem Zug. Als er bei Lucrezias Bungalow ankommt, erstarrt er mitten in der Bewegung.

Fantasiert nun er?

Diesmal blickt ihn der Wolf unverwandt an.

Wie bist du auf diese Seite des Zaunes gekommen?

Das Tier verglüht in der Feuerwalze hinter der Rodung, die Flammen springen von Baumkrone zu Baumkrone, eine nach der anderen geht in einem krosenden Feuerwerk auf, der Funkenregen fällt auf Lucrezias Dach nieder. Noah legt den Hebel am Schlauch um, das Wasser erzeugt einen Sprühnebel und dicke Rauchwolken.

Agnes steht plötzlich neben ihm.

»Auf das Dach des Bungalows, auf alle Baumkronen rundum!«

Er wirft seinen Schlauch zu Boden und eilt von einer unerklärlichen Angst getrieben in den Bungalow.

Lucrezia beachtet ihn nicht. Ihr Blick ruht auf dem Steinblock vor ihr. Sie lächelt.

Keiner sagt einem, wenn es so weit ist, aber jetzt hast du es doch gemerkt, alte Frau!

Wurde ja auch Zeit.

»Warum bist du noch hier, Lucrezia?«

Sie hätte Noah gern noch etwas gesagt. Er solle nicht den Helden spielen, nicht wie sein Vater, niemals! Aber sie kann nicht mehr sprechen.

So ist das also, denkt sie noch.

Noah tastet fieberhaft ihren Hals ab, sucht ihren Puls, um ein Lebenszeichen flehend.

Sekundenlang verharrt er neben ihr, dann rafft er sich auf. Sein Blick bleibt irritiert am Steinblock hängen, für einen Moment sieht er sein eigenes Spiegelbild.

Dabei hat Lucrezia gar kein Gesicht gemeißelt.

Nur den Mund.

Und eine Kerbe über alles hinweg.

Noah reißt sich vom Anblick los, er rennt zu Agnes hinaus, die ihn verzweifelt zu sich winkt.

»Der Wasserdruck!«, schreit sie ihm zu.

Er nimmt ihr den Schlauch aus den Händen und spürt den Unterschied sofort. Die Wassersäule erreicht nur noch die halbe Höhe.

»Wir brauchen das Wasser vom Höhlensee!«

Er hat sie an der Schulter gepackt. In ihren geweiteten Pupillen sieht er den Widerschein des Feuers.

»Agnes!«

»Nein. Das würde alles nur schlimmer machen.«

»Bist du wahnsinnig? Dein Vater hat dir die Zeichnung hinterlassen, damit du sie nutzt!«

»Eben nicht.«

»Eden oder der See.«

Der Wasserstrahl erreicht kaum noch die Funken, die über den Zaun stieben.

»Wenn es sein muss, soll es so sein.«

Verzweifelt lässt Noah den Schlauch sinken. Nie hätte er gedacht, dass Agnes so weit gehen würde. Er versteht sie nicht mehr, versucht es dennoch mit dem letzten Argument.

»Und wie willst du deinen Sohn hier rausbringen?«

Albin kauert hinter der Felsbiegung. Es hilft nichts, die Zeit läuft gegen ihn, er muss den Mann aufhalten, bevor dieser die Schleuse öffnen kann. Das Seewasser hat den Kännel längst überflutet, auf den letzten Metern vor der Schleuse fließt es über den Kanalrand und stürzt als breiter, leuchtend grüner Wasserfall die Salflischer Wand hinab. Ein Bild, wie er es sich für seine Filme nie hätte ausdenken können. Als wolle ihm einer beweisen, dass er, Albin Bohrer, noch gar nichts zustande gebracht habe.

Ein unerwartetes Krachen lässt ihn zusammenfahren. Keine Wolken am Himmel, aber es klingt genauso, wie jener letzte Donner, damals … im Graben.

Als die Steinbrocken auf ihn zugerast sind. Alle physikalischen Gesetze aufgehoben, wie im Albtraum.

Die Lawine aus Stein.

Er spürt Severins Hand, sieht sein Gesicht, sein Entsetzen, den unnatürlichen Knick in seinem Körper, als er unter den Felsbrocken verschwindet.

Es ist Severins Sohn, dort unten im Feuer. Und seine Schwester. Sie brauchen das Wasser. Er überlegt nicht länger, stellt das erste Bein in den Kanal, dann das zweite, mitten ins leuchtende Grün des Wassers. Nichts geschieht. Das Fleisch fällt ihm nicht von den Knochen, das Wasser nimmt ihn auf, als hätte sein Körper dieselbe Dichte, dieselbe Durchlässigkeit. Eine unerwartete Ruhe erfasst Albin, im vollkommenen Gleichgewicht geht er um die Biegung herum, kein Schwindel, kein Gedanke an den Abgrund unter ihm.

Sein Anblick muss furchterregend sein. Oder der Mann ist allein vom grünen Wasser noch so geschockt, dass er hysterisch reagiert, als Albin vor ihm auftaucht, bis zu den Hüften im kristallgrünen Wasser, das ihn von unten dämonisch bestrahlt.

Jetzt erkennt er das Gesicht.

»Ich … ich tue das nicht für mich!« Alberto streckt ihm abwehrend die Hand entgegen.

»Umso schlimmer. *Pure Water* gehört schon die halbe Welt, du wirst ihnen nicht auch noch Eden schenken.«

Alberto hat ihn nicht erkannt, er bringt kein Wort heraus, weicht zurück. Sein Fuß stößt gegen eine Strebe, er strauchelt, verliert das Gleichgewicht. Mit einer Hand will er sich am Schleusenhebel festhalten, dieser bewegt sich genau jetzt zum ersten Mal, senkt sich unter Albertos Gewicht, raubt ihm den letzten Halt. Er schreit gellend, fällt und verschwindet über den Kännelrand hinweg in der Dunkelheit. Die Schleuse öffnet sich ganz. Albin ist stehen geblieben. Er denkt nicht daran, sich festzuhalten, doch das strömende Wasser reißt ihn nicht mit. Halb wartet er darauf, dass Alberto sich hochhangelt, mit einem Lachen, das sei doch nur ein Scherz gewesen, und wegen des Wassers könnten sie sich doch irgendwie einigen, doch nur er ist noch in der Wand. Er sollte endlich die Schleuse schließen. Nachdem er vorsichtig den Gehsims des Kännels erklommen hat, legt er den Hebel um, jetzt lässt er sich ganz leicht bewegen. Mit einer

Hand stützt er sich an der Felswand ab, vorsichtig watet er auf dem Sims zurück. Das Wasser leuchtet etwas matter, wilde Schlieren zeichnen Muster hinein. Albin erkennt die Gesichter nicht, bis auf das von Lucrezia. Weshalb Lucrezia? Ihr Blick hält seinen, sie verschwindet, zugleich sieht er sich selbst! Ein Blinzeln später verglimmt das grüne Leuchten. Lange bleibt Albin unbeweglich stehen, horcht in sich hinein, fühlt nichts anderes als eine leise Verwunderung.

Dass es nun so schnell geht!

Nur bei Agnes hätte er sich noch entschuldigen wollen.

Im selben Moment wird es taghell, Albin schaut auf. Über dem Flischwald beginnt ein Wetterleuchten, wie er es noch nie gesehen hat. Grelle Blitze zucken in kürzer werdenden Abständen auf, leuchten den Himmel grün aus, als hätten Farbenblinde dieses Feuerwerk gestaltet. Der Rauch des Waldbrands wird in turmartigen Gebilden hochgesogen, sie ähneln den Spiralwinden eines Tornados, bewegen sich aber nicht, nähren bloß die pilzförmigen Wolken darüber, die immer schwerer werden. Die Blitze erhellen den Abgrund, Albin sieht zum ersten Mal ganz deutlich den senkrechten Sturz der Salflischer Wand, sofort erfasst ihn der Schwindel. Er will wegschauen, er kann nicht, die Tiefe zieht seinen Blick an, lockt mit der tröstlichen Schwärze der Gletscherhöhle, Albin macht einen wackligen Schritt auf dem Felssims, als der nächste Blitz ihn blendet und er die Hand, die nach dem Atemspray greift, nicht mehr spürt.

»Noah, hörst du mich? Das Feuer kommt auf der ganzen Südseite näher.« Linus' Stimme im Lautsprecher klingt ängstlich.

»Ja, ich überleg mir etwas!«, sagt Noah.

»Was können wir sonst noch tun?« Agnes' Frage klingt unnachgiebig.

Wird er die Schleuse des Höhlensees eben ohne Erlaubnis öffnen, so schnell wie möglich, ohne dass Agnes es bemerkt.

Vielleicht wird er sie deswegen verlieren, aber morgen ist ein anderer Tag. Sofern es ein Morgen gibt.

»Ich benutze die Sprengschläuche. Und danach … beten wir. Agnes, ich muss dir etwas sagen.«

Er bricht ab.

»Was?«

»Im Bungalow eben …«

»Lucrezia?«

»Woher weißt du es?«

»Ich habe sie gesehen, gerade eben, in den Baumwipfeln.«

Hat sie tatsächlich! Zu ihrem eigenen Erstaunen. Die Glühwürmchen sind zurückgekehrt, kaum zu unterscheiden von den stiebenden Funken des Feuers.

Zum ersten Mal seit dem Tod ihrer Mutter.

Noah sieht, wie Agnes lächelt. Weshalb lächelt sie jetzt? Vielleicht wird ihr gar nicht bewusst, was geschieht, sie haben die Grenzen der Belastbarkeit längst überschritten! Er kauert sich auf den Boden, holt die Computerkarte von Linus auf den Bildschirm, öffnet unauffällig die Schleuse des Höhlensees, das Signal meldet einen Defekt an der Pumpe. Verflucht! Er startet sie trotzdem, er kann nur hoffen, dass es eine fehlerhafte Meldung ist. Hat nicht Albin von einer Manipulation gesprochen? Himmel, den hat er komplett vergessen! Doch jetzt ist keine Zeit für Anrufe. Noah fingert den Zündkasten für die Sprengschläuche aus dem Rucksack. Sofort löst er die erste Sprengung unterhalb von Lucrezias Bungalow aus, dort, wo das Feuer den Zaun gleich überspringen wird und sie alles genau beobachten können. Die Explosion ist nicht lauter als der Lärm des Feuers, die Wirkung allerdings erstaunlicher, als selbst Noah gedacht hat. Das Wasser im Schlauch wird in kleinsten Tropfen in die Flammen geschleudert; auf der ganzen Länge erlöscht der Brand im Bruchteil einer Sekunde, der Boden rundherum wird zugleich so stark benetzt, dass die Flammen nicht neu auflodern können. Noah und Agnes starren angespannt hinüber. Immer mehr Rauch steigt auf, doch das Feuer frisst sich nicht weiter vor.

»Es klappt.«

Noah kontrolliert den Bildschirm und sprengt zwei weitere Schläuche.

»Unglaublich!« Agnes breitet die Arme aus, die Handflächen gegen den Himmel gekehrt. »Das Wasser wird so hoch geschleudert, dass es bis hierher spritzt.«

»Hier? Unmöglich!«

Jetzt blickt auch er in den Himmel. »Das ist … das sind wohl eher Regentropfen?«

Einen Augenblick später werden die Tropfen größer, die Wolken brechen genau über ihnen, so scheint es, denn eine Wasserwand fällt nieder, in Sekundenschnelle sind beide vollkommen durchnässt, der Ruß läuft ihnen in schwarzen Schlieren über das Gesicht.

»Woher zum Teufel kommt der Regen?«

»Das fragst du noch, Noah? Schau doch, seine Farbe?«

»Farbe?«

»Wie das leuchtet!«

Noah blickt misstrauisch zu Agnes hinüber, die schon wieder lächelt. Wie eine Statue steht sie dort, das Gesicht dem Regen ausgesetzt.

Gut gemacht, Selma.

Irgendwer muss für euch schauen.

Ihr habt euch lange nicht blicken lassen.

Wir sind immer da gewesen.

Mutter auch?

Ja.

Ich habe euch nicht gesehen.

Du hast nicht genau hingeschaut.

Ich weiß. Ist Lucrezia gut angekommen?

Du sollst nicht fragen, nur die Augen offen halten. *Tüe di Gglezz üf!*

Ja, Selma.

»Hoffentlich hält der Regen eine Weile an!« Noah umschlingt Agnes von hinten. Sie lässt es zu. Er küsst sie in die Haare, die in ihrer Halsbeuge kleben. »Eine Stunde würde genügen, dann wäre hier alles so durchnässt, dass wir den Rest selber schaffen.«

Der Regen zeigt Wirkung, ein feines Zischeln überall verrät es, Rauch steigt an Orten auf, wo sie bis jetzt noch gar keine Glut wahrgenommen haben, er nimmt ihnen den Atem.

Die Spannung in Agnes' Körper löst sich. »Siehst du! Wir brauchen das Wasser nicht. Ich habe es gewusst! Ich habe es doch immer … gehofft.«

Noah spürt, wie ihr Körper vom Weinen geschüttelt wird. Hinter ihrem Rücken zieht er das *Toolbook* hervor und schließt den Schieber am Höhlensee. Diesmal bleibt die Fehlermeldung aus.

»Zurück zu den Kindern.«

Sie rennen den Eden-Pfad entlang zurück. Beim Brunnen stürmen ihnen Linus und Leisa entgegen, Agnes presst sie nacheinander an sich und beginnt einen verrückten Regentanz rund um den Brunnen. Noah schaut ihr lächelnd zu. Ihre Haare kleben klitschnass am Kopf, ihr Gesicht ist rußverschmiert und schwarz, nur ihre Augen und ihre Zähne leuchten weiß, das Sauerstoffgerät hüpft auf ihrem Rücken auf und ab. Leisa ist die Erste, die es ihr nachmacht, dann gesellen sich auch Linus und Noah dazu, sie tanzen über den Platz, bis der Rauch ihnen fast die Lungen verätzt.

Noah übernimmt wieder das Kommando.

»Los jetzt, raus aus dem Wald, der Rauch wird zu dicht.«

Sie machen sich auf den Weg. Linus und Leisa teilen sich das eine Sauerstoffgerät, Noah reicht Agnes das Mundstück des zweiten, ihr Zögern, bevor sie es nimmt, ist unmerklich.

Epilog

Eden ist noch unbewohnt, als Agnes aus der Klinik zurückkommt.

Am Morgen darauf leitet sie bereits die Bauabnahme der renovierten Bungalows. Später spaziert sie mit Noah durch den zerstörten Flischwald. Alle paar Minuten muss sie ausruhen. Die Folgen der Rauchvergiftung und ihrer akuten Erschöpfung.

»Burn-out passt für einmal genau«, kommentiert sie. »Schau dich bloß um!«

An einzelnen Stellen mottet der Waldboden noch jetzt, einen Monat nach dem Brand, feine Rauchsäulen steigen da und dort auf.

»Stell dir vor, wie tief sich das Feuer in die Erde gefressen hat. Und was ohne Regen passiert wäre!« Noah zieht Agnes mit sich weiter. Die Skelette der verbrannten Bäume sind Skulpturen von bizarrer, verstörender Schönheit. Bei den einen klebt schwarzgebrannte rissige Rinde an den Stämmen, bei anderen ist sie abgeblättert, und das tote Holz darunter gleißt in einem makellosen Weiß. Der beißende Brandgeruch ist noch allgegenwärtig.

»Apokalyptisch!«, murmelt Agnes.

»Ja. Aber komm, ich zeig dir etwas!«

Tage nach der Beerdigung von Lucrezia und Albin, als bei allen Erschöpfung und Trauer den Höhepunkt erreichten, hat Noah diesen Weg durch den verbrannten Flischwald genommen. Es hätte ein letzter Spaziergang werden sollen, zum Abschied vom Flischwald, von Agnes. An jenem Nachmittag hat er seine Meinung geändert und die Abreise hinausgeschoben. Ungefähr hier, wo sie jetzt sind, ist er damals stehen geblieben, hat sich niedergekauert und seinen Augen kaum getraut ob des grünen Flecks in der schwarzgebrannten Erde: ein fünf Zentimeter großes Pflänzchen, ein Föhrentrieb mit ein paar wenigen Nadeln, den er jetzt auch Agnes zeigt. Sein kräftiges Grün hebt sich von der schwarzen Asche ab.

Zurück im Resort, hat Noah die Taschen ausgepackt und bei einer Web-Recherche die Fotos verschiedener alpiner Waldbrandregionen miteinander verglichen. Schon zwei, drei Jahre nach den Bränden ist dort die Vegetation zurückgekehrt, in seltsamen Ausprägungen teilweise, mit Pflanzen, die zum Teil seit Jahrhunderten als verschollen gelten, wie etwa der Erdbeerspinat mit seinen leuchtend roten Früchten. In den feuchteren Einschnitten der Bergflanken verbreiten sich schon nach wenigen Monaten Weidenröschen und Königskerzen, las er. Erste Farbtupfer im ausgebrannten Waldgerippe. Auch hier, ist Noah nun überzeugt, wird sich bald Ähnliches abspielen. Der winzige Föhrensprössling, den Agnes noch immer nachdenklich untersucht, ist nur ein Beispiel. Als wolle der Wald ihnen beweisen, dass es sich lohnt, zu bleiben. Und zu kämpfen.

Zuerst um Agnes.

Sie ist weitergegangen. Als er sie einholt, sitzt sie bereits auf einem der großen Steine am Plonufer, die im Frühjahr jeweils überspült sind. Sie starrt ins Wasser, die Knie angezogen, das Kinn auf den Unterarm gelegt.

»Weißt du, was Albin den ausländischen Gästen jeweils erzählt hat?«

»Nein.«

»Es sei eine eigene Welt, diese Gegend der Schweiz, in sich gekehrt und abgeschottet durch die Berge. Bis auf diesen Fluss. Er ist unsere Verbindung zur Welt. Denn die Wasser würden all unsere Sehnsüchte mittragen, hinunter, ins Mittelmeer.«

»Eine schöne Vorstellung.«

Agnes nickt. »Nach seiner Ankunft hier hat er mich mal gefragt, ob der Fluss da unten überhaupt noch ankommt, im Mittelmeer, ohne das Wasser von einst. Ob die Sehnsüchte allen reichen würden. Ich konnte es ihm nicht sagen.«

»Ich glaube schon.«

»Versprichst du es mir?«

Er küsst ihr die Antwort auf den Mund, ihre Umarmung nährt die Vertrautheit zwischen ihnen, die zögerlich wieder entsteht. Schließlich ist es Noah, der sich löst und Agnes energisch hochzieht.

»Komm, wir müssen zurück. Heute wird der Sprengstoff geliefert.«

Das Wasser des Höhlensees schimmert unergründlich und schwarz wie gewohnt. Sein Spiegel ist wieder so hoch wie vor Wochen, als sie den See entdeckt haben. Noah weiß bis heute nicht, ob er selbst in der Brandnacht die von Alberto manipulierte Pumpe gestoppt hat oder Albin.

»Ewige Wasser«, sagt Agnes leise. »Die Tränen der Armen Seelen sind die letzten Wasservorkommen dieser Erde, die nicht von *Pure Water* bewirtschaftet und ausgebeutet werden.«

»Dank Albin!«, sagt Noah.

»Er ist sein eigener Filmheld geworden«, ergänzt Linus fast stolz.

»Er hat das für uns getan, was Noahs Vater für ihn getan hat. Kommt!« Agnes blinzelt ihre Tränen weg. Natürlich ist sie wieder die Einzige, die das Irrlicht über dem Wasser wahrnimmt.

Du brauchst dich nicht zu entschuldigen, Albin, ich bin doch zu stur gewesen.

Sie geht zur Ausstiegsleiter. Als alle oben sind, zieht Noah sie herauf, klappt sie zusammen und hängt sie über die Schulter. Gemeinsam umrunden sie den Bärentritt. Hinter dem großen Felsen, der sie vor der Explosion schützen wird, gehen sie in Deckung.

Noah legt den Hebel am Kästchen um, der rote Knopf leuchtet auf.

»Die letzte Möglichkeit, wenn du es dir noch überlegen willst.«

Agnes schüttelt den Kopf. »Nein. Ich hoffe nur, Alberto hat wirklich auf eigene Faust gehandelt und niemandem bei *Pure Water* von seinem Wasserfund erzählt. Sonst suchen bald schon andere nach dem See hier.«

»Glaub ich nicht, Alberto hat sogar das Feuer eigenhändig gelegt, das beweisen auch die Arbeitshandschuhe.«

Noah verkneift sich jedes Lächeln.

Zu seinem Ärger haben die Bilder von der Überwachungskamera nicht geholfen, Alberto Sacripanti als Brandstifter zu überführen, sie genügten bloß, um die ungefähre Größe des vermummten Mannes zu bestimmen. Deshalb hat er die Handschuhe mit Albertos DNA ins Spiel bringen müssen, präpariert mit demselben Brandbeschleuniger wie die Stelle, an der das Feuer ausgebrochen ist. Jetzt kann sich Noah ein Lächeln nicht versagen. Gerade gestern hat sich jener Ploner Polizist zerknirscht bei ihm entschuldigt, der Noah beim ersten Gespräch ausgelacht hatte: Alberto Sacripanti käme doch nicht auf die Idee, einen ganzen Wald aus Eifersucht anzuzünden …

Heute vertritt die Polizei genau diese Version und erfährt nichts mehr von Albertos wirklichem Motiv, vom unterirdischen See und von der fantastischen Karriere, die Alberto bei den Klimagewinnlern von *Pure Water* gemacht hätte! Mitleid verspürt Noah nur mit den andern Erpressern, Klimaopfern, die wie so viele aus reiner Verzweiflung gehandelt haben.

Wohin die Flüchtlinge wohl gezogen sind? Ins nächste Tal, ins nächste Land? Mit geringer Aussicht allerdings, irgendwo einen lebenswerten Ort zu finden. Deshalb hält Agnes ihm noch heute vor, dass er die Dammschleuse nicht geöffnet hat. Worauf er sie jeweils an den Moment erinnert, als der Wasserdruck in den Löschschläuchen zusammengefallen ist, und noch kein rettender Regen in Sicht.

Grüner Regen, in ihren Augen.

Er muss nicht alles verstehen, hat er in jener Nacht gelernt.

»Worauf wartest du?«, fragt sie.

»Auf deinen Befehl, Chefin.«

»So gehört sich das. Du darfst.«

Noah drückt auf den Knopf. Dem dumpfen Knall der Detonation folgt ein Rumpeln, der Fels unter ihren Füßen erbebt leicht, man hört Steine aufschlagen und weiterspringen, nach einer Weile ist alles wieder ruhig.

Noah macht ihnen ein Zeichen. Sie verlassen die Deckung und nähern sich neugierig dem Bärentritt.

»Perfekt!«, sagt Noah. Wie vorgesehen, ist ein Teil des Felsens oberhalb des Heidelbeerbusches weggesprengt worden, große Felstrümmer liegen auf dem Loch, durch das Linus hinabgestürzt war.

Agnes zieht ihren Sohn an sich.

»Verstehst du meine Entscheidung?«